수호후전 1

"이준을 비롯한 세 사람(이준, 동위, 동맹)은 이전의 약속을 잊지 않고 비보 등 네 사람의 의형제를 찾아갔다. 일곱 사람은 유류장榆柳莊에 모여 상의한 끝에 가지고 있는 재산을 몽땅 털어 배를 만들었다. 그리고 태창항에서 배를 타고 외국으로 나가 나중에 이준은 섬라국의 임금이 되었다. 동위, 비보 등은 모두 벼슬길에 올라 바다를 지배하며 즐겁게 살았다."(〈수호전〉 119회/120회본)

* 〈수호후전〉은 〈수호전〉 말미의 이 짧은 문장을 실마리 삼아 창작되었다. 〈수호전〉 후반부에 이르면 양산박 호걸들이 추풍낙엽처럼 스러져간다. 그 가운데 살아남은 수십 명의 호걸들이 저마다 우여곡절을 겪으며 다시 뭉쳐 조정 간신들을 처단하고 금나라의 남침에 맞서면서 소설이 전개된다. 중국대륙을 넘어 고려, 일본 등 동아시아로 이야기가 확장되고 드라마틱한 구성 속에 급기야 섬라국(지금의 태국)에 자신들의 이상향을 건설하는 큰 스케일의 줄거리가 박진감을 선사한다.

수호후전 1

2025년 8월 15일 초판 1쇄 찍음
2025년 8월 25일 초판 1쇄 펴냄

지은이   진침
옮긴이   이상
펴낸이   이상
펴낸곳   가갸날
주소   경기도 고양시 일산서구 강선로 49, 402호
전화   070.8806.4062
팩스   0303.3443.4062
이메일   gagyapub@naver.com
블로그   blog.naver.com/gagyapub
페이지   www.facebook.com/gagyapub
디자인   강소이

ISBN   979-11-94205-00-5 (04820)
         979-11-87949-99-2 (04820) (세트)

수호후전 1

진침 지음 · 이상 옮김

가갸날

수호후전 서문

 무릇 모든 강물은 발원할 때 겨우 술잔이 넘칠 정도의 작은 물에서 시작한다. 그것이 점차 시냇물이 되고, 강물이 되고, 너른 호수가 되고, 마침내 사해를 가득 채우게 된다. 산을 휘감고 구릉을 넘어 흐르는 거센 홍수는 막을 방법이 없으니 참으로 용맹무쌍하다. 한편으로 물은 평화롭고 고요하다. 밝은 햇살, 맑은 달빛 아래 비단 필을 펼친 듯 빛나는 물 위엔 물새들 한가롭고 물속에서는 어룡이 헤엄친다. 어부는 노를 두드리며 노래하고 미인은 연꽃을 딴다. 물은 문인의 덕성을 갖추고 있으면서도 유약한 존재다.
 글도 마찬가지다. 소동파는 "내 글은 만 섬들이 샘의 근원과 같다"고 했는데 바로 그런 의미다. 〈수호전〉은 더더욱 비슷하다. 영웅들의 풍모며 이야기 전개가 산을 밀쳐내고 바다를 뒤집어엎는 기세를 지니고 있을 뿐 아니라 기발하고 세밀한 묘사는 선명한 잔물결을 보는 듯하다. 사백여 년 동안 줄곧 사람들의 이목을 끌며 독자가 끊이지 않은 이유다. 하지만 최근의 시중 소설들은 이야기가 뻔하고 단조로워서 한 번 보고 나면 더는 곱씹을 필요가 없다.

그렇다면 〈수호후전〉은 어떤가? 더욱 다채로워진 줄거리와 참신한 문장으로 크게는 나라를 세우는 일부터 작게는 백성들의 일상사를 담아낸 작가의 솜씨와 지혜가 막힘이 없다. 세상사의 성쇠며 인심의 길흉 어느 하나 극적으로 형상화하지 않은 것이 없다. 〈운한도〉를 보면 더위가 느껴지고 〈아미산도〉를 보면 추위를 느낄 수 있듯이, 그저 덮어놓고 양산박 호걸들의 모습을 격앙된 문체로 그려낸 게 아니다.

아! 나는 '옛 송나라 유민'古宋遺民의 마음을 잘 안다. 궁핍한 생활 속에서 자포자기하고 불평불만과 분노가 가슴에 가득해도 이를 달랠 술 한잔 구하기 어려웠을 것이다. 이런 상황에서 저술을 완성한 것이다. 그럼에도 불구하고 그는 강인한 마음과 의로운 기개로 충절을 지키며 세상과 타협하지 않았다. 불 같은 당당함의 이면에는 겸허함과 온화함이, 은유적 풍자의 바탕에는 세상의 잘못을 바로잡겠다는 의기가 깃들어 있다. 줄줄이 이어지는 명언이며 도처의 놀라운 묘사는 무너지는 세상에 대한 허자백 같은 사람의 부질없는 한탄이 아니라 당나라 재상 유의지가 그랬듯이 품격 있는 비판으로 다가온다.

옛사람이 이르기를 〈장자〉는 분노의 책, 〈서상기〉는 그리움의 책, 〈능엄경〉은 깨달음의 책, 〈이소〉는 슬픔의 책이라고 했다. 지금 〈수호후전〉을 보면 격변 속에서 군웅이 떨치고 일어남은 〈장자〉의 분노, 여인들의 시름과 원망은 〈서상기〉의 그리움, 중원을 잃고 해외로 망명함은 〈이소〉의 슬픔, 모려탄과 단하궁 사건을 통한 경계와 깨우침은 〈능엄경〉의 깨달음에 비유될 수 있다. 단순한 소설이 아니라 사대기서의 장점을 모두 담고 있는 책이다!

그렇지만 '옛 송나라 유민'이 더욱 안타까울 뿐이다. 혼돈의 세계를 파헤쳐 어쩌자는 것인가? 감추어진 사실을 드러내면 자식들이 꺼리게 될 것임을 어찌 두려워하지 않는가? 필경 늙고 병들고 가난과 고독에 찌들어 후사도 끊길 것이며, 남루한 옷에 끼니도 제대로 잇지 못하고 사람들의 미움을 사다가 강이나 바다에 빠져 죽을 것이다. 높은 지위를 얻어 호화로운 수레와 튼튼한 말을 타고 미인을 곁에 두는 일은 결코 없을 것이다. 따르는 무리가 많다거나 호의호식할 일이 없을 것은 불을 보듯 훤하다. 어찌 그 사람의 모습만 보고 글의 내용이 그르지 않음을 검증할 수 있겠는가?

만력 무신년 가을에 안탕산초 적음

---

* '고송유민'古宋遺民이 작가이고 '안탕산초'雁宕山樵가 평문을 쓴 듯이 표현하고 있지만, '안탕산초'는 〈수호후전〉 작가 진침陳忱의 호, '고송유민'은 작가가 자신의 신분을 감추기 위해 사용한 필명이다. 이 소설의 집필 시기는 명나라가 청나라에 갓 멸망한 때이다. 북방의 원나라가 송나라를 침공하고 거기에 맞서 군웅들이 항거하는 소설의 내용은 마찬가지로 북방 이민족인 청나라 입장에서 불온한 내용이 아닐 수 없다. 그래서 마치 작가가 '옛 송나라 유민'인 듯이 위장한 것이다.

차례

수호후전 서문		6
제1회	양산박 옛터에 오른 완소칠	11
제2회	다시 모이는 녹림 호협	40
제3회	패전한 난정옥, 등운산 산채의 우두머리가 되다	65
제4회	편지 때문에 위험에 빠진 두흥	89
제5회	비명에 죽은 늙은 전옥의 젊은 첩	115
제6회	번서, 호욕채에서 법술을 겨루다	141
제7회	음마천에 모인 호걸들	166
제8회	정절을 지키던 두 과부의 수난	193
제9회	하늘이 내린 상서로운 석판	221
제10회	악화의 계략으로 감옥에서 풀려난 이준	244
제11회	웅비할 세상을 찾아 바다 밖으로	267
제12회	섬라국의 부마가 된 화봉춘	290
제13회	고려국 방문이 부른 안도전의 시련	313

일러두기

1. 이 책은 진침陳忱이 17세기 중반에 집필한 소설 〈수호후전〉 원작의 국내 최초 완역본이다. 18세기 후반의 소유당紹裕堂 간행본이 저본으로 중국청소년신세기독서네트워크에 실려 있는 원문을 번역 텍스트로 사용하였다. 매회 말미에 들어 있는 짧은 총평은 중복된 내용이라서 제외했으며, 두 줄의 긴 제목을 짧은 제목으로 바꾸었다.
2. 가감 없는 원문의 충실한 번역을 위해 애썼지만 역사적 사건과 그에 얽힌 실제 인물이 등장하는 문장에서는 짧게 살을 보태기도 했다. 문학작품이라는 점을 고려해 역주를 달지 않는 것을 원칙으로 하면서도 소설 서두의 난해한 장시 부분과 서문에는 몇 개의 주를 달았다.
3. 인명과 지명 등 고유명사는 소설 원문의 한자음 그대로 우리말로 표기하였다.
4. 수록한 삽화는 명나라 화가 두근杜菫의 그림으로 청 광서연간(1880년경) 장수당臧修堂에서 간행한 〈수호전도〉에 실린 것이다.

제1회
양산박 옛터에 오른 완소칠

낙양 동쪽 교외의 갑마영 진중에서 태어난 향기로운 아이[1]
그 뛰어난 재주와 기개를 비길 데가 없었지.
요나라를 정벌하는 금군 총사령관에서 천자의 자리에 올랐으니
진교陳橋에서 병변[2]을 일으켜 군대를 수도로 돌렸기 때문이네.
황제의 용포를 걸치고 사해를 다스리매
오대십국의 어지러운 분쟁이 막을 내렸도다.
공신들과 술잔을 나누며 병권을 내놓게 해 문치주의를 확립하니
군사력을 믿고 살생하는 일이 사라져 일찍이 이런 시절이 없었지.
안타깝게도 한결같이 보필하는 신하만 있는 것은 아니어서
여전히 무력에 의존하는 무리가 반란을 일으키기도 했다네.
아우 광의와의 촛불 그림자 속 도끼 소리[3]는 천고의 수수께끼라
거듭 천륜을 범한 광의의 과오를 어찌 용서할 수 있으랴!
제위에 오른 그해에 태종은 관례를 깨고 연호를 바꾸는가 하면
황위 계승의 순서를 정한 금궤지맹[4]을 깨버렸다네.

진왕秦王 조정미는 형에게 버림받아 유배지에서 생을 마감하고
진왕 다음의 황위 계승권자인 태조 아들
덕소, 덕방 형제는 요절하고 말았지.
요나라의 침공에 못난 관료들 하나같이
남쪽으로 천도하자고 외치거늘
종묘사직의 위급함은 잇따르는 봉홧불이 웅변하고 있었네.
황하를 건넌 진종眞宗이 전주澶州 북성에 오르니 만세소리 드높고
송나라 황제는 형, 요나라 황제는 동생이 되어
비로소 양국 모두 온전해졌다네.
전연지맹⁵은 재상 구준의 노력이 빛난 대도박이었느니
송나라 천하를 다시 일으켜 세운 공은 그 어디 비길 데가 없도다.
하지만 모함하는 자를 벌하지 않고 오히려 구준을 내쫓으매
광동 땅 구준의 장례식에 쓰인 마른 대나무에
눈물 젖어 새순이 돋았다네.
후사가 없는 진종을 위해 하늘이 특별히 적각선인을 점지하니
적각선인이라고 불린 인종의 치세 사십 년은
송나라 최대의 태평성대였지.
판관 포청천의 강직함은 맑기가 황하의 강물 같았고
추밀사 적청은 곤륜관을 야습해 반란군을 평정했다네.
육대 황제 신종 때 왕안석의 신법이 잇달아 제정되었으나
정협鄭俠이 그려 바친 〈유민도〉流民圖로 인해 타격을 받았도다.
낙양 천진교에서 자규가 울면 남방 출신이 권력을 쥔다 했던가.
하지만 왕안석의 정책은 분란만 일으킬 뿐 계책이 못되었다네.

철종대 들어 재상 사마광이 신법을 하나하나 폐지하니
백성들은 다시금 안정을 찾게 되었네.
그런 중에도 구법파는 멀리 쫓겨났다가
휘종 때 섭정 향태후가 신법파와 구법파의 절충을 모색하자
조정으로 돌아올 수 있었지.
휘종이 친정을 하며 다시 형 철종의 뜻을 받드니
의지할 곳을 잃은 구법파는 탄압받아 밀려나고
송나라는 금나라와 감당 못할 전쟁을 벌였다네.
송나라의 시대가 기울고 금나라 세상이 되자
누군가 노래한 시구처럼
휘종과 그의 아들 흠종은 금나라에 끌려가 슬픈 생을 마감했지.
휘종의 아홉째 아들이 금나라에서 도망쳐 황위를 계승하였는데
고종은 최부군묘에 있던 진흙말을 타고 구가九哥를 건넜으매
이로써 항주 땅 임안을 수도로 하는 남송 시대가 열리고
궁 안에서는 항주 노래가 울려 퍼지게 되었도다.
끌려간 두 황제의 무사귀환을 염원하며 만든 이성환二聖環은
결국 두건 뒤쪽에 다는 장식 문양이 되어버리고
황하를 건너 싸우라고 부르짖던 노장군 종택은 분사하고 말았지.
갑옷에 이가 서릴 만큼 전장을 누비던 악비 장군
옛 수도 개봉 근처의 주선진에서 금나라군과 싸워 크게 이기고
금나라의 본거지 황룡부로 쳐들어가 통쾌하게 마시리라던 맹세
간신 진회의 간계에 말려 이루지 못했네.
악비가 임안 풍파정 감옥에서 푸른 피 흘리며 죽으매

고종은 금나라 앞에 무릎 꿇고 신하라 칭하는 굴욕을 당했다네.
하늘의 도리가 밝게 빛나는 것은 움직일 수 없는 사실일지라.
고종에겐 제위를 물려줄 자식이 없어
태조 차남 조덕방의 후손이 뒤를 이어 효종이 되었네.
고종은 휘종과 흠종 두 황제가 귀국할 수 있도록
도리를 다하지 않았으니
휘종은 떡쑥 돋아나는 봄에 세상을 떠나고
흠종도 눈보라 날리는 땅에서 숨을 거두었다네.
금나라는 수도를 연경으로 옮기고 남송을 공격했는데
가을 계수나무 아래 십리 연꽃길인 서호西湖의 매력에 빠졌더라.
남송을 멸하려고 그린 오산吳山 그림(수도 임안과 서호 그림) 속에
말 그림을 그려 넣어 오산 제일봉이라 일컬으며
육십만 대군을 움직였건만 그 군대 전부 궤멸되고 말았네.
채석과 진강에서 승리를 거둔 우윤문은 한 서생에 불과했는데
병란이 진정되자 송은 금나라의 분란을 틈타 실지회복에 나섰지.
하지만 실패해 다시 무릎 꿇고 말았으니 어찌 한스럽지 않으랴.
간신 한탁주가 손을 쬐면 델 듯한 무소불위의 권력을 휘두르매
시랑 조사역처럼 개 짖는 소리나 흉내내며
아부하는 자들만 넘치는데
공리공론이 무슨 소용 있으리.
더 큰 권력을 탐한 한탁주는 무리하게 금과의 싸움에 나섰다가
끝내 옥진원에서 머리 잘린 후 금나라로 보내졌다네.
외척 가사도는 서호 북안 갈령에 대저택 반한당을 짓고

귀뚜라미 싸움에서 이긴 첩과 동침하기를 즐겼지.
금나라를 멸망시킨 원나라가 쳐들어오자
양양 태수 여문환은 오 년간의 포위 공격을 이겨냈다네.
가사도는 원병을 보내지 않고 갈령 저택이며 서호에서
밤낮 없이 주연이나 즐기고 있었을 뿐.
마침내 여문환이 항복하고 양양은 원의 차지가 되었거늘
원나라가 여문환을 그들의 수군 장수로 받아들이니
송나라에 남은 땅은 이제 동남쪽 절반뿐인데
이마저 누가 지켜낼 수 있을 것인가!
어디에도 적의 손길 닿지 않는 곳이 없으니 애달프다.
온갖 영화를 누리던 가사도는 끝내 유배형에 처해지고
장주 땅에서 피살되고 말았더라.
임안 고정산 아래 원나라군의 말 울음소리 가득하거늘
어린 황제 공제와 과부인 태후가 무얼 할 수 있겠는가!
전당강에 조수도 밀려오지 않아 적이 쉬이 강을 건넜으니
만조백관이 모두 원나라에 항복할 수밖에 없었다네.
원나라군에 끌려간 공제의 뒤를 그의 형 단종이 이었으나
남방 땅 돌고 돌아 광동성 주강 입구 영정양에 이르매
외롭고 고달픈 신세 처량하구나.
단종이 병사하고 그의 아우가 제위를 이으니
어린 황제 받들어 상흥 땅에 멈춘 발걸음 부질없는 일이런가.
갑자문甲子門 안에 머물 때 하늘에서 큰 별이 떨어지고
송나라 마지막 황제의 몸은 모래톱 위로 떠올랐다네.

끝까지 항전하던 충신 문천상도 이윽고 포로가 되었지.
원나라 수도로 끌려가 십 년을 갇혀 지내는 동안
그의 재주를 아낀 원나라가 집요하게 귀순을 회유했건만
끝까지 충의를 지켰으니 참으로 보배로운 선비로다.
구차하게 살아난대도 도사의 관을 쓰고 귀향할 것이라던
그의 바람은 기약할 수 없는 일이었더라.
송나라의 대통은 마침내 여기서 끊기고
남송 황제들 잠든 육릉은 도굴범들에 의해 파헤쳐졌구나.
백성들이 유골을 수습 안장해 동청수를 심으매
동청수 가지 위에서 두견새만 슬피 울 뿐.
나그네 머리 돌려 바라보니 밥 짓는 연기마저 사라진 옛터에
천추만세의 한스러움이 이보다 더할 수 없구나.
백발의 늙은 몸이 외로운 등잔불 아래서
후편 이야기를 이어가노라.[6]

이 장시는 송나라가 들어설 때부터 멸망하기까지의 얽힌 사연을 노래하고 있다.

태조가 개국의 기초를 닦고 태종이 그 법통을 이은 다음 여러 황제가 차례로 제위를 물려받았다. 황음포학한 군주는 없었으나 대부분 우유부단한데다 무사안일에 빠져 지냈다. 자연히 권세와 재물이나 밝히는 소인배들이 꼬리에 꼬리를 물며 조정에 등장하였다. 그들은 백성들에게 해악을 끼치고 나라를 잘못된 길로 이끌어 눈을 빤히 뜬 채 아름다운 땅을 이민족의 손에 넘겨주었다.

경세제민經世濟民에 뛰어난 신하들도 있고 병법에 능한 장수들도 있었지만 제대로 기용되지 못해 능력을 발휘할 수가 없었다. 결국 차츰차츰 국운이 기울고 달리 손쓸 도리가 없게 되었다.

도교에 심취해 '교주도군'敎主道君 황제라고 불린 휘종은 천성이 고명하고 총명한데다 시문에 뛰어나고 제자백가에도 통달하였다. 조정에 강직하고 심지가 굳은 신하가 있어 충심으로 간하고 인도했더라면 옛날의 요임금과 순임금처럼 어진 임금이 되었을 것이다. 그러기는커녕 채경蔡京 같은 사람을 재상으로 삼고, 고구, 동관, 양전, 왕보, 양사성 같은 소인배들을 끌어들일 줄이야 누가 알았겠는가?

그들은 하나같이 아첨이나 일삼는 간신배들이었다. 바른 사람을 배척하고 백성의 재물을 함부로 빼앗으며 임금을 잘못된 길로 몰아갔다. 인공산을 만들어 기암괴석과 온갖 진기한 화초로 치장하는가 하면 좋은 관계를 파탄내며 강한 이웃 국가에 싸움을 걸었다. 모든 것은 뇌물을 통해야 했으며 자신들을 따르는 무리만 등용하였다. 또한 불로장생 신선놀음에 탐닉하며 밤낮을 유곽에서 살다시피 했다. 세상을 올바로 다스리는 일에는 전혀 신경을 쓰지 않았다. 마침내 도저히 회복할 수 없을 만큼 처참하게 무너지고 말았으니 어찌 애석하지 않으랴.

양산박 백팔 명 호걸들은 비록 녹림에 머물던 몸이지만 모두들 가슴속에 충의의 마음이 충만해 있었다. 사심 없이 대의를 추구할 뿐이었다. 하지만 한편으론 관의 핍박을 받고 더러는 사사로운 시달림에 하는 수 없이 물가에 은거해 지내야 했다. 그들은 하늘을 대신해 도를 행하면서도 백성들에게 피해를 주는 일은 하지 않았다. 나중에 조정에 귀순해 요나라를 정벌하고 방랍의 난을 토벌하는 데 큰 공을 세웠으니 나라를 위해 몸을 던졌던 것이다.

방랍을 토벌하고 강남에서 수도로 돌아갈 때는 안타깝게도 살아남은 사람이 겨우 열 명 중 세 명꼴에 불과하였다. 비록 봉작을 내려주었다고는 하나 그들의 공적에 비추어보면 하잘것없는 것이었다.

하지만 간신배들은 양산박 일행에 추호도 관용을 베풀 생각이 없었다. 그래서 노준의를 도성으로 불러들여 연회를 베풀면서 휘종 몰래 황제가 내리는 음식 속에 천천히 약효가 나타나는 독약을 섞어 넣었다. 노준의는 임지였던 여주로 돌아가는 중에 수은 독이 올라와 그만 물에 빠져 죽고 말았다.

송강에게는 짐독을 섞은 술을 내려 보냈다. 독주를 마셔 곧 죽게 될 것을 안 송강은 불 같은 성격의 이규가 걱정되었다. 그를 이 세상에 남겨두었다가는 필경 말썽을 일으킬 것이었다. 그렇게 되면 그동안 지켜온 충의도 한낱 물거품이 될 터였다. 송강은 이규를 속여 불러들인 다음 독주를 마시고 함께 생을 마감하였다. 두 사람은 초주 남문 밖의 요아와에 나란히 묻혔다.

오용과 화영은 송강과 누구보다 가까운 사이였다. 송강이 죽었다는 소식을 들은 그들은 한걸음에 달려와 송강의 묘 앞에서 목을 매어 자살하였다. 두 사람의 유해도 송강의 무덤 옆에 묻혔다.

초주에는 송강의 은혜를 입은 사람이 많았기에 송강의 무덤 곁을 지나며 눈물 흘리지 않는 이가 없었다. 사람들은 해마다 봄과 가을에 송강의 무덤을 찾아 제사를 지냈다. 바른 길을 걸으면 사람들이 반드시 알아주는 법이다. 이를 증명하는 시가 있다.

남당 출신 대연戴淵은 오랜 옛날
도성으로 달려가 무너져 내리는 사직 위해 목숨 바쳤지
오늘의 충심 여기에 비길 만하니
슬픔에 겨운 촌로들 정성스레 제물 올리누나

이 짧은 단락은 〈수호전〉의 결말에 해당한다. 앞서 이미 기술된 이야기를 반복하는 이유는 무엇 때문인가? 모두들 알다시피 무릇 충신 의사는 먼 훗날까지 아름다운 이름을 전하는 법이다. 정사와 야사 할 것 없이 그들의 행적을 기록하고 칭송하니 오랜 세월이 흘러도 사라지지 않는다. 마치 초목에 뿌리가 있어 봄이 되면 싹을 틔우고 샘물에 발원지가 있어 비가 내리면 솟아나는 이치와 같다.

송강은 한 가닥 충의의 마음으로 공을 세우고 이름을 드높였다. 그럼에도 불구하고 억울하게 비명에 생을 마감하고 말았다. 그러니 어찌 다시 한 번 그 높은 뜻을 밝혀 후세의 뜻있는 사람들에게 마음을 같이해 줄 것을 권하지 않겠는가!

양산박 형제 백팔 명 가운데 조정의 명을 받고 방랍을 토벌하는 일에 나섰다가 목숨을 잃은 사람은 절반이 넘는다. 이제 남은 사람은 서른두 명뿐이다. 그 면면은 다음과 같다.

공손승, 호연작, 관승, 주동, 이준, 이응, 대종, 연청, 주무, 황신,

손립, 손신, 완소칠, 고대수, 번서, 채경蔡慶, 동위, 동맹, 장경, 목춘, 양림, 추윤, 악화, 안도전, 소양, 김대견, 황보단, 두흥, 배선, 시진, 능진, 송청.

그 가운데 더러는 관리가 되어 임지에 나가 있고, 더러는 궁에 들어가 황제를 모시고, 더러는 속세를 떠나 은거하고, 더러는 관직을 버리고 농사를 짓고, 더러는 도를 닦는 일에 매진하였다. 그 서른두 명은 사방에 흩어져 있어서 마치 줄이 끊겨 떨어져나간 구슬이나 가지에서 떨어진 나뭇잎과 같은 모습이었다. 이들을 다시 한곳에 모으는 일은 불가능했다.

하지만 일에는 공교로움이 있고 이야기에는 우연이 있는 법이다. 때가 무르익으면서 수레바퀴가 들어맞듯이 그 옛날 양산박의 왕성한 기세에 못지않은 경천동지할 대사업이 출현하였다. 큰 공을 세워 후세에 길이 이름을 남기고 세세도록 영화를 누리는 오색찬란한 한 편의 이야기가 이루어진 것이다. 싫증나지 않도록 천천히 이야기를 풀어가 보자.

우선 완소칠 이야기부터 시작하겠다. 방랍을 타도하는 데 공을 세운 완소칠은 도성으로 돌아와 다른 사람과 마찬가지로 관직에 나가게 되었다. 그가 받은 관직은 개천군 도통제였다. 개천은 본디 황량한 변경 지역이어서 주민들이 사납고 법도를 따르지 않았다. 완소칠도 다혈질에 덤벙거리는 성격이어서 관직에는 뜻을 두지 못했다. 부임한 지 두 달이 지났는데도 술 마시고 사람들과 싸움이나 하며 무료한 시간을 보냈다.

완소칠은 방랍의 방원동 대궐을 함락시켰을 때 방랍이 사용하던 충천건과 자황포를 발견하고는 일시 흥에 겨워 그것을 몸에 걸친 일이 있었다. 그런 차림의 우스운 행동거지를 보인 것은 좌중을 웃기려는 장난기였을 뿐이다.

왕품과 조담이 완소칠의 모습을 보고 무엄한 행동이라며 성을 내어 꾸짖는 것을 송강이 달래서 진정시켰다. 왕품과 조담이 다시 채경의 면전에서 완소칠에게 역모의 마음이 있다고 모함하였다. 그 말을 들은 채경이 황제에게 주청해 완소칠은 관직을 삭탈당했다.

덕분에 완소칠은 오히려 자유로운 몸이 되었다. 그는 자신의 어머니를 모시고 전에 살던 석갈촌으로 돌아갔다. 십여 칸 크기의 초가집을 짓고 토담과 대나무 울타리를 두르니 제법 청아한 정취가 배어났다. 완소칠은 작은 배 몇 척을 구입하였다. 그리고 마을 어부 몇몇의 힘을 빌려 집안일을 꾸려나갔다. 완소칠은 바둑판무늬의 조끼를 즐겨 입었는데 그런 차림으로 석갈호 물고기를 잡아 어머니를 봉양하였다.

그러던 음력 사월 어느 날이었다. 집안까지 녹음이 짙게 드리우고 밝은 햇살이 대지에 넘치고 있었다. 완소칠은 한 동이의 술과 생선 안주며 야채 등속을 들고 호숫가로 나갔다. 그는 버드나무 그늘 아래 맨발에 책상다리를 하고 앉아 술을 마시기 시작하였다. 아무런 구애도 받지 않는 텁수룩한 맨머리로 자작하니 절로 흥겨웠다. 연거푸 열 사발쯤 들이켜니 불어오는 훈풍에 술기운이 일었다. 문득 분통이 치밀어 오른 그는 손가락을 튕기며 혼잣소리로 중얼거렸다.

'내 모습이 지금 얼마나 우스운가! 우리 삼 형제가 완력 하나는 뛰어나서 도박을 하든 술을 마시든 시비가 붙어도 누구 하나 감히 불평조차 하지 못했는데 말이야. 그렇군, 오학구(오용) 선생이 우리를 찾아와 조보정(조개)의 장원으로 데려가는 바람에 함께 공모해 채태사한테 가는 생일선물을 훔쳐냈었지. 남은 인생을 좀 넉넉하고 재미나게 살아볼까 했던 거지. 그런데 그만 백일서 백승이 붙들려 자백하게 되자 조보정 일행과 함께 양산박에 들게 되었지. 나중에 송공명(송강)이 무리 속에 들어오면서 양산박 형제들의 수효가 크게 늘고 경천동지할 사업을 도모하게 되었고.

송공명은 밤낮으로 황제가 불러주기만을 고대했지. 황제가 세 번이나 칙서를 보내고 숙태위가 보증함으로써 마침내 도성으로 올라갈 수 있었지. 요나라를 정벌하고 방랍을 토벌하는 일에 나서 오래도록 피 흘려 싸우며 나라에 충성을 다한 우리가 아닌가! 친형님 두 분은 전쟁터에서 목숨을 잃는 바람에 유골조차 고향에 돌아올 수 없었지. 내가 성은을 입어 관직을 얻게 될 줄이야. 그런데 잠깐 치기어린 기분에 방랍의 옷을 몸에 걸쳤다가 왕품과 조담이란 놈이 참소하는 바람에 관직을 빼앗기고 다시 서민이 되어 오늘에 이르렀구나. 힘써 물고기 몇 마리 잡으면 노모를 봉양할 수 있으니 다시는 간신들의 업신여김을 받을 일도 없을 것이다. 나중에 육신이 온전한 상태로 죽을 수 있다면 더 바랄 게 무엇이겠는가!

다만 듣자니 송공명과 노원외(노준의)가 성지를 속인 간신 놈들의 손에 독살되었다니 참으로 분한 일이로다. 오학구와 화지채(화영)도 초주 송강의 무덤 앞에서 목을 매어 자살했다니 어찌 통분하지 않으랴! 황제의 부름에 응하지 말고 양산박 형제들이 합심해 도성을 들이치자는 내 주장대로 했더라면 좋았을 것을! 그랬더라면 현자를 시기하고 능력 있는 사람을 쫓아낸 저 간사한 자들을 모조리 죽여 천하 백성들의 원한을 풀어주었을 터이니 어찌 통쾌하지 않았겠는가!

도리어 간적들의 음모에 빠져 뿌리가 잘리고 목숨까지 잃고 말았구나. 형제들이 죽거나 뿔뿔이 흩어졌으니 고장난명이라 혼자서 무슨 일을 할 수 있을까? 내일은 술과 고기를 준비해 가지고 산채에 가서 제사라도 드려야겠다. 그것이 오래도록 정을 나눈 형제의 도리겠지.'

이렇듯 중얼거리며 마시다 보니 완소칠은 어느새 한 동이의 술을 다 마셔버렸다. 그는 빈 그릇을 들고 비틀거리며 집에 와서는 그대로 쓰러져 잠이 들었다.

다음날 아침 붉은 해가 높이 뜬 다음에야 완소칠은 자리에서 일어났다. 그는 데리고 있는 어부를 시켜 돼지와 양을 한 마리씩 잡게 했다. 그리고 향초와 지전을 준비한 다음 술 두 동이와 함께 배에 실었다. 그는 두 사람의 어부가 젓는 배를 타고 천천히 석갈촌에서 양산박을 향해 나아갔다. 금사탄에서 배를 내려 충의당 옛터로 걸어 올라가니 예전과는 사뭇 다른 광경이 펼쳐졌다.

온 산 쓸쓸하고 들판 너머로 호수물 아득한데, 세 개의 관문 모두 무너지고 산채는 온통 텅 비었네. 바야흐로 사월 청화절 좋은 때이거늘 우울한 안개는 구월의 쓸쓸함을 닮았도다. 단금정 아래 보배 구슬 흩어져 있고 충의당 앞에는 부러진 칼과 창만 나뒹굴 뿐! 행황기杏黃旗는 갈가리 찢긴 채 소나무 가지 위에 걸려 있고 비단 군복은 옷깃만이 떡갈나무 잎 속에 묻혀 있네. 빈 바위에 맺힌 피는 그 밑에 묻힌 썩어 문드러진 심장 탓일 게고, 바람에 떠는 가시나무엔 말라비틀어진 머리카락 걸려 있누나. 전각 현판 글씨는 제비 똥에 찌들고 이름 새겨진 돌비석 위에는 이끼만 가득하다. 술 취한 사람이 코 골듯 승냥이 울고 호랑이 으르렁 소리는 마치 대장군의 호령 소리 같구나. 장군의 전마戰馬는 지금 어디에 있는가? 잡초와 들꽃만 무성하니 온 땅이 처량할 뿐.

산 앞자락부터 뒤쪽까지 샅샅이 둘러본 완소칠은 크게 상심했다. 그는 아랫사람을 시켜 가져온 제물을 충의당 공터에 진설하게 하였다. 향초에 불을 켜고 칠십여 개의 큰 잔에 술을 가득 부은 다음 위쪽을 향해 몇 번이고 거듭 절을 올렸다. 절을 마친 완소칠이 큰소리로 외쳤다.

"조천왕, 송공명 두 형님, 그리고 모든 형제의 혼령들이시여! 이 완소칠이 정성껏 술과 고기를 장만해 가지고 다시 산채에 왔습니다. 돌아가신 영령들께 삼가 제를 올리니 모두들 생전과 마찬가지로 가슴을 열고 흠향해 주십시오. 비록 간신들의 계략에 걸려 목숨을 잃었다고는 해도 천하에 이름만은 크게 떨치지 않았습니까? 우리가 하늘을 대신해 도를 행하고 나라를 위해 충성을 다

한 호걸들이라는 건 세상이 다 압니다. 저 완소칠도 언젠가 죽게 되면 자연히 형님들이 계신 곳으로 따라갈 것입니다."

말을 마친 완소칠의 눈에서는 두 줄기 눈물이 흘러내렸다. 그는 머리를 몇 번씩이나 땅바닥에 부딪치고 나서 지전을 불살랐다. 제사를 마친 완소칠은 돼지고기와 양고기를 썰고 술을 데워 함께 먹자고 했다.

"칼을 가지고 오지 않았는데 어쩌지요?"

일행의 말에 완소칠이 대답했다.

"괜찮네. 내 허리띠에 차고 다니는 단도가 있으니 그걸 사용하세."

옷깃을 들추고 손으로 더듬더듬 단도를 찾던 완소칠이 웃으며 말했다.

"이런, 깜빡 잊고 집에 두고 왔군그래. 하는 수 없지. 손으로 찢어서 먹는 수밖에."

일행들이 고기를 찢고 술을 데웠다. 그런 다음 둘러앉아 고기며 술을 먹기 시작했다. 얼마큼 지나지 않아 꽤 취기가 오른 완소칠은 소매를 걷어붙이며 일행을 향해 말했다.

"자네들은 잘 모르겠지만 이 자리가 바로 충의당이 있던 곳이네. 건물 앞에는 '체천행도'替天行道라는 네 글자가 쓰인 커다란 행황기가 걸려 있었지. 저기 쓰러진 돌기둥이 보이지 않는가? 바로 행황기를 걸었던 기둥이라네. 대청 한복판에 조천왕의 위패를 모셨고 그 왼쪽 첫 번째 의자가 우두머리 송공명의 자리였지.

나천대초羅天大醮의 단을 세우고 하늘에 치성을 드렸더니 꼬박 사흘이 지난 다음 이적이 나타났다네. 하늘에서 돌비석이 떨어진 거야. 거기에는 천강성天罡星 서른여섯 명과 지살성地煞星 일흔두 명의 이름이 새겨져 있었어. 하늘이 우리 형제들의 차례까지 전부 정해 주었기 때문에 누구도 감히 어길 수가 없었지. 자연히 그 순서대로 자리에 앉게 되었는데 나는 천패성天敗星으로 서른한 번째 순서였다네.

만약에 상의해야 할 큰 일이 생기면 큰 북을 쳤지. 북소리를 들은 호걸들은 모두 충의당에 모여 지시를 받고 질서정연하게 행동했어. 충의당 양편으로는 수많은 작은 방들이 늘어서 있었고, 그 밖에도 보군 숙소, 수군 숙소, 창고, 감방 등이 숱했지. 조정의 부름에 응한 뒤로 모두 허물어져 지금은 이처럼 잡초에 돌무더기뿐이군. 그러니 어찌 가슴 아프지 않겠는가?"

말하는 틈틈이 연신 술을 마셔댄 완소칠은 어느새 크게 취해버렸다. 그들은 자리에서 일어나 배로 돌아가기 위해 가지고 온 물건들을 챙기기 시작하였다. 그때 돌연 산모퉁이 쪽 큰길에서 징소리가 들려왔다. 먼발치서 바라보자니 쌍쌍의 푸른 깃발을 앞세우고 집사와 호위병을 거느린 관원의 행차였다. 청라산을 쓰고 말 위에 앉은 관원과 그 일행은 사람들 사이에서 길이라도 열듯이 요란한 소리를 내며 점점 완소칠 일행 쪽으로 다가왔다.

"괴상한 일이로군! 이런 외딴 산속에 웬 벼슬아치의 행차람."

완소칠의 말이 채 끝나기도 전에 그들 일행은 벌써 충의당까지 올라왔다. 완소칠은 관원의 얼굴을 똑바로 쳐다보았다. 갸름한 얼굴에 매의 눈을 하고 쭉 찢어진 큰 입을 지녔는데 쥐처럼 수염이 말려 올라가 있었다. 꾀가 많아 보이고 아주 냉소적인 인상이었다. 높은 벼슬아치나 제주 태수 같은 사람 밑에서 굽실굽실하며 아첨이나 일삼을 자였다.

말을 탄 이 관원은 누구인가? 원래 그는 채태사(채경) 밑에서 일을 보던 장간판이었다. 태위 진종선이 황제의 칙사가 되어 양산박 산채에 황제의 뜻을 전하러 왔을 때 그 역시 진종선을 따라왔었다. 말주변이 좋고 제멋대로 위세를 부리는 자였다. 그때 완소칠은 황제가 보낸 어주 열 병을 몰래 따라 마시고는 그 마을에서 빚은 백주로 바꿔치기해 버린 일이 있었다.

황제가 보낸 조서에 양산박 호걸들의 마음을 달래고 위로하는 내용이 없어 모두들 분한 마음에 조서를 찢어버리는 소동이 일었다. 송강이 두령들을 겨우 달랜 다음에야 그들은 산을 내려가 쥐새끼처럼 달아날 수 있었다.

장간판이 비위를 잘 맞춰주었기 때문인지 채태사는 그를 몹시 신임하였다. 채태사가 그의 뒤를 봐주기 위해 이부吏部 문선사에 청탁을 넣은 덕분에 장간판은 제주부 통판에 임명되었다. 그가 부임한 지 채 석 달도 되지 않아 태수 장숙야는 염방사로 승진하였다. 그래서 통판인 그가 제주부의 전권을 대행하는 처지가 되었다. 그는 채태사의 뒷배를 믿고 동료를 능욕하고 백성의 고혈을 빠는 안하무인의 행패를 부렸다. 사람들의 원성이 자자한 상황이었다.

비록 송강의 패거리들이 흩어지기는 했어도 양산박에 가면 그들이 감춰놓은 보물을 찾을 수 있을지 모른다고 장통판은 생각했다. 또 숨어 있는 잔당이라도 몇 명 잡아들인다면 출세의 끈이 되어줄 터이었다. 마침 사월은 농사에 바쁜 계절이라 서로 다투는 송사도 없다 보니 관원으로서 거들먹거릴 일도 생기지 않았다. 이런 한가한 틈을 이용해 양산박에 순찰을 나온 것이었다. 그랬다가 뜻밖에 술에 취한 완소칠 일행을 만나게 되었다. 장통판은 완소칠 일행을 보고 소리쳤다.

"이놈들, 네놈들은 뭐하는 놈들이냐? 어째서 이런 곳에 모여 있느냐? 저놈들을 전부 잡아들여라!"

그 말을 들은 완소칠의 눈에서는 불꽃이 튀었다. 완소칠은 참을 수가 없어 주먹을 들어 올리며 말했다.

"이 몸이 여기서 술 몇 잔 잡수셨소! 그런데 그게 무슨 나쁜 일이라고 우리를 잡겠다고 위세를 부리고 난리요!"

이때 장통판의 수행원 하나가 완소칠을 알아보았다.

"저자는 활염라 완소칠입니다."

이 말을 들은 장통판이 크게 노하며 말했다.

"이 죽일 놈의 산적놈아, 다시 여기서 반란을 작당모의하고 있는 거냐? 나는 지금 한 고을의 수장으로서 도둑놈 잔당을 토벌하려고 한다. 그런데 내 뜻을 거역하겠다는 것이냐? 방자한 놈이로구나!"

이마의 푸른 자자刺字 흉터를 드러낸 완소칠이 눈을 동그랗게 뜨고 가슴을 치면서 욕을 퍼부었다.

"이 더러운 짐승 같은 놈아! 나도 일찍이 조정을 위해 여러 해 동안 전쟁에 나서 개천군 도통제를 지낸 몸이시다. 어디서 굴러먹던 놈인지 모르지만 너 따위 백성의 고혈이나 빠는 도적놈이 어째서 이 어르신의 심기를 건드린단 말이냐?"

완소칠은 장통판의 말 앞으로 달려들었다. 당장 그를 말 위에서 끌어내릴 기세였다. 하지만 호위병들이 가로막는 바람에 접근할 수가 없었다. 일격에 그를 쳐죽이고 싶었지만 가지고 있는 무기가 없었다. 완소칠은 '에잇' 하고 큰소리를 지르며 호위병이 들고 있는 등나무 몽둥이를 빼앗았다. 빼앗은 몽둥이로 장통판의 머리를 앞쪽에서 내려쳤다. 그 바람에 장통판이 쓰고 있던 감투의 반쪽이 날아가 버렸다.

호위병들이 황급히 달려들었으나 완소칠의 힘을 당해 내지 못했다. 완소칠이 몽둥이를 한 번 휘두르자 모두들 땅바닥에 널브러졌다. 형세가 좋지 않다고 판단한 장통판은 말머리를 돌려 부리나케 채찍을 휘두르며 달아났다. 장통판을 따라온 자들도 모두 일어나 내빼기 바빴다. 뒤처진 호위병 하나가 완소칠에게 붙잡혔다.

"너희는 어디 놈들이냐? 무슨 일을 저지르려고 여기 왔느냐?"

완소칠이 주먹으로 머리를 쥐어박으며 물었다. 그자는 돼지 멱따는 목소리로 울부짖었다.

"나리, 살려주십시오. 저는 무슨 일인지 잘 모릅니다. 저 사람은 제주 통판입니다. 동경 채태사 밑에서 일하던 장씨 성을 가진 강판인데 새로 부임한 지 얼마 되지 않았습니다. 이곳 양산박에 혹시 무뢰배들이 있지나 않은가 하고 순시를 왔던 것입니다. 나리를 몰라 뵙고 그만 이 같은 무례를 범하게 되었으니 제발 살려주십시오."

완소칠이 말했다.

"알겠다. 용서해 줄 테니 돌아가서 그 도둑놈에게 전해라. 제아무리 배포가 크다고 해도 함부로 나를 건드릴 생각은 하지 말라고 말이다!"

목숨을 구한 호위병이 대답했다.

"소인이 가서 반드시 그대로 전하겠습니다."

그렇게 말하고는 벌떡 일어나 달음질쳤다. 그 모습을 바라보며 완소칠이 말했다.

"원래 장간판이란 자는 채태사의 주구에 지나지 않는데 어떻게 백성의 부모 노릇을 한단 말인가? 조정에서 하는 꼬락서니가 참 꼴불견이로다. 칼을 가져오지 못한 것이 유감이구나. 한 칼에 그놈의 머리를 싹둑 베어버렸으면 좋았을 것을."

다음과 같은 시구가 떠오른다.

〈시경〉과 〈서경〉 같은 경전은 끝내 벽 속에 감추어지고
종놈들도 반란의 깃발 내걸었네

마음을 진정하고 나니 술이 깨기 시작하였다. 완소칠은 아랫사람들에게 물건을 챙기게 해 배로 돌아왔다. 해질녘이 되어서야 집에 도착했다. 어머니께 낮에 있었던 일을 말씀드렸더니 어머니는 나무라며 말했다.

"네 두 형은 이제 이 세상 사람이 아니다. 너 하나를 의지하고 사는데 매사를 성질대로 해서야 되겠니? 그놈이 내일이라도 사람

들을 끌고 오면 어쩐단 말이냐?"

완소칠이 대답했다.

"괜찮아요, 어머니. 안심하세요. 제가 알아서 할게요. 뭐 별일 있겠어요?"

그날 밤은 아무 일도 없었다. 완소칠은 다음날 일찍 여느 날과 마찬가지로 고기를 잡으러 나갔다.

사흘째 되는 날 밤 열 시쯤이었다. 침대에서 자고 있던 완소칠은 문밖에서 사람들이 움직이는 소리를 듣고 잠에서 깼다. 밖을 내다보니 밝은 불빛이 집 안을 비추고 있었다. 그는 벌떡 일어나 옷을 주워 입었다. 칼을 차고 유엽창을 든 채 문소리를 내지 않고 밖으로 나왔다.

발돋움해 담장 밖을 바라보니 손에 무기를 든 일이백 명쯤 되는 병사들이 집을 에워싸고 있었다. 횃불을 든 사람도 십여 명 되었다. 장통판은 말을 타고 있었다. 가벼운 전투복에 관모를 눌러 쓴 장통판은 어깨에 활을 메고 있었다. 장통판이 말 위에서 소리쳤다.

"완소칠을 놓치지 마라!"

십여 명의 병사가 울타리 문을 힘껏 밀치며 집 안으로 몰려들었다. 그 바람에 문이 반쯤 쓰러졌다. 완소칠은 재빨리 뒤채 곁의 쪽문을 빠져나와 대문 쪽으로 크게 돌았다. 병사들이 집 안을 뒤지는 동안 말을 탄 장통판은 대문 밖에서 기다리고 있었다. 그는 완소칠이 뒤쪽에서 자신을 노리고 있는 줄을 전혀 눈치채지 못하고 있었다.

활염라 완소칠과 양산박 최고참 멤버의 하나인 주귀.

완소칠은 맞춤한 때를 엿보다가 유엽창을 비껴들고 장통판의 왼쪽 옆구리를 힘껏 찔렀다. 장통판은 외마디 비명을 지르며 말에서 굴러떨어졌다. 그가 떨어진 자리에는 피가 흥건했다. 완소칠은 창을 내던지고 허리에서 칼을 뽑아 장통판의 목덜미를 내리쳤다. 장통판은 이내 숨이 끊어지고 말았다.

시끄러운 소리가 들리자 병사들이 몸을 돌려 문밖으로 달려왔다. 장통판이 죽어 쓰러져 있으리라고는 전혀 생각하지 못하고 급히 문밖으로 튀어나오던 몇몇이 장통판의 몸에 걸려 넘어졌다. 완소칠의 완력을 당하지 못한 몇 명의 병사가 칼을 맞고 쓰러지자 나머지는 모두 걸음아 날 살려라 하고 달아났다.

완소칠은 집 안으로 뛰어들어가 어머니를 불렀다. 큰 소리로 거듭 어머니를 불렀으나 대답이 없었다. 땅바닥에서 떨어진 횃불 하나를 주워들고 여기저기 샅샅이 찾아보니 어머니는 침상 밑에 숨어 웅크린 채 떨고 있었다. 집에 데리고 있는 사람들은 그림자도 보이지 않았다. 완소칠은 급히 어머니를 일으켜 세우며 말했다.

"어머니, 놀라셨지요? 이제 여기서는 살 수 없어요. 짐을 싸서 다른 곳으로 옮겨야겠어요."

완소칠은 곧바로 옷가지며 값나갈 만한 물건을 챙겨 봇짐을 꾸렸다. 그리고 밥을 지어 어머니와 함께 배불리 먹었다. 그는 노모를 부축해 문밖으로 나간 다음 장통판과 병사들의 시체를 집안으로 옮기고 초가에 불을 질렀다. 불꽃이 활활 타올랐다. 이미 새벽인데도 희미한 달빛이 아직 남아 있고 삼형제별과 북두성은 옆으로 기울어 있었다.

 무성히 잎을 틔운 버드나무 아래서 울부짖는 말 울음소리가 들렸다. 장통판이 타고 온 말이었다.

 '어머니는 연세가 많으셔서 먼 길을 걷기 힘드실 거야. 저 말을 타고 가시도록 해야겠다.'

 이렇게 생각한 완소칠은 말을 끌고 와서 어머니를 말 위에 태웠다. 자신은 등에 봇짐을 둘러멨다. 허리에 요도를 차고 손에 박도를 든 채 그는 마을을 벗어나 북쪽으로 길을 잡았다.

 장통판 같은 사람을 풍자하는 시가 있다.

 남을 속이고 관직에 올라
 얼간이 같은 모습으로 자리만 보전하더니
 경망스러이 호랑이 굴을 찾은 것은 어인 일인고
 아첨꾼의 뼈 무더기 황사바람 속에 나뒹구네

 완소칠은 장통판을 죽이고 어머니와 함께 달아나는 중이다. 완소칠의 어머니가 말 위에서 한숨을 쉬며 말했다.

 "내가 너희 삼 형제를 낳아 대대로 해온 어부 노릇이나 하며 안온한 삶을 살기를 바랐더니 양산박에 들어가 소이와 소오는 제 명대로 못 살고 겨우 너 하나 남지 않았느냐? 너한테 의지해 살다 땅 속에 묻히기를 바라왔는데 또다시 생각지도 않던 이런 기구한 일을 당하고 말았구나! 내 나이가 몇인데 이런 간담이 서늘한 일을 또 겪는단 말이냐?"

"어머니, 너무 원망 마세요. 이번 일은 제가 일부러 벌인 일이 아니잖아요. 그런 놈에게 절대 능욕을 당할 순 없어요. 어머니께는 정말 송구합니다. 이제 편안하게 지낼 수 있는 곳을 찾는다면 누가 무어라고 시비를 걸어와도 상대를 안할게요."

완소칠이 웃으며 대꾸하니 어머니가 말했다.

"제발 그렇게 해주렴."

완소칠과 같은 처지를 노래한 시가 있다.

어려운 처지에서도 노모를 모시며 효행을 다하건만
세상을 생각하니 그저 서글픈 마음뿐

두 모자는 이런저런 대화를 나누며 길을 재촉하였다. 잠을 자고 나서도 새벽이 되면 곧바로 길을 떠났다. 시장기를 느껴야 겨우 음식을 먹고 갈증이 심할 때만 물을 마시며 줄곧 걸었다. 사흘째 되는 날 우연히 길에서 행인들이 나누는 대화를 엿듣게 되었다.

"그 양산박 완소칠이 제주 통판을 죽였다는군. 지금 성안에는 방문이 나붙고 범인의 인상착의를 그린 그림을 가지고 수색중이라네. 누구든 그자를 잡기만 하면 상금 삼천 관을 준다는 거야."

그런 말을 듣고 보니 큰 고을은 피할 수밖에 없었다. 산기슭에 나 있는 작은 오솔길을 주로 택하였다. 완소칠은 되는 대로 살아온 사람이어서 어디에 몸을 의탁할 것인지 같은 계산은 해보지도 않은 채 앞으로 나아가기만 했다.

그러기를 십여 일쯤 되었을 때 어느 높은 산의 기슭에 이르렀다. 산세가 몹시 험준했다. 완소칠의 어머니는 길을 나서기 전에 크게 놀란데다 무더위와 여독으로 잡자기 복통이 생겨 미간을 찡그리며 신음했다. 말 등에 더는 머물지 못하고 금방이라도 굴러떨어질 것만 같았다. 완소칠은 크게 당황하였다.

다행히도 산자락 사이 우묵한 곳에 낡은 사당이 하나 눈에 띄었다. 완소칠은 어머니를 부축해 말에서 내리게 한 다음 사당 안으로 모셨다. 텅 빈 사당 안에 사람의 자취는 보이지 않았다. 봇짐을 풀어 요를 꺼낸 완소칠은 떼어낸 문짝 위에다 깔았다. 요 위에 어머니를 눕혀드리자 어머니가 말했다.

"배가 쿡쿡 찌르듯이 아파서 뜨거운 물이 마시고 싶구나."

완소칠이 대답했다.

"어머니, 잠시만 누워 계세요. 저기 솥이 있으니까 불씨를 구해다가 얼른 물을 끓여드릴게요."

완소칠은 사당 문을 닫고 밖으로 나왔다. 큰 걸음으로 뛰다시피 걸으며 이쪽저쪽 사방을 살펴보았지만 인가가 보이지 않았다. 작은 언덕을 넘어서자 멀리 숲속에 사람 사는 집의 지붕 한켠이 보였다. 부리나케 달려가 불씨를 얻었다. 거리가 멀어 벌써 한참의 시간이 흐르고 있었다. 한낮 정오쯤이라서 붉은 해는 중천에 떠 있는데 구름 한 점 보이지 않았다. 급히 달려오자니 얼굴은 땀으로 범벅이 되었다. 저고리를 벗어 팔에 걸치며 완소칠은 중얼거렸다.

'어쩜 이리도 더울까? 황니강에서 채태사한테 가는 생일선물을

빼앗던 날만큼이나 무덥군!'

완소칠은 나는 듯이 달려와 사당 문을 열었다. 그런데 어머니가 보이지 않았다. 봇짐도 눈에 띄지 않았다. 겁이 덜컥 났지만 혼잣소리로 중얼거렸다.

'뒷간에라도 가신 모양이지. 봇짐은 혹시라도 누가 가져갈까봐 들고 간 게고. 그런데 말은 어디로 사라졌지?'

뒷문 밖으로 나가 보니 온통 잡초만 무성했다. 사방을 향해 '어머니!' 하고 큰 소리로 불러보았으나 그림자도 찾을 수 없었다. 당황한 마음에 가슴이 방망이질쳤다.

'이거 일이 잘못된 거 아냐! 호랑이한테라도 물려가셨나? 언젠가 이규 형님이 자신의 모친을 등에 업고 기령沂嶺을 넘다가 모친이 목이 마르다며 물을 찾기에 골짜기로 내려가 물을 길어 오니 호랑이가 먹다 남긴 넓적다리 하나만 보이더라더니 오늘도 그런 것인가?'

불현듯 그건 아니라는 생각이 들었다. 호랑이나 늑대의 공격을 받았다면 상처가 나서 반드시 피를 흘렸을 것이기 때문이다. 잡초를 헤치며 그 일대 구석구석을 뒤져 보았으나 핏자국은 보이지 않았다. 또 말과 봇짐이 사라진 걸 보아도 호랑이 짓은 아니었다. 갈피를 잡지 못한 채 정문 부엌 쪽으로 달려오자니 마음은 점점 초조해지고 눈물이 샘솟듯 흘러내렸다. 이곳이 어디인지도 알 수 없고 물어볼 사람도 없었다. 큰길에 나가 찾아볼까 하는 생각도 들었으나 어머니께서 배가 아파 움직이지도 못하는데 그렇게 멀리 나갔을 리는 없었다.

온갖 생각에 어찌할 바를 모르고 망연자실해 있는데 문득 한 사내가 걸어오고 있었다. 팔척장신에 나이가 서른 살은 넘어 보였다. 옥 장식을 단 푸른색 만자 두건을 쓰고 있는데 얼굴이 하얗고 입술이 도드라지게 붉었다. 그리고 짙은 눈썹에 눈매가 수려한데다 능직 모시옷에 은장식 허리띠를 두르고 있었다. 보아하니 행세깨나 하는 집안의 자제로 군인 출신이 아닌가 싶었다. 잠시 강호를 떠돌고 있다 해도 어딘지 모르게 영웅의 풍모를 풍기고 있었다.

완소칠은 어머니가 보이지 않아 제정신이 아니었다. 웬 사내가 나타나자 불문곡직하고 달려가 그를 붙들고는 소리쳤다.

"당신, 당장 우리 어머니 내놔!"

홀로 하늘을 날던 외로운 기러기 다시 무리를 짓고
파도에 갇혀 있던 큰 고래가 다시 구름을 일으키네

1. 향해아香孩兒: 송나라 태조 조광윤趙匡胤의 아버지는 낙양 금위군의 장교였다. 조광윤이 태어난 진중에 한동안 향긋한 냄새가 감돌아 그는 '향해아'라고 불렸다.

2. 진교 병변: 요나라 군대가 후주後周를 침공하자 대군을 이끌고 전선으로 향하던 금군禁軍 총사령관 조광윤은 수도 변경汴京(지금의 개봉) 교외의 진교역에서 부하들의 추대를 받아 황제가 되었다. 이를 진교 병변이라고 한다. 군대를 돌려 수도로 돌아온 조광윤은 후주의 어린 황제 공제恭帝의 선양을 받아 정식 황제가 되었다. 이로써 오대십국五代十國이 난립하던 시대가 마무리되고 송나라가 중국 대륙을 통치하게 되었다.

3. 촛불 그림자 속 도끼 소리: 촉영부성燭影斧聲. 송 태조를 계승한 황제는 그의 아우 조광의이다. 조광의는 진교 병변의 주역으로 형이 제위에 오르는 일에 적극 나섰으며, 형을 도와 통치에도 큰 공을 세웠다. 조광의가 태조의 아들들을 제치고 제위에 오르자 그가 형을 독살했다는 의혹이 제기되었다. 《송사신편》 등에는 다음과 같은 고사가 전한다. "서기 976년 10월 20일 밤에 태조가 갑자기 조광의를 불러들였다. 태조는 침실에서 아우와 이야기를 나누었는데, 조광의가 자리에서 일어나 이리저리 피하는 모습이 촛불 그림자에 어렸다. 태조는 돌연 도끼를 들어 탁자를 치며 큰소리로 '그렇게 하라!'고 부르짖고는 이내 숨을 거두었다. 태조의 사후 조광의가 즉위해 태종이 되었다." 촉영부성은 태종이 형 태조를 시해하고 제위에 올랐다는 의혹을 담은 고사성어이다.

4. 금궤지맹金櫃之盟: 태조와 태종의 어머니 두태후杜太后는 태조의 동생 조광의가 제위를 잇고, 다음에는 그 아랫동생인 조정미, 그리고 태조의 아들 조덕소 순으로 황위를 계승한다는 유언을 공신 조보趙普에게 작성시켜 금궤에 넣어두었다. 태종은 자신의 황위 승계가 합법적임을 보증해 준 이 '금궤지맹'을 깨고 자신의 아들에게 황위를 물려주었다.

5. 전연지맹澶淵之盟: 1004년 송나라에 침입한 요나라와 송나라 사이에 체결한 강화조약. 조약이 체결된 전주(하남성 복양)는 전연澶淵이라고도 불렸기에 '전연지맹'이라는 말이 생겼다. 요나라의 기세가 무서웠던 송나라는 해마다 요나라에 은과 비단을 보내기로 하는 굴욕적인 조약을 맺었다. 이로써 송나라와 요나라 사이의 25년에 걸친 전쟁이 끝나고 한동안 평화로운 시기가 유지되었다. 송나라를 요나라에 맞서 싸우게 하고 그리하여 전연지맹을 맺게 한 구준寇準은 모함을 받아 광동 땅 뇌주雷州의 하급관리로 좌천되었다가 그곳에서 죽었다. 구준의 장례식 때 백성들이 대나무를 세워 지전을 꽂았는데, 슬퍼하는 백성들의 눈물에 젖은 마른 대나무에서 새순이 돋았다는 시가 전한다.

6. 북송의 창건부터 남송의 멸망까지 송나라 320년의 역사를 압축한 장시다. 역사적 사실에 기초하면서도 일부 세간에 전해 오는 이야기를 섞어 노래하고 있는데 시문詩文이나 사람의 일화 등이 혼재되어 몹시 난해하다. 직역을 하면 독자가 맥락을 이해하는 데 도저히 요령부득일 수밖에 없는 구조다. 그리하여 순차적인 왕위 계승 내용이라든지 일화에 관계된 사람의 이름이나 사건 같은 것을 짧게 덧붙여 의역함으로써 계기적 흐름을 파악할 수 있도록 하였다.

제2회
다시 모이는 녹림 호협

완소칠이 사당 문 앞으로 다가오는 사내를 붙잡고 어머니를 돌려달라고 하자 그 사람은 상황을 납득할 수가 없었다.

"당신은 누구요? 아닌 밤중에 홍두깨 격으로 당신 어머니를 내놓으라는 거요? 내 몹시 언짢은 일을 겪고 나서 바삐 걷다 보니 땀에 흥건히 젖고 말았소. 그래서 이 사당에서 잠시 쉬어가려는 것뿐이오. 당신은 대체 누구요?"

완소칠은 그가 관계없는 사람임을 알고는 손을 놓으며 물었다.

"큰길 쪽에서 오는 것 같은데 혹시 봇짐을 든 노파를 보지 못했소?"

"나는 십리패 주점에서 술을 마시다가 오는 길이오. 날씨가 더워서인지 길을 오가는 사람이 아무도 없었소. 그러니 당신 어머니를 봤을 리가 없잖소. 당신은 누구인데 어쩌다가 어머니를 잃어 버린 것이오?"

"나는 석갈촌 출신으로 어머니와 함께 몸을 의탁할 곳을 찾아가는 중이었소. 길에서 고생하신 탓에 어머니 몸이 편찮아 잠시 이 사당에서 쉬게 된 것이오. 어머니께서 더운 물을 마시고 싶다고 해서 불씨를 구해 돌아와 보니 어머니가 보이지 않는 거요. 말과 봇짐까지 함께 사라졌소. 속이 바작바작 타는 중에 당신이 걸어 들어오는 걸 보고 나도 모르게 결례를 범하게 되었소."

그 사람은 잠시 생각하더니 물었다.

"석갈촌이라면 제주 관하로 양산박 근처 아니오?"

"맞소. 석갈촌의 호수물은 양산박과 이어져 있소."

완소칠의 대답에 사내가 다시 물었다.

"양산박 송강의 부하 중에 흑선풍 이규라는 사람이 있는데 혹시 이름을 들은 적이 있소?"

"잘 알죠. 그 사람은 지금은 죽고 없소."

"한 가지 더 물어보겠소. 예전에 송강이 축가장을 들이쳤을 때 호삼랑이란 사람을 산채로 데려갔는데 그후 어떻게 되었는지 아시오?"

"일장청 호삼랑은 임충에게 붙들렸죠. 송강은 일장청을 곧바로 산채로 보내 자신의 부친 처소에 머물게 했어요. 두령들은 모두 송강이 틀림없이 자신의 아내로 삼을 모양이라고 생각했죠. 군대를 돌려 돌아온 송강은 일장청을 왜각호 왕영의 짝으로 맺어주었어요. 두 사람은 부부 사이가 아주 화목했습니다. 호삼랑은 지살성의 운을 타고 났기 때문에 충의당에 당당히 자신의 자리를 차지하고 있었지요. 나중에 조정의 부름을 받아 방랍의 난을 정벌하러 갔을 때 오룡령에서 정마군이 요술을 부리는 바람에 부부 모두 죽고 말았소."

이야기를 듣고 난 사내는 눈물을 주르르 흘렸다. 완소칠이 물었다.

"호삼랑과 어떤 관계시오?"

"나는 독룡강 기슭 호가장의 호성이란 사람이오. 호삼랑은 바로 내 누이동생입니다. 축가장의 축표와 혼인할 예정이었던 누이가 그들을 도와주러 출전했다가 사로잡혔던 거지요. 술과 양고기 등속을 준비해 송강의 진영을 찾아가 호소했더니 송강은 누이를 돌려보내겠다고 약속했지요.

나중에 축가장을 무너뜨렸을 때 그 흑선풍이란 자가 우리 아버지를 비롯한 일가붙이들을 모두 죽이고 장원에 불을 질렀던 겁니다. 나 혼자 간신히 빠져나와 아는 사람한테 의탁하려고 연안부로 갔지요. 그런데 그마저도 만나지 못해 이곳저곳 떠돌아다니는 신세가 되었답니다. 고향으로 돌아갈 생각은 하지도 못했어요.

우연히 한 무리의 상인을 만나 함께 해상무역에 종사하게 되었는데 쏠쏠히 이문이 났지요. 내가 갔던 섬은 섬라국 근처였습니다. 산천 풍토가 중국과 다름없어 그곳에서 한 이삼 년 잘 지냈답니다. 지난달에 마침 송나라 배가 섬에 기항했기에 그 배를 탔지요. 그런데 불행히도 태풍을 만나 배가 전복되고 말았소. 구사일생으로 어선을 만나 목숨을 건질 수 있었지요. 짐은 전부 잃어버리고 겨우 궤짝 하나를 건졌답니다. 무소뿔, 호박 같은 게 들어 있어 그나마 다행이었지요.

이곳 등주 입구의 항구에 내려 짐을 짊어지고 갈 짐꾼을 샀지요. 동경에 가서 물건을 판 다음 고향에 돌아가 가업을 다시 일으킬 요량이었습니다."

여기까지 말한 사내는 별안간 얼굴빛을 바꾸며 이를 갈았다. 놀란 완소칠이 물었다.

"뭍에 올라 무슨 일이라도 있었던 거요?"

호성이 한숨을 쉬며 말했다.

"말을 꺼내기도 싫지만 또다시 원통한 일을 당한 겁니다. 날씨는 덥고 짐은 무거우니 짐꾼의 발걸음이 느려지지 않겠소. 그래서 어떤 집 대문 밖 버드나무 그늘 아래서 잠시 쉬게 되었지요. 짐을 내려놓고 땀을 조금 식힌 다음에 출발하려고 했던 겁니다. 그런데 난데없이 한 젊은 놈이 대여섯 명의 하인을 데리고 나오는 거예요. 손에 손에 호신용 막대기를 들고 금방이라도 우리를 두드려 팰 기세였지요.

나를 보고는 '당신이 누구기에 여기서 남의 집을 엿보는가?' 하고 시비를 거는 거였소. '길 가는 과객인데 다리가 아파서 잠시 쉬는 겁니다' 하고 대답하니 '저 궤짝 속에 든 건 무엇인가? 혹시 밀수품 아냐!' 하질 않겠소? 내가 '무슨 소리를 하는 거요?' 하고 말하자 그 젊은 놈이 다시 소리를 지르더군요.

'관청에서 지시가 내려왔다. 양산박 잔당이 관원을 죽였기 때문에 신원이 불확실한 사람을 철저히 조사하라는 엄중한 명령이다. 장사꾼들의 짐도 꼼꼼히 수색해야 한다.' 그러고는 하인들에게 궤짝을 열어보라고 소리쳤지요. 짐꾼은 안되겠다 싶었는지 짐을 지고 달아나려고 했소. 그렇지만 그놈한테 뺨을 한 대 얻어맞고 비틀거리며 쓰러지고 말았지요.

대여섯 놈이 달려들어 대나무 궤짝을 여니 침향, 호박, 무소뿔, 산호 같은 것들이 눈에 들어왔지요. 그 젊은 놈이 깜짝 놀라며 궤짝을 빼앗으려 하는 것 아니겠소? 내가 소리쳤지요. '여기가 세관이라도 되오? 왜 멋대로 사람을 심문하고 남의 물건을 빼앗으려는 거요?' 그 녀석은 욕설을 퍼붓더군요. '이 간땡이 부은 해적 놈아! 지금 이렇게 명백한 장물이 눈앞에 있는데도 억지를 부리느냐! 등주 관아로 가서 시비를 가려보자!'

놈은 하인들과 합세해 나를 붙잡으려 했어요. 주먹질 발길질로 하인 한 놈을 쓰러뜨렸지만 그놈들은 모두 몽둥이를 들고 있었기 때문에 맨손으로는 당해 낼 수가 없더군요. 어쩔 수 없이 도망을 쳤지요. 다행히 그들이 쫓아오지는 않았어요. 짐꾼이 어찌 되었는지는 모르겠소. 천신만고 끝에 여기까지 가지고 온 목숨보다 소중한 재물을 어찌 해볼 틈도 없이 이처럼 억울하게 빼앗겨버린 것이오.

혼자 힘으로는 안되니 관에 고발이라도 해볼까 생각했지만 그놈들의 이름도 모르는데 뭘 어쩌겠소? 게다가 내 물건이 죄다 외국 물품이니 설명한들 받아들여지기 어려울 거란 말이오. 이런저런 고민을 하며 오는 중인데 별안간 당신이 달려들며 모친을 내놓으란 거요. 도대체 어떻게 된 일이오?"

완소칠이 대답했다.

"뭘 숨기겠소. 나는 양산박에 있던 활염라 완소칠이오. 송공명께서 간신배들에게 독살당한 것을 애석해하다가 옛 의리를 생각해 산채에 가서 제사를 지냈단 말이오. 채태사 밑에 있던 장간판이란 자가 제주 통판이 되어 양산박으로 순찰 나올 줄을 누가 생각이나 했겠소. 내게 시비를 걸어오기에 그자의 감투를 망가뜨려 버렸단 말이오. 사흘째 되는 날 밤에 병사들을 데리고 우리집에 와서 나를 잡으려고 하더군요. 그래서 그만 그자를 죽여 버렸지요.

더는 그곳에 살 수 없는 몸이 되어 어머니와 함께 도망길에 올라 이곳까지 온 것이오. 어머니께서 갑자기 몸이 편찮아져서 불씨를 구하러 갔다가 돌아와 보니 어머니가 보이지 않는 것이오. 이렇게 되었으니 함께 우리 어머니를 찾아봅시다. 그런 다음에 나와 함께 가서 빼앗긴 물건을 되찾으면 어떻겠소?"

호성이 대답했다.

"좋소이다. 누이가 죽었다는 소식을 들으니 오히려 마음의 걱정거리가 줄어들었소."

"이곳에는 어머니가 안 계신 것 같소. 혹시 마을을 찾아갔는지도 모르겠소. 우선 요기부터 좀 합시다."

완소칠의 제안에 호성이 말했다.

"여기서 조금만 가면 십리패란 마을이오. 큰 주점이 있고 먹을 게 이것저것 많습디다."

"그렇다면 당장 갑시다."

두 사람은 앞서거니 뒤서거니 오 리쯤 길을 걸었다. 과연 큰길 가에 주막집 하나가 눈에 띄었다. 홀에는 십여 개의 붉은 의자가 놓여 있고 반쯤 진흙 속에 묻은 세 개의 큰 술독이 한쪽에 자리하고 있었다. 잘 익은 백주의 향긋한 내음이 코를 찔렀다. 세 개의 채반에는 김이 무럭무럭 나는 찐 만두가 가득하고 탁자 위에는 삶은 소고기가 수북했다.

두 사람은 가게에 들어가 자리를 잡고 앉았다. 술 두 사발과 소고기 세 근 그리고 만두 스무 개를 주문했다. 종업원이 호성을 보며 말했다.

"조금 전에 술을 드시고 가셨는데 또 오셨네요!"

"상관 말고 어서 가져다주시오!"

종업원이 술을 가득 채운 큰 사발 두 개를 가져왔다. 완소칠은 술 한 사발을 냉큼 다 들이켰다.

호성이 말했다.

"나는 조금 전에 혼자 와서 술을 제법 마셨소. 시장한 모양이니 마저 다 드시오."

완소칠은 마치 별똥별이 떨어지듯 빠른 속도로 입을 움직이며 음식을 먹었다. 이내 두 사람은 완소칠의 모친을 찾는 일이며 빼앗긴 물건을 되찾을 궁리에 골몰하였다. 이때 술집 안쪽에서 한 사람이 달려 나오며 반갑게 소리질렀다.

"소칠 형제!"

완소칠은 고개를 들어 그 사람을 바라보았다.

"아니, 모대충 아니시오! 이런 우연이 있나!"

이 사람은 누구인가? 초록빛 모시적삼이 몹시도 단아한데 귀밑머리에는 붉은 석류꽃을 꽂고 있다. 은쟁반같이 빼어난 얼굴이지만 튼튼한 허리며 용모에서 풍기는 살기가 아직도 봄바람을 타고 흐른다. 다름아닌 양산박에서 활약하던 모대충 고대수였다.

완소칠은 고대수를 보자마자 엎드려 절했다. 고대수도 황급히 답례하였다. 고대수는 호성을 돌아보며 물었다.
"이분은 누구시오?"
"일장청의 오라버니 호성이란 이요."
완소칠의 대답에 고대수가 말했다.
"그래선지 많이 닮았군요. 후원에 있는 수정水亭으로 옮깁시다."
그들은 안쪽에 자리한 정자로 옮겼다. 정자는 한쪽 편을 큰 나무에 기대고 있는데 녹음이 짙어 서늘하였다. 사방으로 뚫려 있는 들창 너머로는 맑은 물이 졸졸 흐르는 개울이 보였다. 정자 안의 작은 탁자 위에는 창포와 접시꽃 꽃병이 놓여 있을 뿐 매우 담박한 정취를 풍겼다. 완소칠이 말했다.
"길을 나선 뒤 계절 가는 것도 몰랐네. 단오절이 가까운 것 같군!"
"내일이 바로 단옷날이오."
고대수는 이렇게 대답하며 종업원에게 술과 안주를 가져오라고 일렀다. 그리고 완소칠에게 물었다.
"소칠 형제! 어쩐 일로 여기까지 왔소? 송공명의 소식은 들었소? 이처럼 멀리 떨어져 있다 보니 자세한 소식을 모르고 지낸다오. 사실인지 거짓 소식인지 분간조차 하기 어렵지."
완소칠은 노원외가 먼저 물에 빠져 죽고 이어서 조정에서 내려보낸 독주를 마신 송공명이 이규와 함께 죽은 이야기며, 오학구와 화영이 초주 남문 밖에 묻힌 송강의 묘를 찾아와 목을 매어 죽은 이야기를 들려주었다. 그리고 나서 자신이 개천군 도통제 직을 삭탈당해 집으로 돌아가 있다가 양산박에 가 제사를 지내던 중 장간판을 만나 그를 죽이게 되고, 모친과 함께 도망길에 올랐다가 불씨를 구하러 간 사이에 모친을 잃어버린 일을 자세히 설명했다.

이때 종업원이 술과 안주, 과일을 운반해 왔다. 고대수는 두 사람에게 술과 음식을 권한 다음 그들이 한 차례 술을 들이켜고 나자 물었다.

"그런데 두 사람은 어떻게 만나게 된 거요?"

"저 앞쪽 사당에서 만났어요. 이 양반이 귀한 물건을 가지고 있다가 어떤 놈한테 빼앗기는 바람에 몹시 낙심하고 있던 참이었소."

완소칠의 대답을 듣고 있던 고대수가 다시 물었다.

"어떤 물건이기에 도대체 어디서 빼앗긴 것이오?"

호성이 말을 받았다.

"값이 제법 나가는 외국 물건입니다. 어떤 집 대문 밖에서 잠시 땀을 식히고 있었습니다. 한 젊은 사람이 하인 몇 명을 데리고 나와 염탐꾼 아니냐고 추궁하더군요. 그러더니 물건을 빼앗고는 저를 붙잡아 관아에 넘기려고 했던 것입니다."

"도대체 어떤 놈이 그랬단 말이오? 여기서 먼 곳이오?"

고대수의 물음에 호성이 대답했다.

"여기서 동쪽으로 십 리 정도나 될 것입니다. 산골짜기를 끼고 있는 장원이었습니다. 그 녀석은 스물네댓 살이 채 되지 않아 보였는데 얼굴에 사마귀가 하나 나 있더군요. 홍갈색 비단 옷을 입고 흰 가죽 단화를 신은 것이 관청에서 일하는 사람 같아 보였어요."

고대수는 잠시 생각에 잠겼다가 고개를 끄덕이며 말했다.

"그렇군. 대문 앞에 큰 버드나무가 있고 나무 밑에 작은 신당이 있던가요?"

"맞습니다."

"소칠 형제, 그자가 누군지 알겠소? 내 사촌동생인 해진과 해보가 모태공 장원 안으로 호랑이를 찾으러 갔다가 백주에 강도로 몰린 일이 있었소. 모태공의 사위 왕정이 고을 아전으로 있었는데 그놈이 무고한 두 사람을 고문해 억지 자백을 강요하는 바람에 감옥에 갇히게 되었지. 내가 집안사람들과 의논해 두 형제를 감옥에서 빼내고 모태공 일가를 모조리 죽여 버렸던 거요. 그 일 때문에 산채로 들어가게 되었지.

그때 모태공의 어린 아들이 화를 면하고 살아남아 성인이 되었는데 모치란 자요. 그자가 등주에 가서 왕정의 뒤를 이어 아전이 되었소. 아주 못돼먹은 무뢰한으로 몇 번씩이나 우리를 찾아 복수하려고 별렀다오. 방금 호형이 말한 내용을 들어보니 분명히 그자일 거요. 빼앗긴 짐을 말로 해서는 찾기 어려울 것이오. 남편이 돌아오면 다시 상의해 봅시다."

고대수의 말을 듣고 있던 완소칠이 물었다.

"깜빡했는데 형님은 어디를 간 거요?"

"성안에 사는 형님이 불러서 아침나절에 길을 떠났는데 곧 돌아올 것이오."

고대수의 말이 채 끝나기도 전에 소울지 손신이 등줄기에 땀이 흥건한 모습으로 돌아왔다. 손신은 완소칠을 보고 깜짝 놀라며 반갑게 말했다.

"아니, 소칠 아우 아닌가? 무슨 바람이 불어서 여기를 다 왔는가?"

그리고 함께 있는 호성을 바라보며 물었다.

"이분은 누구신가?"

"호삼랑의 오라버니 되는 호성이시우."

고대수의 설명에 손신이 말했다.

"만나서 반갑소. 그런데 형님도 이제 나이가 들었는지 나보고 추윤과 왕래하지 말라더군. 새로 부임한 태수 양감이 양전의 동생인데 성이 난가인가 하는 무예가 출중한 도통제를 믿고 위세를 떤다는 거야. 게다가 모치라는 어린놈이 태수를 부추겨서 우리를 해코지하려고 한다나. 나는 그 말을 들으려고도 하지 않았지. 인간으로 세상을 살아가면서 어찌 친구며 형제를 내팽개치고 자기 자신만 위할 수 있겠는가!"

"왜 추윤과 왕래하지 말라는 거요? 추윤을 한번 만나보고 싶은데 그는 지금 어디에 있소?"

완소칠의 물음에 손신이 대답했다.

"추윤은 벼슬살이가 내키지 않아 노름이나 하며 지냈다네. 그런데 석 달 전에 아주 못돼먹은 부자놈하고 노름을 하다가 큰 싸움이 벌어진 거야. 홧김에 그만 그 집 식구들을 죽이고 옛날처럼 등운산으로 올라가 버렸지. 일이백 명쯤의 부하들을 모아 도적질을 하며 지낸다네."

"나하고 처지가 비슷하군. 막다른 상황에 몰리면 정말 어쩔 도리가 없지!"

완소칠은 이렇게 말하고는 자신이 집을 떠나오게 된 지금까지의 이야기를 들려주었다. 그러자 손신이 말했다.

"그렇다면 모친은 틀림없이 편안히 계실 것이니 걱정하지 말게."

깜짝 놀란 완소칠이 곧바로 물었다.

"어디 계신지 알고 있단 말이오?"

"아까 성안에 들어갔을 때 길에서 등운산 소두목을 만났는데 추윤이 나를 만나고 싶어한다는 말을 전하더군. 그러면서 부하 몇 명과 함께 산을 내려오다가 산신묘 안에 한 노파가 누워 있는 것을 보았다는 거야. 말 한 필과 봇짐이 있기에 그것을 가져가려고 했더니 노파가 빼앗기지 않으려고 해서 그 노파도 산채로 데려갔다더군. 이야기를 종합해 보면 자네 모친이 그곳에 계신 것이 분명해."

완소칠이 걱정스런 얼굴로 말했다.

"만약에 졸개들이 길에서 우리 어머니를 해쳤으면 어떡한담?"

손신이 말했다.

"괜찮을 걸세. 추윤은 양산박에서 좋은 점을 배운 사람이야. 부하들이 함부로 살인을 하지 못하도록 하고 있다네."

완소칠이 벌떡 일어나며 말했다.

"나하고 같이 가봅시다. 어머니께서 어떠신지 알아봐야겠소!"

"급하게 굴지 말라니까. 추윤도 이미 자네 모친인지 알았을 거야. 틀림없이 잘 모시고 있을 거라고. 해가 이미 서쪽으로 기울었으니 좀 있으면 선선해질 것 아닌가? 술이나 한잔 마시다가 별빛이 총총해지면 그때 천천히 올라가세. 엎어지면 코 닿을 가까운 곳이라고. 오 리쯤이나 될까!"

손신의 말을 듣고도 마음이 놓이지 않은 완소칠은 술을 입에 대지 않았다.

"괜찮다니까 그러네. 멀지 않으니 금방 갈 수 있어. 그런데 한 가지 물어봄세. 제주 통판을 죽인 건 보통일이 아닌데 어디 안주할 곳을 생각해 보았는가?"

"홧김에 그를 죽이긴 했지만 마땅히 갈 곳이 없소. 이곳에 와서 우연히 형님 부부를 만난 거지. 무슨 방책이 없겠소?"

완소칠의 말에 손신이 대답했다.

"이곳 등주에도 추밀원에서 자네를 추포하라는 문서가 내려왔을 것 아닌가? 곳곳을 수색중일 테니 평범한 곳에는 숨을 곳이 없을 것이네. 등운산에 들어가면 어떻겠는가? 만약 무슨 일이 생기면 우리 부부도 함께 그곳으로 갈 생각이네."

완소칠은 크게 기뻐하며 감사를 표했다.

"일러준 대로 따르겠소."

고대수가 말했다.

"그런데 그 모가네 젊은 놈 말이우. 그놈이 점점 더 가증스러운 짓을 벌이는구려. 호성 형제의 물건을 자기 집 대문 밖에서 좀 쉬었다는 이유로 백주대낮에 빼앗아버렸다지 뭐예요. 그대로 놔두었다간 나중에 틀림없이 우리한테 원수를 갚으려 할 것이우. 풀을 제거하려면 뿌리를 뽑으라고 했으니 먼저 그놈을 제거하고 물건을 되찾읍시다. 그렇게 하는 것이 호삼랑과 나누던 의리에도 맞는 일 아니겠수?"

"마땅히 그래야지. 그런데 형님한테 누를 끼칠까봐 걱정되는군. 나와 당신은 등운산에 올라가면 되지만."

"아주버니는 스스로 움직이지는 않겠지요. 하지만 예전의 모습을 보면 결국 산으로 오지 않을 수 없을 걸요."

듣고 있던 호성이 말했다.

"사실 물건보다도 그것을 억울하게 빼앗긴 것이 화가 나서 참을 수 없었는데 아주머니께서 이렇게 마음을 써주시니 분노가 싹 가시네요."

손신이 말했다.

"당연한 일인걸요. 오늘밤 함께 등운산으로 갑시다. 그곳에 가서 추윤하고 의논해 보죠. 내일이 단옷날이니 그놈은 반드시 집에 있을 거요. 저녁에 가서 해치워버립시다."

네 사람은 완전히 한마음이 되었다. 흥이 나서 술자리가 점점 무르익었다. 완소칠도 근심을 떨쳐버리기 위해 술 몇 잔을 연거푸 들이켰다. 붉은 해가 서쪽으로 지고 별빛 찬란한 밤이 되었다. 고대수를 뺀 세 사람은 각자 자신의 무기를 챙겨 문을 나섰다. 손신이 고대수에게 말했다.

"당신, 내일 저녁에는 술상을 좀 준비해 주시오. 창포주라도 마시고 가게."

"알겠어요."

손신이 앞장서 길을 안내하는 가운데 그들은 등운산으로 향했다. 이를 증명하는 시가 있다.

녹림 호협 그 이름 높은 지 오래
깊은 의리 넘쳐흐르니 검(劍)이 울려 하네
비분강개 떨치기 어려워 흠뻑 취하니
수정 높은 나무 아래 서늘한 저녁 바람 부누나

손신은 완소칠과 호성을 이끌고 별빛 속에 등운산 길로 접어들었다. 반시간도 채 지나지 않아 산기슭에 다다랐다. 숲속에 매복하고 있던 추윤의 부하들이 인기척 소리를 듣고는 창을 꼬나쥐고 뛰어나왔다. 손신임을 알아본 그들은 황급히 산채에 알렸다. 추윤은 산채 입구로 나와 일행을 맞았다. 취의청 건물에 이르자 추윤은 완소칠에게 몸을 굽혀 절하며 말했다.

"자네 모친은 한 발 앞서 우리가 이곳으로 모셨네. 큰 실례를 범했네."

완소칠이 말했다.

"어머니가 사라져 크게 걱정했었네. 그런데 손신형이 틀림없이 이곳에 계실 것이라고 해서 비로소 안심했다네."

추윤은 부하들에게 완소칠의 모친을 모셔오도록 했다. 손신과 호성의 인사를 받은 모친은 아들에게 말했다.

"네가 불씨를 구하러 간 사이에 웬 사람 둘이 나타나 봇짐을 뺏으려 하기에 빼앗기지 않으려고 버티다가 이곳으로 끌려오게 되었다. 추두령을 보고 네 이름을 말했더니 추두령이 아주 공대해 주더구나. 아픈 건 다 나았고 밥도 잘 먹었다."

완소칠은 추윤에게 감사를 표했다. 손신이 호성을 가리키며 말했다.

"이분은 호삼랑의 오라버니 되는 호성이라네. 값나가는 물건을 가지고 오다가 그만 모치라는 놈한테 다 빼앗겨버렸다지 뭔가. 함께 의논해서 물건을 찾아주면 좋겠네."

추윤이 말했다.

"그런 나쁜 놈은 의논하고 말 것도 없어요. 단걸음에 달려가서 쳐죽여야지."

그 말을 듣고 모두들 크게 기뻐하였다. 부하들이 술상을 내왔다.

"어머니는 먼저 들어가 주무세요."

완소칠이 말하자 모친이 대답했다.

"나는 아까 이미 잠들어 있다가 네가 온다는 소리에 나온 거란다. 다시 들어가 자야겠다."

네 사람은 흉금을 털어놓고 많은 이야기를 나누며 유쾌하게 술을 마셨다. 그리고 밤이 깊어서야 잠자리에 들었다.

다음날 아침이 밝았다. 추윤은 돼지와 양을 잡고 과일을 장만해 단오절을 경축하였다. 점심때를 지나서까지 술을 마시다가 연회를 접고 일동은 산채를 둘러보았다. 산세가 양산박보다 크지는 않지만 오히려 더 험준하였다. 산봉우리가 주위를 첩첩이 에워싸고 있고 산으로 이어지는 길은 하나뿐이었다. 산채의 관문은 나무와 돌을 쌓아 성처럼 튼튼한 것이 천군만마로도 쉽게 뚫기 어려워 보였다. 한가운데 평탄한 땅은 넉넉히 사오천 명은 수용하고도 남을 법한데 아직 빈 채 남아 있었다. 한 바퀴 돌고 나자 추윤은 다시 술을 권했다. 손신이 말했다.

"여기서는 그만 마시지. 우리 집사람이 이미 술자리를 준비해 두었으니까 우리집에 가서 마시자고."

일행이 한가로이 걸음을 옮기는 동안 호성은 무료함을 달래기 위해 먼 바다 밖 해도海島의 풍광을 들려주었다. 어느새 해가 서쪽으로 기울고 있었다. 손신이 말했다.

"이제 그만 산을 내려가세. 딱 알맞은 시간인 것 같으니."

추윤은 정예병으로 열 명의 부하를 골라 무기와 인화물을 준비하게 했다.

"너희는 해지는 시간에 맞추어 손신형의 집으로 오도록 해라."

추윤이 분부하자 부하들은 알겠다고 대답했다.

네 사람은 함께 산을 내려와 십리패로 갔다. 고대수가 맞아주었다. 일행이 수정 정자 위에 자리를 잡고 앉자 닭고기와 오리고기를 비롯한 진수성찬이 차려졌다. 손신은 큰 탁자 위에 놓여 있던 창포 꽃병을 들고 와 상 한가운데 놓았다. 꽃병에 석류꽃 가지 하나를 더 꽂고 손신이 웃으며 말했다.

"마땅히 계절의 흥취도 맛보아야지! 우리가 양산박 호걸들 아닌가? 대폿술에 큼지막한 고깃덩어리가 제격이지. 남들이 웃으면 어떤가!"

"이건 아주버니께서 보내주신 조기예요. 네 마리나 보내셨어요."

다진 마늘 양념을 얹은 조기를 가리키며 고대수가 말했다. 일동은 두 시간 가량 술을 마셨다.

"그런데 그놈은 전혀 모르고 있겠지만 그래도 준비를 단단히 해야 되지 않겠어요? 놈이 도망이라도 치면 안되니까. 뱀을 잡을 때는 독을 조심해야죠."

고대수의 말에 손신이 안심을 시켰다.

"맞는 말이오. 부하들에게 앞문과 뒷문을 지키게 해 이웃과의 왕래를 차단한 다음 집안으로 잠입하면 큰 소동이 일지 않을 것이오."

이런 계획을 의논하고 있던 차에 문을 두드리는 소리가 들렸다. 부하들이 도착한 것이다. 자리에서 일어난 고대수는 부하들에게 술과 고기를 먹이고 먼저 모치의 집으로 가서 매복하라고 일렀다. 고대수가 자리에 돌아온 다음 네 사람은 몇 잔의 술을 더 들이켰다. 그리고 몸을 추스르며 일어나 저마다 허리에 칼을 찼다. 종업원들에게 기다리고 있으라고 말한 그들은 문을 나서 동쪽을 바라보며 걸었다. 아직 아홉 시가 채 되지 않은 시각이었다. 별빛은 총총하고 사방은 괴괴하였다.

얼마 지나지 않아 모치의 집 문 앞에 당도하였다. 산신당 옆에 희미한 모습으로 쭈그리고 앉아 있는 부하와 신호를 주고받았다. 대문은 굳게 닫혀 있고 안에서는 아무런 인기척도 들리지 않았다. 뒷문 쪽으로 돌아간 손신은 멀리서 안쪽을 바라보았다. 희미한 불빛이 보였다. 마침 참죽나무 잎을 딸 때 사용한 듯한 사다리가 담벼락에 기대어 있었다. 사다리를 타고 올라가니 안뜰 담장 곁에 오동나무 한 그루가 서 있었다. 손신은 담장 쪽으로 휘어진 오동나무 가지를 잡고 나무 위로 건너뛰었다. 그런 다음 나무줄기를 타고 마당으로 미끄러져 내려갔다.

불빛이 새어나오는 방 쪽으로 다가간 손신은 창문 틈으로 안을 엿보았다. 젊은 부인이 어린아이를 안고 침대 가장자리에 앉아 젖을 먹이고 있었다. 모치는 두건과 웃옷을 벗은 모습이었다. 그는 촛불이 밝게 빛나는 식탁 옆에 서서 대나무 궤짝 안에 들어 있는 무소뿔과 호박 같은 귀중품을 다른 가죽 상자에 옮겨 담고 있었다. 모치는 갑자기 호박 구슬 목걸이 하나를 집어 들더니 갓난아이의 목에 걸어주며 입이 헤 벌어졌다.

"여보, 우리 애가 태어난 지 이제 막 한 달이 되었잖소. 이 애가 행운을 가져다주는가 보오. 어떤 머저리 같은 놈이 이런 귀한 물건을 다 가져다주고 말이오. 은자 이천 냥의 값어치는 될 게요. 내일 몇 개 골라서 양태수한테 가져가야겠소. 그럼 출세는 따 놓은 당상이지."

"이런 빼앗은 물건을요?"

"뭐가 잘못이라는 거야? 자고로 어질면 부자가 될 수 없다고 했어. 내일 태수한테 말해야겠어. 손립, 손신, 고대수는 양산박에서 강도짓하던 자들이니 잡아들이자고 말이야. 그자들한텐 금은보배가 적지 않을 거라고. 놈들이 등운산 추윤 패거리와 왕래하며 다시 모반을 꾀하고 있다고 둘러댈 참이야. 그러면 또 큰 재물이 생기고 지위도 올라갈 거야. 빼앗은 재물 덕에 친척과 친구들을 불러 우리 애 백일잔치도 폼나게 열 수 있는 거라고."

"밤이 깊었어요!"

"상자를 잠가서 잘 간수하고 침대로 올게. 당신이 아이 낳느라 우리가 한 달 넘게 관계를 못했지. 도저히 못 참겠어. 오늘 창포주를 많이 마셨더니 마음이 동하는구려."

부인은 한 손으로 아이를 안고 한 손으로 치마를 벗었다. 그리고 살포시 웃으며 눈을 흘겼다.

"아유, 남사스럽기는!"

손신은 창밖에서 이들이 나누는 대화를 듣고 있다가 몸을 돌려 살금살금 쪽문을 열고 행랑채 옆을 지났다. 하인들은 모두 취해서 이미 곯아떨어져 있었다. 곧바로 대문을 열고 일행에게 자신이 본 것을 이야기하였다.

"그놈 참 독한 놈일세!"

손신의 이야기를 듣고는 모두 혀를 내둘렀다. 부하들은 송진 묻힌 홰에 불을 붙이고 칼을 빼든 채 집안으로 뛰어들었다.

완소칠이 발로 차서 방문을 열어젖혔다. 바지를 벗은 모치가 맨몸으로 막 침대로 올라가려는 참이었다. 모치가 소리를 듣고 머리를 돌리는데 벌써 추윤이 들이닥쳐 단칼에 머리를 베어버렸다. 깜짝 놀란 부인은 허둥대며 침대에서 바닥으로 굴러떨어졌다. 고대수가 가슴을 밟고 목을 베니 여자는 침대 밑에서 숨이 끊어졌다.

하인 둘이 마당을 가로질러 달려왔다. 완소칠과 호성이 하나씩 맡아 칼로 처단해 버렸다. 나머지 목숨이 붙어 있는 자들은 뒷문을 열고 모두 도망쳤다.

손신과 고대수는 장롱을 열고 금, 은 등 값나갈 만한 물건을 꺼내 보따리에 쌌다. 그리고 침대 밑에서 호성의 물건이 든 상자를 찾아냈다. 모치가 조금 전에 새 가죽 상자에 나누어 담았기 때문에 그대로 가지고 갈 수 있었다. 막 방을 나서려는데 갓난아이가 시끄럽게 울기 시작했다.

"우리가 전에 뿌리를 뽑아버리지 못해 이번에 다시 수고로운 일을 겪어야 했다. 악종의 씨는 남겨서 뭐하겠는가!"

손신은 이렇게 말하며 아이를 땅바닥에 내던져 납작한 고깃덩어리를 만들어버렸다. 부하들을 불러 짐짝을 메게 하고 짚단을 모아 집에 불을 질렀다. 바작바작 소리를 내며 훨훨 불길이 일었다. 불타는 소리를 들은 이웃사람들이 문을 열고 쫓아 나왔다. 추윤이 소리질렀다.

"우리가 원한이 있어 그것을 갚은 것이니 여러분은 상관하지 마시오. 죽고 싶은 사람은 없으리라 믿소!"

추윤의 말을 들은 이웃사람들은 움츠러들어서 모두 돌아가 버렸다. 얼마 지나지 않아 집은 잿더미가 되었다. 황소 한 마리는 끌고 돼지 두 마리는 부하들이 둘러멘 채 산채로 향했다. 산채에 가서 제사를 지낼 생각이었다. 모치는 얼마나 가소로운 인간인가?

세상사람이 다 복 있는 사람이라고 일컬어도
눈 깜빡할 사이에 불모의 땅으로 떨어질 수 있느니

다섯 명의 호걸과 열 명의 부하는 일이 잘 처리되어 대단히 기뻤다. 십리패에 이르니 날은 아직 채 밝지 않았다. 손신이 말했다.

"날이 새면 관가에서 이 사실을 알게 될 테지. 먼저 산에 올라가게. 나는 성안에 들어가 상황을 알아보고 우리 형님과도 의논해 봐야겠네. 어쨌든 상황을 수습해야 되니."

완소칠, 추윤, 호성은 산채로 돌아갔다. 손신은 술과 밥을 좀 더 먹고는 곧장 시내로 갔다.

모치의 이웃들은 지난밤에는 감히 나설 용기를 내지 못하다가 날이 밝자 불탄 자리에 모여들었다.

"어떤 강도들일까요? 재물만 빼앗지 않고 살인에 방화까지 저지르다니!"

한 사람이 이렇게 말하자 뒷문으로 도망쳤던 그 집 하인이 말했다.

"두 사람은 누군지 알 수 있었어요. 등운산의 추윤과 쉽리패에서 술집을 하는 손신입니다. 양산박의 잔당이지요."

이웃에 사는 한 노인이 말했다.

"그 사람들이라면 함부로 건드릴 수 있는 사람들이 아니니 끼어들지 않는 게 좋지 않을까?"

"만일 관아에서 신고하지 않았다고 책임을 물으면 어떡하죠?"

한 사람이 걱정스레 말을 꺼내자 다른 사람이 나섰다.

"이 집 하인이 증인이 되어줄 수 있으니 신고해도 괜찮지 않을까요?"

또 다른 사람이 말했다.

"모름지기 조상이 덕을 쌓아야 후손이 잘되는 법이야. 모태공이

남한테 모진 짓만 하다가 무참하게 학살되고 이제 그 손자마저 위세를 부리다가 죽임을 당하니 참 이런 업보가 있나."

"불필요한 이야기는 그만하시고 번거로우시더라도 소장을 한 장 써주십시오. 제가 갖다 제출하고 증인이 되겠습니다."

하인의 말에 사람들은 소장을 써서 그에게 건네주었다. 하인은 급히 주 관아로 달려갔다. 마침 태수는 자리를 지키고 있었다. 모치의 하인이 올린 소장을 읽어본 태수가 물었다.

"어젯밤에 온 강도들은 몇 놈이나 되느냐?"

스무 명쯤 됩니다. 흉악한 놈들이 횃불을 들고 쳐들어와 저희 주인과 마님을 죽였습니다. 집에 불을 지르고 재물을 강탈해 갔습죠. 강도놈들 중에 두 사람은 소인이 아는 사람이었습니다. 손신과 추윤이란 자입니다."

"알겠다. 내 분부를 내릴 테니 기다리고 있거라. 소문을 퍼뜨려서는 안된다."

하인이 물러가자 태수는 난통제를 불러오라고 일렀다.

난통제는 누구인가? 다름아닌 축가장에 초빙되어 무술 사범으로 있던 난정옥이다. 그는 오래전 축가장이 공격을 받아 그곳에 머무를 수 없게 되자 철봉을 휘두르며 북서쪽에 진을 치고 있던 양산박 무리의 포위망을 뚫고 달아났다. 겨우 목숨을 보전한 그는 나중에 양전의 문하에 들어갔다.

양전의 동생 양감이 등주 태수로 부임하자 난정옥도 양감을 따라 등주로 왔다. 등주는 바다에 접한 곳이라서 치안 유지에 어려움이 있을지 모른다고 염려한 양감이 무예가 뛰어난 난정옥을 도통제로 임명한 것이었다.

곁가지 이야기는 그만두기로 하자. 양감의 부름을 받은 난통제는 후당으로 들어갔다. 인사를 나눈 뒤 양감이 말했다.

"어젯밤에 등운산 일당과 손신 패거리가 고을 아전으로 있는 모치 일가를 죽이는 사건이 발생했네. 재물을 강탈하고 집에 불까지 질렀다니 난통제는 즉시 그들을 토벌하게."

난정옥이 말했다.

"그까짓 도적떼를 치는 것은 대수로운 일이 아닙니다. 그 손신이란 자의 형이 병울지 손립 아닙니까? 상당한 완력을 지닌 자입니다. 예전에 옥을 파하고 해진과 해보를 구출해 함께 양산박으로 들어간 일이 있지요. 그랬다가 조정의 부름을 받아 저와 마찬가지 벼슬인 도통제까지 지냈고요. 지금은 사직하고 나서 한가로이 지내고 있습니다. 놈들이 안팎에서 호응할 염려가 있으니 먼저 손립부터 쳐서 후환을 없애야 합니다. 그런 다음 토벌하는 것이 좋지 않을까요?"

"일리 있는 말이네. 지체해서는 안되니 즉시 시행하세."

태수는 곧바로 수레를 준비시켰다. 그리고 말에 올라탄 난정옥과 함께 병사들을 이끌고 손립의 집으로 향했다. 마치 다음과 같은 상황이었다.

달아난 초나라왕의 원숭이를 찾자고 숲을 모두 베어내고
성문에 난 불을 끄자니 연못 속의 물고기 모두 말라 죽었네 앞서 성안에 당도한 손신은 곧장 형님 댁으로 갔다. 인사를 드리니 손립이 말했다.

"명절이고 해서 어제 조기 몇 마리를 자네 집에 보냈는데 자네는 집에 없었다더군. 혹시라도 또 추윤한테 간 건 아니겠지? 내 말을 잊어서는 안되네."

손신이 이실직고하려는데 문지기가 뛰어들어오며 말했다.

"태수님께서 난통제와 함께 와서 뵙기를 청합니다."

손립이 말했다.

"빨리 관복을 가져오너라!"

뭔가 수상쩍다고 생각한 손신은 슬며시 집밖으로 빠져나왔다.

질나발과 피리가 조화를 이룸은 우애가 돈독하기 때문이요
형제가 위급함에 닥치면 할미새 구슬피 운다네

제3회
패전한 난정옥,
등운산 산채의 우두머리가 되다

 손신은 형의 집에 가서 모치를 죽인 사실을 알리고 형이 재앙을 피해 성을 빠져나가도록 할 참이었다. 그런데 양태수와 난통제가 찾아와 만나기를 청한다는 말을 듣고는 일이 틀어졌음을 알 수 있었다. 집밖으로 몸을 피한 그는 돌아가는 상황을 지켜보았다.
 사건의 자초지종을 모르는 손립은 급히 관복으로 갈아입고 두 사람을 맞았다. 양태수와 난통제가 함께 마당으로 들어섰다. 양태수는 손립을 보자마자 부하들에게 큰 소리로 명령하였다.
 "저자를 포박하여라."
 무슨 영문인지 묻지도 못한 채 손립은 병사들에게 제압당했다. 결박당한 손립은 주 관아로 끌려갔다. 태수는 정청 한가운데 올라가 좌정하였다. 동쪽 자리에는 난정옥이 앉았다. 태수가 손립을 꾸짖으며 말했다.
 "손립, 네 이놈! 어찌해서 등운산 반도 그리고 네 동생 손신과 작당해 모치 일가족을 죽이고 다시 반란을 꾀한 것이냐?"

손립이 몸을 일으키며 대답했다.

"도대체 무슨 말씀이오? 이 몸은 방랍 토벌 때 세운 공으로 성은을 입어 이 고을 도통제를 제수받은 적이 있소. 하지만 전쟁터에서 오랜 풍상을 겪다 보니 몸이 쇠약해져 사직하고 집에 들어앉아 있는 중이오. 두문불출하는 사람더러 어찌 사람을 죽였다 하시오? 우리 형제가 일을 저질렀다 하시는데 무슨 증거가 있는지 몰라도 나는 모르는 일이오. 설령 동생이 관여되었다 하더라도 우리 송나라 법률에 의하면 형제가 분가해 사는 경우 공범으로 몰 수 없잖소?"

"너는 이전에 감옥을 부수고 도둑놈을 달아나게 한 놈이다. 이번에도 공모했음이 틀림없다."

태수가 호통을 치자 손립이 말했다.

"지금 우리집에 조정의 사령장이 있소. 나를 함부로 잡아들일 수는 없는 것이오!"

난정옥이 말했다.

"손통제, 당신은 전에 축가장에 찾아와 거짓으로 나를 속인 적이 있소. 그런 다음 안팎에서 호응해 축가장을 무너뜨리고 나를 몸 둘 곳이 없게 만들었지. 지금 또 그와 같은 사단을 일으킨 줄 다 알고 있으니 잡아떼도 소용없소."

"난통제, 그러고 보니 이것은 분명 당신이 나한테 원한을 품고 해코지하는 것이로군. 그렇다면 추밀원에 상신해 누가 옳은지 가립시다."

손립의 말에 양태수는 코웃음을 쳤다.

"네가 지금 사령장을 들먹였겠다! 너를 잡아들이지 못할 거라고? 과연 그럴까? 우선 감옥에 좀 들어가 있어야겠다. 등운산 반도들을 붙잡은 다음에 대질을 해보자고."

병사들이 손립을 끌고 감옥으로 갔다. 태수가 난정옥을 보고 말했다.

"손립을 감옥에 처넣었으니 성안의 골칫거리는 사라졌네. 난통제 자네는 즉각 병사들을 이끌고 놈들의 소굴을 들이치게. 지체해서 일을 그르치면 안되네."

태수의 명을 받은 난정옥은 자리에서 벌떡 일어났다. 그리고 군사 이천 명을 이끌고 곧바로 등운산으로 떠났다.

인파 속에 섞여 있다가 형이 잡혀가는 것을 본 손신은 황급히 집으로 달려가 일이 어떻게 돌아가고 있는지 고대수에게 알렸다. 두 사람은 값나갈 만한 물건을 챙겨 종업원에게 짊어지게 하고 함께 산채로 올라갔다. 완소칠, 호성, 추윤이 반갑게 맞아주었다.

"큰일났네. 우리 형님이 관아로 잡혀갔네. 그리고 난정옥이 병사들을 몰고 곧 들이닥칠 것이네. 어서 싸울 준비를 하세!"

"난정옥이라니 누구를 말하는 것인가요?"

호성의 물음에 손신이 대답했다.

"축가장의 무술 사범으로 있던 자인데 이번에 등주 도통제가 되었소."

"아! 그럼 내 사부로군요. 다행히 내게 한 가지 계책이 있습니다. 산채 관문과 산으로 접어드는 입구를 단단히 봉쇄하고 그들과

독각룡 추윤. 오른쪽은 그의 삼촌 추연.

교전은 하지 말아주시오."

추윤은 부하들을 시켜 통나무와 바윗덩어리로 산채 입구를 봉쇄하게 했다. 그리고 높은 곳에서 아래로 굴리기 위한 다듬은 통나무, 무기용 돌멩이, 잿병 같은 것을 잔뜩 준비해 공격에 대비하였다. 얼마 지나지 않아 모든 준비를 마칠 수 있었다. 일행은 안으로 들어가 식사를 하였다. 술이 몇 순배 돌자 손신이 말했다.

"우리는 무기나 장비도 형편없고 부하들이 일이백 명은 된다 해도 오합지졸에 지나지 않네. 군량과 군마용 마초도 부족하니 어떻게 지켜야 할지 걱정이군. 호형이 계략이 있다고 했는데 대체 어떤 것인지 궁금하네."

"비밀이 새나가지 않도록 절대 내 이름을 말해서는 안됩니다. 그들이 사흘 동안 공격하게 한 뒤 이러이러하게 합시다."

호성의 계책을 듣고 그들은 크게 기뻐하였다. 한참을 더 마시다가 흩어지려 할 때 손신이 말했다.

"아무리 계책이 좋더라도 마음을 놓아서는 안되네. 형제들 모두 마음을 다잡고 단단히 방비하세."

"물론이오."

모두들 만족한 얼굴로 말했다. 그들은 옷차림을 추스르며 성채 입구로 향했다.

난정옥은 이천 명의 병사를 이끌고 위풍당당하게 등운산으로 달려왔다. 그가 탄 말은 키가 큰 사나운 말이었다. 그는 완전군장을 갖춘 채 쇠로 만든 창을 꼬나쥐고 있었다. 산채 입구에 이르러 주변 산세를 둘러보니 산봉우리가 첩첩이 늘어서 있었다. 산으로 올라가는 길은 하나밖에 보이지 않는데 대나무 꼬챙이와 기병의 진격을 막기 위한 마름쇠 같은 장애물이 입구를 막고 있었다.

잠깐 망설이던 그는 병사들에게 공격을 명령하였다. 관군이 공격을 개시하자 산봉우리 위에서 돌멩이와 잿가루를 채워 넣은 잿병이 빗발치듯 쏟아졌다. 병사들이 연거푸 부상을 당하는데다 날도 이미 저물어 어쩔 수 없이 군대를 물리고 진지를 세웠다. 다음날 또 싸움을 걸었으나 한 사람도 내려와 응전하지 않았다. 다만 높은 곳에서 온갖 욕설을 퍼부을 뿐이었다. 위를 향해 공격하려 해도 숲이 무성한데다 산세가 험준했다. 거리가 멀어 화살도 포도 닿을 수 없었다. 몇 걸음이라도 산기슭 쪽으로 다가가면 위쪽에서 대나무 쇠뇌 같은 것이 마구 날아왔다. 난통제는 초조해지기 시작했다.

사흘째 되는 날 밤이었다. 난정옥은 진중에서 깊은 고민에 빠져 있었다. 병영 문 밖에서 북소리가 들리더니 한 병사가 달려와 아뢰었다.

"호가 성을 가진 사람이 찾아와 뵙기를 청하는데요."

난통제가 말했다.

"첩자일지도 모르니 몸수색을 철저히 하고 데려오너라."

잠시 후 병사를 따라 들어온 자는 바닥에 넙죽 엎드려 절을 올리며 말했다.

"사부님, 제자가 인사 올립니다."

난정옥이 일어나라고 하고는 자세히 들여다보며 말했다.

"아니, 독룡강에 살던 호성 아닌가! 자네가 어떻게 여길 다 왔는가?"

"한마디로 간단히 말하기 어렵습니다. 집안 식구들이 이규에게 살해된 뒤 연안부로 피신해 사부님을 찾았습니다만 뵙지를 못했습니다. 그후 여러 해 동안 유랑하다가 우연히 한 사람을 알게 되어 함께 먼 해도로 가서 장사를 하게 되었지요. 꽤 돈을 벌었는데 마침 귀국하는 배가 있어 등주 해안에 도착하였습니다. 같이 장사하다 귀국한 그 사람이 짐을 가지고 먼저 가고 저는 더위에 지쳐서 뒤쳐졌다가 그만 등운산 강도들에게 붙잡혀 산채로 끌려가게 되었습니다. 그들은 제게 한패가 되라지만 저는 본디 건실한 사람인데 안될 말이지요. 게다가 그놈들은 양산박 잔당으로 제게는 원수놈들 아닙니까?

붙들려 있던 참에 사부님께서 병사들을 이끌고 토벌하러 오셨다는 소식을 듣고 얼마나 기쁜지 천행이다 싶었습니다. 강도놈들은 사부님께서 뛰어난 무예를 지녔다는 말에 두려워 떨고 있습니다. 두려운 마음에 모두들 산채 입구로 몰려와 막고 있는 중입니다. 대신 산채 안은 텅 비어 있습니다. 그 덕분에 산속 오솔길로 도망쳐 나와 사부님을 뵙게 되었으니 얼마나 다행인지 모르겠습니다. 저는 내일 등주성으로 가려고 합니다. 그런데 성안으로 들어갈 때 혹시라도 검문에 걸릴지 모르니 신원을 보증하는 영전^{令箭} 하나만 주실 수 있겠습니까? 물건을 팔아치우게 되면 고향으로 돌아가 다시 가업을 일으키고 싶습니다. 그래서 이렇게 찾아뵈었습니다."

"영전을 주는 것이야 어렵지 않지. 그보다 지금 묻고 싶은 것은 산채의 상황이야. 여기 온 지 사흘이 되었건만 놈들은 나와서 싸울 기미조차 보이지 않는구먼. 공격하고 싶어도 쳐들어갈 길이 없으니 답답할 뿐이네."

"산채에 있는 자들은 이백 명도 채 되지 않습니다. 그나마 전쟁터에 나가 싸워본 적이 거의 없는 놈들입니다. 추윤이라는 자가 두령으로 있는데 제주 통판을 죽이고 도망친 완소칠하고 손신, 고대수라는 자가 최근에 합류했습니다. 하지만 갑옷이며 칼이나 창 같은 무기류가 태부족입니다. 말이라고는 완소칠이 가져온 한 필뿐이고요. 양식이 부족해 매일 부하들을 마을로 내려 보내 쌀을 구해 오는 실정입니다. 제가 어제 산채 뒤쪽의 오솔길을 찾아냈는데 사부님께서 그들을 공격하려고 하시면 어려울 게 없습니다. 이 놈들이 모두 산채 입구를 지키고 있어서 뒤쪽은 텅 비어 있습니다. 오솔길을 따라 쳐들어가면 손바닥 뒤집듯이 쉬울 것입니다."

난정옥은 크게 기뻐하며 술과 안주를 들여오게 해 호성을 환대하였다.

"그런데 말일세, 자네가 우리를 안내해서 산채를 소탕하면 어떻겠는가?"

"제가 가지고 온 물건의 값어치가 금으로 한 만 냥쯤 됩니다. 본디 길동무라는 게 신용하기 어려운 점이 있지 않습니까? 만일 제가 나타나지 않으면 혼자 다 갖고 가버릴지 모릅니다. 그게 외국 물품이다 보니 소문을 내서 찾기도 어렵습니다."

"오솔길은 여기서 먼가?"

"이곳에서 서남쪽 방향인데 오 리쯤밖에 안됩니다. 고갯마루에 단풍나무 두 그루가 서 있어서 단풍령이라고 불리는 길입니다. 작은 산채 문이 있긴 하지만 지키는 사람은 불과 열 명 남짓할 뿐입니다."

"도적놈들의 상황이 그런 정도라면 걱정되지 않는군. 그런데 병울지 손립이란 놈이 있는데 손신의 형이거든. 나하고 같은 스승한테 무예를 배운 자라서 완력이 제법 세다네. 옛날에 축가장을 무너뜨린 놈이라서 태수한테 이야기해 감금해 두었는데 그자가 탈옥이라도 할까봐 마음이 놓이지 않는군. 성안의 병사들을 내가 다 데리고 와버렸거든! 만의 하나 무슨 일이라도 생기면 얼마나 황당한 일인가?"

난정옥은 한참 동안 생각에 잠겨 있다가 말을 계속하였다.

"나는 자네의 재주를 잘 알고 있네. 내일 자네한테 군사 삼백 명을 나누어줄 테니까 성안으로 인솔해 가게. 자네의 신원을 보증하는 영전을 만들어주겠네. 가서 태수에게 내가 작성한 문서를 올리고 성안을 튼튼히 지켜주게. 산적을 소탕하고 돌아가서 자네의 공적을 상부에 보고하겠네. 그렇게 해서 관직을 얻은 다음에 고향에 돌아가면 조상을 빛내는 것 아니겠는가?"

호성이 감사하는 마음으로 대답하였다.

"사부님께서 그처럼 저를 생각해 주시니 감히 거절하지 못하겠습니다. 만약 오래 지체되지 않는다면 괜찮습니다. 저는 사부님께서 개선하시면 곧바로 떠나겠습니다."

"그것은 나중에 상의하세."

다음날 아침이 되자 난정옥은 삼백 명의 병사를 떼어 호성에게 주었다. 그리고 호성이 입을 수 있도록 갑옷 한 벌을 건넸다. 난정옥은 호성에게 영전과 문서를 내어주며 말했다.
"아무쪼록 조심하게. 나는 이틀 안에 회군하겠네."
호성은 작별 인사를 건네고 병사들과 함께 영문을 나섰다. 점심때가 지나 성안으로 들어선 호성은 곧바로 주 관아로 갔다. 태수는 아직 퇴청하지 않고 있었다. 호성은 섬돌 위로 올라가 난정옥이 작성한 문서와 영전을 태수에게 올렸다. 양태수는 부하 직원이 건네준 문서를 탁자 위에 놓고 봉인을 뜯었다.

'본관은 삼가 분부를 받들어 등운산 도적떼를 소탕하기 위해 출병하였습니다. 그들의 허실을 탐지하였으니 며칠 내로 타도하고 개선할 것입니다. 오직 염려되는 바는 성안 방비가 허술해 손립이 기회를 엿보아 탈옥하지나 않을까 하는 것입니다. 그래서 특별히 본관의 문하에 있던 호성에게 병사 삼백 명을 주어 성을 지키게 하였습니다. 그는 문무를 두루 갖춘 자이오니 그에게 임무를 맡겨 비상한 상황에서의 순찰에 임하게 하면 결코 소홀함이 없을 것입니다. 영전을 대조해 보시기 바랍니다.'

문서를 읽고 난 양태수는 호성이 뛰어난 인재임을 알아보았다. 태수는 영전을 맞춰보면서 호성에게 말했다.
"난통제가 그대로 하여금 성을 지키게 하였으니 그 책임이 매우 크네. 도적떼가 평정되고 나면 공로에 대해 상을 내리겠네."

호성은 분부를 받들겠다고 말한 후 밖으로 나왔다. 호성은 병영으로 가서 병사들에게 명령을 내렸다.

"병사들을 넷으로 나누어 각 성문을 지킬 것이다. 성문은 오전 일곱 시에 열고 오후 일곱 시가 되면 닫는다. 출입하는 자들을 철저히 조사해 한 치의 착오도 있어서는 안된다."

성문을 지킬 병사들을 나누어 보내고 영내에는 스무 명의 병사를 남겨 휴식을 취하게 했다. 저녁 시간에는 매우 엄중한 모습으로 한 바퀴 순찰을 돌았다. 태수는 안심하고 관아로 돌아가 편히 잠들었다.

호성은 병사에게 은자를 주며 술과 고기를 사오게 하였다. 그리고 스무 명의 병사 모두를 불러 함께 술을 마셨다.

"나리께서 이곳에 처음 오셨는데 대접을 해드리기는커녕 거꾸로 폐를 끼치는군요."

병사가 말하자 호성이 대답했다.

"나는 임시로 일을 맡았을 뿐이니 자네들을 거느릴 입장이 아니네. 그리고 자네들이 다 잘 알아서 할 것 아닌가? 난통제께서 돌아오실 때까지 별일 없으면 내 소임을 다하는 것이니 너무 마음 쓰지 말게."

병사들은 입이 즐겁기만 바랄 뿐 맡은 일이 어떻게 되는지는 전혀 관심이 없었다. 그래서 실컷 마시고 모두 취해 버렸다.

자정 무렵이었다. 계속해서 나팔소리가 울렸다. 등운산 동지들이 당도했음을 안 호성은 병사들을 불러 문을 열고 적과 싸우자고 했다. 술에 취해 있던 병사들은 앞뒤 상황을 가리지도 못한 채 성문을 열었다. 완소칠, 손신 등이 한꺼번에 몰려들었다. 진홍색 햇불이 땅바닥을 물들이며 밀려오자 성문을 지키던 병사들은 모두 달아나기 바빴다.

손신과 고대수는 곧장 감옥으로 달려가 손립을 구해 냈다. 그리고 손립의 집으로 가 귀한 가재를 챙겼다. 손립은 옛날처럼 쇠투구에 검정 갑옷을 입고 손에는 고들개철편을 쥔 채 말을 달렸다. 완소칠과 추윤은 관아로 쳐들어갔다. 불이 났다는 말을 듣고 황급히 자리에서 일어나던 양태수는 완소칠이 한 번 휘두른 칼에 맞아 쓰러졌다. 추윤은 관아에 머물던 태수 가족을 모조리 죽였다. 호성은 성문 주변을 지켰다. 성안 백성들은 비명을 지르며 제각기 달아났다.

날이 밝자 불을 끄고 창고 안에 보관중이던 돈과 양식을 모두 꺼내 수레에 실었다. 고대수는 빼앗은 물건과 손립 가족을 먼저 산채로 호송하였다. 호성은 병영 안의 좋은 군마를 골랐다. 모두 말 위에 올라타고 나머지 말에는 갑옷과 무기, 화포 등을 실었다. 그렇게 성을 나와 산채로 향했다. 이를 노래한 시가 있다.

성안에 봉홧불 오르니 하늘이 온통 새빨갛고
호랑이를 잡으려 유인하니 그 소굴은 텅 비었네
방몽이 활을 가르쳐준 예(羿)를 죽인 것은 편벽 때문은 아닐 터
다만 세상일에는 진퇴양난이라는 게 있는 법이라네

난정옥은 병사 삼백 명을 호성에게 주어 성을 지키라고 보냈으니 이제 안심이라고 마음을 놓았다. 호성이 자기의 심복 제자라고 생각해 일을 맡긴 것이었다. 또한 산채의 사정을 샅샅이 알게 되었으니 쉽게 성공할 것이라고 믿었다. 먼저 정찰병을 보내 사실을 확인하였다. 정찰병이 그 지역 사람 하나를 데리고 오솔길을 따라 서남쪽 뒷산을 오르니 과연 단풍령이 있었다.

그 사실을 보고받은 난정옥은 군사들에게 저녁밥을 배불리 먹였다. 병사 오백 명을 진중에 남겨 적의 퇴로를 막게 하고 자신은 천 명이 넘는 군사를 이끌고 단풍령을 향했다. 병사들의 입에 하무를 물리고 말방울을 떼어 버린 채 조용히 채문에 이르니 지키는 사람이 아무도 없었다.

모두들 함성을 지르며 산채 안으로 쇄도하였다. 그런데 산채 안에도 사람의 그림자라곤 보이지 않았다. 산채는 텅 비어 있었다.

"아뿔싸, 놈들의 간계에 걸려들었구나!"

난정옥은 발을 동동 구르며 후회하였다. 성안에 탈이 생겼을까 봐 걱정되었다. 급히 군사를 성내로 돌리려고 성채 정문에 쌓여 있던 장애물을 치우고 채문 밖으로 나섰다. 그랬더니 본진을 지키고 있던 병사들이 도적들이 도망가는 줄 알고 총포와 화살, 돌멩이를 마구 퍼부었다. 같은 편이라고 고함을 쳐 겨우 수습했지만 이미 많은 사상자가 난 다음이었다.

난정옥이 성으로 돌아가기 위해 출발 명령을 내렸을 때 갑자기 괴이한 일이 일어났다. 등주성 쪽은 분명 달과 별이 밝게 빛나는 청명한 날씨인데도 그곳 산속의 날씨는 전혀 달랐다. 별안간 천둥과 번개가 치면서 비가 맹렬히 퍼붓기 시작했다. 삽시간에 골짜기 물이 차올라 한 발자국도 앞으로 나갈 수 없었다. 난정옥은 마음이 몹시 초조하였다.

날이 밝을 무렵에야 비로소 구름이 걷히고 비가 그쳤다. 길을 떠나려고 하니 이제는 사방이 진창으로 변해 길을 재촉할 수 없었다. 한창 행군중인데 전령이 달려와 보고했다.

"등운산 강도들이 등주를 들이쳐 양태수 일가가 몰살당했습니다. 곳곳이 불에 타 성안은 마치 폐허처럼 변해 버렸습니다."

난정옥은 소식을 듣고 혼비백산하였다. 병사들 모두 자기 집 걱정에 마음이 심란해져 대열은 뒤죽박죽 엉망이 되어버렸다. 막 어느 숲 모퉁이를 돌아 나올 때였다. 난데없이 연이은 포성이 울렸다. 난정옥은 큰 소리로 행군을 멈추라는 명령을 내렸다.

난정옥의 군대가 채 진을 갖추기도 전에 손립이 철편을 휘두르며 돌격해 왔다. 난정옥은 손립을 씹어 삼키지 못하는 것이 한이라도 되는 듯 입을 꾹 다문 채 창을 꼬나쥐고 달려나갔다. 둘이 이십여 합을 부딪쳤지만 승부가 나지 않았다. 이때 돌연 완소칠이 삼지창을 비껴 쥐고 싸움에 합세하였다. 말 세 마리가 등을 돌린 채 뱅뱅 도는 가운데 격렬한 싸움이 계속되었다.

손신과 추윤 또한 부하들을 거느리고 나타났다. 관군은 이미 전의를 상실한데다 밤새 고생하고 아침밥까지 굶은 상태였다. 그들은 갑옷과 투구를 벗어 던지고 뿔뿔이 흩어졌다.

난정옥은 더 이상 지탱할 수가 없어 창을 찌르는 체하고는 달아났다. 뒤돌아보니 겨우 열 명 남짓한 자신의 집 가복들만 따라

오고 있었다. 수풀 사이를 벗어나 겨우 한숨 돌릴 수 있었다.

'이렇게 일이 틀어져 버렸으니 등주로 돌아갈 수는 없다. 도성으로 가더라도 어떻게 양제독을 볼 수 있겠는가! 정말 하늘에는 길이 없고 땅에는 문이 없는 처지로구나!'

이렇게 스스로 한탄하고 있을 때였다. 돌연 호성이 달려오며 외치는 것이었다.

"사부님, 제자가 큰 죄를 지었습니다."

난정옥은 이를 악물고 노발대발하며 말했다.

"이 짐승 같은 놈아! 나는 너에게 마음을 다해 대했거늘 언제 산적 패거리가 되었더란 말이냐? 그래 호랑이 잡는 계략으로 나를 죽이겠다는 말이지!"

"지금 와서 원망한들 무슨 소용 있습니까? 저는 산적이 된 적이 없습니다. 거기에는 그럴 만한 사정이 있습니다."

"네가 산적패에 들지 않았다면 무슨 이유로 그들과 함께 사력을 다해 성을 치고 관리를 죽이는 대죄를 저지른 것이냐?"

"제가 본래 해도에서 돌아올 때 무소뿔이며 호박 같은 귀중한 물건을 가지고 왔습니다. 짐꾼을 고용해 짐을 운반하던 중 날씨가 더워 모치의 집 앞에서 잠시 땀을 식히고 있었습니다. 그 모가가 우리를 보더니 밀수품 아니냐며 다짜고짜 하인들을 동원해 짐을 빼앗고 저를 붙잡아 관아로 넘기려고 하였습니다. 저는 홀몸이라서 울분을 참으며 달아날 수밖에 없었습니다.

심리패 술집에 이르러 술 한잔 하며 분을 삭였죠. 우연히 완소칠을 만났는데 석갈촌 사람이라는 것입니다. 이전에 송강에게 잡혀간 누이 일장청이 어떻게 되었는지 궁금하던 차에 소식을 듣게 되었습니다. 일장청은 왕영과 결혼했는데 방랍 정벌에 나섰다가 부부 모두 전사했다더군요. 저도 모르게 눈물이 났지요. 그 술집은 고대수가 운영하는 곳이었습니다. 저와 완소칠의 대화중에 양산박 이야기가 나오는 것을 듣고 고대수가 달려나와 후원으로 옮겨서 술을 마시게 되었습니다.

제 얼굴에 근심이 가득한 것을 보고 까닭을 묻더군요. 제가 어디서 어떠어떠한 사람에게 물건을 빼앗겼다고 말하자 고대수는 틀림없이 모치일 것이라고 추측하는 것이었습니다. 마침 손신이 집에 돌아왔는데 모두들 하나같이 의분을 표하며 제 물건을 되찾아주겠다고 나섰습니다. 모치는 그들과도 원한 관계였기 때문에 추윤과 합세해 모치를 죽인 것입니다.

저는 이 일로 손립이 잡혀갔다는 말을 듣고 나서 산에 올랐습니다. 사부님께서 등주에서 벼슬을 하고 계신지 전혀 모르다가 토벌군이 파견된 다음에야 사부님의 존함을 듣게 되었습니다. 저는 일시적으로 추윤과 손신이 어려운 처지에 빠진 것이 너무 미안했습니다. 그렇기는 하지만 이런 계책을 내놓아 사부님을 곤란하게 만든 것은 정말 송구합니다. 사부님의 처분에 맡기겠습니다."

"너를 죽인들 내가 처한 어려움이 달라지는 것은 아니다. 다만 내가 양제독의 문하에서 큰 신임을 받았기에 그 아우를 내게 부탁한 셈이거늘 일이 이렇게 되어버렸구나. 그의 아우 양감이 등주 태수로 승진하자 해적이 출몰할까 염려해 나를 도통제 삼아 데려가게 했던 것이다. 나는 이제 돌아갈 집도 없고 몸을 의탁할 나라도 없는 신세가 되었구나. 어찌 하면 좋단 말인가?"

"사부님께서는 훌륭한 천부적인 능력을 갖고 계시지만 등주 태수 양감 같은 사람 밑에 있어 가지고는 어떤 일도 할 수 없습니다. 지금 조정은 혼탁하기 그지없고 간신배들이 권력을 농단하고 있습니다. 천하에 대란이 끊일 날이 없지 않습니까? 어디 의탁할 곳을 찾아 잠시 편안히 계시다가 때를 기다려 움직이는 게 좋을 것입니다. 장래 큰 공을 세우고 역사에 이름을 남겨 영화를 누리는 것이 좋지 않을까요?

저도 한때는 사부님의 가르침을 받아 무예를 익힘으로써 입신출세하려 하였습니다. 그렇지만 운수가 사나워 온 가족이 비명에 죽고 가업이 망해 의지할 곳 없는 떠돌이가 되었던 것이지요. 그 후 여러 해 동안 풍파에 시달린 끝에 약간의 재물을 얻었습니다. 고향으로 돌아가 다시 가업을 일으키고 장가들어 조상의 제사나 받들며 살자 했지요. 그런데 뜻밖에도 원수를 만나 오히려 그들 무리에 가담해 무기를 들게 될 줄 상상이나 했겠습니까?

이전에는 양산박 무리를 단지 죽음을 두려워하지 않는 반란세력이라고 생각했을 뿐입니다. 하지만 그들은 하나같이 하늘을 우러러 떳떳한 호걸들이더군요. 재물을 탐하지 않고 의를 중시할 뿐 아니라 길을 가다가도 불의한 일을 보면 그저 지나치는 법이 없습니다. 벗을 위해서는 목숨을 돌보지 않는 사람들이지요.

송공명은 이렇듯 진실한 마음으로 나라에 충성하고 공을 세웠습니다. 그런데 그만 간신들의 계략에 빠져 독주를 마시고 세상을 뜨는 바람에 사람들이 통탄하며 복수할 마음을 갖게 된 것입니다. 사부님, 사부님께서는 어찌 그들처럼 하늘을 대신해 도를 행하며 때가 오기를 기다리려 하지 않으십니까?"

"그럴 수는 없다. 나는 활 하나 창 한 자루면 족하다. 어디 변경 지역으로라도 가서 분수에 맞게 몸을 의탁하면 된다. 어찌 깨끗하게 지조 지켜온 이름을 하루아침에 더럽힐 수 있겠느냐?"

"사부님, 변경 지역을 말씀하시지만 오늘날 변경이라 해도 어디인들 간신배들의 주구가 없겠습니까? 양제독이 동생의 안위를 사부님께 맡기지 않았습니까? 그런데 동생의 가족 모두가 죽임을 당했으니 그가 얼마나 사부님을 원망하겠습니까? 등주성을 지키지 못했으니 사부님은 군법에 회부될 수밖에 없습니다. 게다가 양태수에게 문서를 보내 제자인 저더러 성을 지키라고 하셨습니다. 제가 성문을 열고 도적을 불러들였으니 사부님은 도적떼와 내통한 것이 됩니다. 변명의 여지가 없습니다. 화가 코앞에 이르렀으니 후회한들 이미 늦었습니다."

난정옥은 한참 동안 생각에 잠겼다가 말했다.

"그들이 전부 같이 와서 내게 청한다면 그때 가서 다시 생각해 보겠다."

"그거야 쉬운 일이지요."

호성은 이렇게 말하고 날아가듯 달려갔다.

그런데 난정옥이 싸움에서 패하였는데도 그들은 왜 뒤쫓지 않았을까? 원래부터 난정옥이 항복하도록 만들 계획이었다. 호성이 사리 분명하게 설득하니 난정옥은 따를 수밖에 없었다. 호성은 난정옥과 나눈 말을 전했다. 모두가 크게 기뻐하였다. 부하들에게 술과 고기를 한 짐 지게 한 뒤 손립, 손신, 완소칠, 추윤은 난정옥이 있는 숲으로 갔다. 그들은 난정옥을 보자마자 일제히 무릎을 꿇으며 말했다.

"장군의 위엄에 누를 끼쳤습니다. 저희의 죄를 용서해 주십시오!"

난정옥은 말에서 내려 그들을 일으켜 세웠다.

"나는 몇 년 동안의 천신만고 고생 끝에 지금의 자리에 이르렀던 것이오. 그대들 때문에 모든 게 수포로 돌아가고 말았소. 정말 화가 나서 참을 수가 없소. 지금 그대들이 이렇게 몰려왔는데 무슨 할말이 있다는 거요?"

손립은 부하를 시켜 큰 사발에 술을 가득 따랐다. 그는 사발을 받쳐 들더니 다시 무릎을 꿇으며 말했다.

"형님께서 이 술잔을 받아주시기를 청합니다. 그런 다음 말씀 드리겠소."

난정옥도 무릎을 꿇고 술잔을 받았다. 좌중에 있던 사람 모두 둥그렇게 둘러앉았다. 모두 배불리 먹었다. 난정옥을 따라 온 가복들에게도 술과 음식을 나누어주었다. 손립이 그제야 입을 열었다.

"형님과 저는 같은 사부 밑에서 배운 형제입니다. 등주 도통제 자리도 앞뒤로 서로 이어서 맡았지요. 예전에 축가장을 공격해 곤경에 빠뜨린 일은 대단히 미안합니다. 근래에는 관직에서 물러나 집에 머물며 본분을 지키고 있었지요. 사흘 전만 해도 동생에게 번거로운 일에 연루될까 염려되니 옛날 벗들과 왕래하지 말라고 당부했습니다. 그랬는데 아우가 말을 듣지 않는 바람에 이런 일이 생기고 말았군요. 형님과 양태수가 잡으러 왔을 때만 해도 저는 내막을 전혀 모르고 있었습니다.

이제 이렇게 연루되고 말았으니 어쩔 도리가 없지요. 형님은 뛰어난 재주를 지니고 있다 해도 오늘 큰 과오를 범하였거늘 어디로 가서 해명하겠습니까? 같이 등운산으로 올라가 몸을 의탁하고 있다가 후일을 기약하는 것이 최선입니다. 형님께 불의를 권하는 것이 아니오. 조정이 밝지 못하고 간신배들이 전횡을 일삼으니 충심이 있어도 쓸 데가 없는 게 사실이잖소? 깊이 생각해 보시오."

난정옥이 한숨을 쉬며 말했다.

"어쩔 수 없군! 사실 나는 진퇴양난의 처지인데 아우가 그처럼 자신을 굽히니 말이오. 다행히 나는 돌보아야 할 가족도 없으니 함께 가세. 다만 나중에 마땅한 기회가 찾아오면 조정을 위해 힘을 보탤 것이오."

"당연한 말씀이오."

손립의 말에 이어 완소칠이 가슴을 두드리며 말했다.

"저 완소칠은 평생을 꼿꼿하게 사는 사람입니다. 벼슬살이를 그만두고 집에 돌아와 물고기나 잡으며 노모를 봉양하려 했을 뿐 딴생각을 해본 적이 없습니다. 그런데 뜻밖에도 간신배가 눈앞에 나타나 나를 때려잡으려고 하니 어찌 참을 수가 있단 말이오."

부하들이 말을 끌고 왔다. 일행은 모두 말을 타고 산채로 향했다.

산채 가까이 도착하자 고대수가 소식을 듣고 마중 나왔다. 일행은 취의청에 가서 향을 피우고 천지에 절하였다. 그리고 생사를 함께하기로 맹세하며 난정옥에게 산채의 우두머리가 되어줄 것을 청했다. 난정옥이 사양하며 말했다.

"나는 이곳에 갓 들어온 사람인데다 재주도 덕도 없소. 어찌 함부로 우두머리의 자리에 앉을 수 있겠소?"

사람들이 입을 모아 말했다.

"통제님의 높은 이름을 흠모한 지 오래입니다. 송공명께서도 그전에 통제님을 혈맹의 벗으로 모시지 못한 것을 두고두고 안타까워하셨습니다. 지금 다행히 지도자로 모실 수 있게 되었으니 우리를 이끌어주시기 바랍니다. 더구나 제일 연장자이시니 저희의 청을 물리치지 말아주십시오."

난정옥은 더 이상 사양할 수 없어서 제일 높은 자리에 앉았다. 손립이 말했다.

"양산박에서 소칠 아우가 원래 천강성이었으니 두 번째 자리에 앉으시게."

완소칠이 말했다.

"도망쳐온 몸으로 두 분 형제 덕분에 편히 쉴 곳을 얻게 되었소. 게다가 나는 성질이 못돼먹어서 싸움질이나 할 뿐이니 가당치 않소. 당연히 손립형이 앉아야 하오."

이렇게 말하며 손립을 두 번째 자리로 밀어 앉혔다. 완소칠이 이어 말했다.

"세 번째 자리는 호형이 좋겠소."

난정옥이 말했다.

"안될 말이네. 내가 이 자리에 앉은 것도 면구스러운데 내 제자까지 자리를 뛰어넘어서야 되겠는가? 소칠 아우가 그 자리에 앉으시게."

완소칠이 세 번째 자리에 앉았다. 손신이 말했다.

"호형의 묘책이 없었으면 산채를 보전할 수 없었을 것이오. 그리고 난통제를 어떻게 모셔올 수 있었겠소? 네 번째 자리에 앉아주시오."

호성은 거듭거듭 사양했으나 받아들여지지 않았다. 손신은 다섯 번째, 고대수는 여섯 번째, 추윤은 일곱 번째 자리가 되었다.

서열을 정한 다음 소와 말을 잡아 축하 잔치를 크게 벌였다. 소두목과 부하들에게는 빠짐없이 상을 주었다. 난정옥이 말했다.

"우리가 성을 파괴하고 태수를 죽였으니 반드시 조정에서 토벌군을 보낼 것이오. 불과 일이백 명의 병력으로는 중과부적일 것이오. 그러니 모두가 한마음으로 힘을 합치고 용기를 내 단단히 준비해야겠소."

손립이 말했다.

"옳은 말씀이오."

즉시 그날부터 세 개의 관문을 설치하고 담장과 수책水柵 등을 정비하는 공사에 들어갔다. 새로이 집을 지어 가족이 있는 사람들이 들어가 살 수 있게 하였다. 그리고 양산박에서처럼 '하늘을 대신해 도를 행한다'는 글자가 들어간 행황기를 내걸었다. 의복과 갑옷, 무기를 장만하고 군마도 사들였다. 군사를 모은다는 소문이 나자 사방에서 장정들이 모여들었다. 불과 석 달도 지나지 않아 이천여 명에 이르게 되었다. 엄중한 군율 아래 날마다 훈련을 계속하니 그 사기가 하늘을 찌를 듯하였다. 이를 증명하는 시가 있다.

> 왕보, 양전, 고구, 이방언, 채경, 양사성, 동관 같은 간신배 탓에
> 영웅호걸은 초야로 발걸음 돌리누나
> 능력 있는 사람을 발탁해 썼더라면
> 두 황제가 금나라 땅으로 잡혀가는 치욕은 당하지 않았으리

일곱 명의 호걸이 등운산에 모여 있었지만 부정한 재물을 빼앗을 뿐 가난하거나 죄 없는 사람을 함부로 해치는 일은 없었다. 사람들은 두려워하며 순종하였고 관군 역시 감히 이들을 건드리지 못했다. 어느 날 망을 보던 부하 하나가 달려와 네다섯 명의 일행이 짐을 진 채 큰길을 지나고 있다고 알려왔다. 완소칠이 자리에서 일어나며 말했다.

"요즘 돈도 양식도 부족하던 참에 잘되었군! 내가 가서 빼앗아 오겠소."

난정옥이 말했다.

"손신 아우하고 함께 가게. 누구인지 잘 알아보고 별반 가진 게 없는 사람들이면 그냥 놓아 보내게."

손신이 알겠다고 대답했다. 완소칠과 손신은 부하 오십여 명을 거느리고 산을 내려갔다. 키가 크고 체구가 건장한 사내 하나가 짐꾼들을 인솔하고 있었다. 푸른 비단 외투에 큼지막한 범양 모

자를 눌러 쓴 사내는 허리에 칼을 차고 손에는 막대기를 들고 있었다. 한눈팔지 않고 길을 가는 그들을 뒤쫓아가며 완소칠과 손신이 소리쳤다.

"이놈들, 게 섰거라!"

그 사내가 고개를 돌리며 말했다.

"어떤 놈들이냐? 좀도둑놈들이 사람을 몰라보고 길을 방해하는구나!"

이렇게 말하며 사내는 막대기를 휘둘렀다. 완소칠이 삼지창을 뻗어 찌르려는 순간 두 사람은 서로의 얼굴을 쳐다보며 동시에 소리질렀다.

"앗!"

완소칠은 창을 집어던지며 엎드려 절을 올렸다. 이 사내가 등장하지 않으면 어떻게 다음과 같은 시가 나올 수 있겠는가?

오동잎은 가을 서리를 맞아 지고
연꽃은 새벽이슬 속에 생기를 띤다네

제4회

편지 때문에 위험에 빠진 두흥

완소칠과 손신은 많은 짐을 가진 사람들이 큰길을 지나간다는 부하의 말을 듣고 짐을 빼앗으려고 함께 산을 내려왔다. 인솔자인 사내가 막대기를 들고 맞섰다. 막 한판 싸움이 벌어지려는 순간이었다. 그들은 그 사내가 양산박에 함께 있던 지살성 두흥임을 알아보았다. '도깨비 얼굴' 귀검아鬼臉兒라고 불린 두흥은 본시 박천조 이응의 집사였다. 이렇게 만나니 기쁘기 한량없었다. 손신이 물었다.

"귀검아, 이곳엔 웬일인가?"

"내가 모시는 박천조 형님께서는 벼슬자리를 원치 않았기에 독룡강으로 돌아가 가업을 다시 일구었다네. 그는 본래 저절로 돈이 모이는 천부성 운세를 타고 났거든. 그래 어디서든 일이 잘 풀려 옛날처럼 큰 재물을 모을 수 있었지. 더구나 독룡강에서 축가장과 호가장이 사라져버렸기에 단숨에 일인천하가 되었다네. 이

근처 해변에 한몫 투자한 게 있는데 이문이 좀 난 게야. 나더러 돈을 받아 오라기에 받은 돈으로 물건을 사서 돌아가는 중이네. 자네들 두 사람은 벼슬을 받은 걸로 아는데 왜 아직도 이러고 있는 건가?"

완소칠과 손신은 각자 자신들의 이야기를 들려주며 산채에서 크게 환영할 터이니 들렀다 가라고 권유하였다. 두흥은 옛 정을 생각해 기쁜 마음으로 동의하며 짐꾼들에게 짐을 메게 하였다.

산채에 도착한 두흥은 사람들과 인사를 나누었다. 두흥은 난정옥과 호성을 멀뚱히 바라보았다. 호성이 말했다.

"나를 모르시겠소? 박천조 이응의 이가장 이웃에 살던 사람인데…"

그때서야 두흥은 호성을 알아보았다.

"내가 이렇게 둔하다오. 그러고 보니 호가장 주인과 난사범이시군. 매일같이 만나다시피 했는데 말이오. 오랜만에 보니 이젠 나이든 티가 좀 나는구려. 예전에는 용모가 참 준수했지요."

"객지 생활을 오래 하다 보니 어디 옛날 같을 수 있겠소? 두형께서는 풍채가 무척 좋아지셨소그려. 살이 올라서 그런지 얼굴 모습이 퍽 원만해지셨소."

호성의 말에 사람들이 모두 웃었다. 호성이 다시 물었다.

"내가 집을 떠난 지 오래니 이제 우리집 전답은 모두 황폐해지고 말았겠군요?"

"세금은 많고 부역은 무거워 소작인들이 모두 도망을 쳐버렸지요. 지금은 우리 주인이 대부분의 땅을 관리하고 있다오."

호성은 한동안 슬픈 감상에 젖지 않을 수 없었다. 이윽고 술자리가 마련되었다. 완소칠이 말했다.

"우리가 당초 조정의 부름에 응하지 말고 양산박에 있었더라면 얼마나 좋았을까! 간신배 놈들에게 속아 무수한 피해만 당하고 지금 또다시 이런 곳에 몸을 의탁하게 되었으니! 두 형도 이응 형님을 모시고 이곳에 와서 함께 지내면 좋겠네."

"나와 우리 주인 모두 몹시 힘든 고생을 겪고 나서 이제 겨우 그럭저럭 안온한 생활을 보내고 있는 참이네."

"실망스럽군. 석갈호에서 물고기 잡으며 살 때 난들 이런 변고를 당할 줄 알았겠는가? 뜻밖의 일을 겪고 나니 어쩔 수가 없더군. 그 간사한 놈들이 자네들 두 사람을 그냥 내버려둘지 걱정이 앞서네."

손립이 말했다.

"모처럼 만났으니 며칠 더 머무르다 가게. 앞으로 언제 다시 만날지 모르잖은가."

"내가 길을 나선 지 벌써 오래되어 우리 주인이 걱정하고 있을 것이오. 게다가 동경에 들러 받아야 할 돈도 있어서 더는 지체할 수가 없소. 내일 아침에는 떠나야 하오. 여러분의 후의에 이미 깊이 감사하고 있소."

두흥의 대답을 듣고 난 손립이 말했다.

"동경에 간다니 마침 동경에 보낼 편지가 있는데 혹시 전해 줄 수 있겠는가?"

"가는 길인데 그렇게 하겠소. 누구에게 보내는 편지요?"

"내 처남 되는 악화한테 보내는 것이네. 집사람이 처남을 오래도록 만나지 못해 걱정하고 있어서. 나도 처남한테 의논할 이야기가 좀 있고."

"악화는 지금 왕부마의 부중에 있잖소? 직접 만나기가 쉽지 않을지 모르겠지만 어쨌든 내 가지고 가서 전하겠소. 오늘밤에 써서 주시오."

손립이 감사의 말을 전했다. 그들은 즐겁게 술을 마신 후 잠자리에 들었다. 다음날 아침 두흥이 출발하려 할 때 손립은 더 이상 붙잡지 않고 편지를 건네주었다. 은자 삼십 냥을 함께 건네며 손립이 말했다.

"이 돈을 노자 삼아 속히 이곳으로 와달라고 악화에게 말을 전해 주게. 남들이 모르게 은밀히 전해야 하네. 그들이 놓아주지 않으면 빠져나오기 어려울지 모르니까."

"알겠소. 직접 만나서 전하도록 하지요. 동경은 사람들의 눈이 많으니 조심하라는 말 명심하겠소."

두흥은 편지와 은자를 주머니 속에 깊숙이 찔러 넣었다. 그런 다음 작별인사를 나누었다. 그는 인부들을 불러 짐을 메게 하고 바쁜 걸음으로 산을 내려갔다. 손립은 두흥을 산기슭까지 내려가 배웅하며 다시 한 번 신신당부하였다.

등운산에 모인 두령들의 이야기는 잠시 접어두고 동경에 간 두흥의 이야기를 따라가 보자. 늦가을의 춥지도 덥지도 않은 날씨여서 바삐 길을 재촉하기에 안성맞춤이었다. 밤에만 잠시 쉬고 새벽같이 길을 떠나며 먹고 마시는 시간도 아꼈다. 강행군 끝에 곧 동경에 도착할 수 있었다.

봉구문을 들어선 두흥은 숙소에 들러 짐을 정리하였다. 숙소의 주인은 왕소산으로 오랫동안 서로 알고 지낸 사이였다. 두흥이 도착한 것을 본 왕소산은 술자리를 마련해 접대하였다. 두흥은 짐꾼들을 돌려보냈다.

이튿날 두흥은 밀린 수금을 위해 길을 나섰다. 하나같이 열흘은 지나야 지불할 수 있겠다고 말했다. 그때까지 기다리는 수밖에는 도리가 없었다. 한가한 몸이 된 두흥은 손립이 부탁한 편지가 생각났다.

두흥은 길을 물어 왕부마의 부중에 이르렀다. 문 앞은 정적만이 흐를 뿐 오가는 사람이 아무도 없었다. 세도가의 집에 함부로 들어갈 수가 없어 두흥은 한동안 문 앞에 서 있었다. 잠시 기다리고 있자니 맞은편 찻집에서 한 사람이 나와 왕부마의 부중으로 들어서려 했다. 그 집 시종이 친구와 차를 마시고 헤어진 것이었다. 두흥은 두 손을 모으고 예를 갖추며 말했다.

"이곳에서 일하는 지인을 만나고 싶은데 자리에 있을까요?"

"부중의 누구를 만나려는 것이오?"

"부마님의 부관으로 있는 악화입니다."

그 사람은 두흥의 얼굴을 한 번 쳐다보더니 말했다.

"당신은 어디 사람이오? 악화하고는 어떤 사이요?"

"저는 산동 사람입니다. 악화와는 오랜 지인 사이라서 제 이야기를 하면 알 것입니다."

"그렇다면 나를 따라 오시오. 그는 지금 부마님과 후당에서 바둑을 두고 있으니 당신이 찾아왔다는 이야기를 전하겠소."

두홍은 전후를 생각할 겨를도 없이 그를 따라 들어갔다. 한참을 돌고 돌아 어느 방 앞에 이르자 그가 말했다.

"이 방에서 기다리면 내가 가서 바둑이 끝난 다음에 불러 오겠소."

두홍은 감사를 표했다. 그는 방문을 닫고 나갔다. 두어 시간이 지났는데도 소식이 없자 기다림에 지친 두홍은 일어나 방문을 열었다. 그런데 밖에 자물쇠가 잠겨 있는 것 아닌가? 덜컥 의심이 들었다.

'왜 자물쇠가 잠겨 있지? 도대체 무슨 이유일까?'

또 한참을 기다리니 시종이 예닐곱 명의 남자를 데리고 와 자물쇠를 열었다. 그가 두홍을 가리키며 말했다.

"이자는 악화의 친구요. 이자를 심문하면 악화가 어디 있는지 알 수 있을 것이오."

두 사람은 밧줄을 꺼내 두홍의 목덜미에 단단히 감아 맨 다음 끌고 나갔다. 두홍이 큰 소리로 외쳤다.

"나는 무고한 백성인데 도대체 어디로 끌고 가는 거요?"

"개봉부 관아에 가서 부윤에게 말하거라."

이렇게 말할 뿐 이유도 들려주지 않은 채 그들은 두홍을 밀고 끌며 개봉부로 데려갔다. 관아에 걸린 큰 북이 울리자 부윤이 당상에 나와 앉았다. 부윤이 큰 소리로 두홍을 끌어내라고 외쳤다. 끌려나와 무릎 꿇린 두홍에게 부윤이 물었다.

"너는 악화와 어떤 사이냐? 그리고 악화를 어디에 숨겨두었느냐? 빨리 이실직고하면 형벌을 면하게 될 것이다."

상황을 알아차린 두흥이 대답했다.

"소인은 제주 사람으로 두흥이라고 합니다. 악화와는 아는 사이가 아닙니다. 길에서 악화의 친척 되는 사람을 만났는데 그 사람이 저더러 편지를 전해 달라고 했을 뿐입니다."

"그 친척 된다는 자의 이름이 무엇이냐?"

곰곰이 상황을 되짚어본 두흥은 손립의 이름을 말하면 안되겠다 싶었다. 그래서 애매한 표정을 지으며 말했다.

"이름을 그만 잊고 말았습니다."

부윤이 호통을 치며 말했다.

"너에게 편지를 부탁했는데도 이름을 기억하지 못한다고? 편지는 어디 있느냐?"

두흥이 말했다.

"편지는 없습니다. 구두로 전해 달라고 했거든요."

크게 노한 부윤은 두흥의 몸을 수색하게 하였다. 포졸들이 두흥의 옷을 벗기고 뒤진 끝에 호주머니에서 편지와 은자 서른 냥을 꺼냈다. 부윤은 봉투를 뜯어 편지 내용을 쓱 훑어보았다. 편지에는 손립이라는 이름이 분명하게 쓰여 있었다. 부윤이 쓴웃음을 지으며 말했다.

"저놈은 한패가 분명하다. 실토할 때까지 매우 쳐라!"

포졸들이 달려들어 두흥이 혼절할 만큼 매질을 가했다. 그러나 두흥은 이를 악물며 모른다는 소리만 되뇌었다. 부윤은 나중에 다시 심문할 테니 두흥을 감옥에 처넣으라고 말하고는 퇴청해 버렸다. 두흥은 사형수 감옥에 갇히는 신세가 되었다. 이같은 상황을 노래한 시가 있다

> 훨훨 나는 구름 속의 기러기
> 한겨울 추운 날씨에 슬피 우누나
> 흉노에 사신으로 갔다가 감금된 소무蘇武의 절개를 중시했기에
> 상림에서 기러기 사냥하던 한소제漢昭帝에게
> 소무의 소식을 전하는 편지가 전달되었더라
> 스스로를 돌보지 않는 힘든 고생을 감내했기에
> 도리어 새를 잡는 주살을 얻었으니
> 그래서 옛 군자는
> 높고 깊은 마음으로 도리를 지켰던 것이라네

독자들이 아직 모르는 것이 있다. 완소칠이 장통판을 죽였다는 제주부의 상신서에 이어 손립, 손신, 고대수, 추윤이 통제 난정옥과 연계해 양태수를 죽이고 등주성을 쳐부수었다는 등주부의 상신서가 추밀원으로 날아들었다. 손립 일당이 창고를 털어 등운산으로 가져갔으며 반란을 일으킨 자들이 모두 양산박의 옛 패거리들이라는 보고에 채경과 양전 등은 크게 놀랐다. 그들은 천자에게 주청해 '양산박과 관련된 자들은 현직에 있든 관직에서 물러났든 모두 엄중 단속하라'는 공문을 각 주현에 내려보냈다.

이때 어떤 사람이 악화는 손립의 처남으로 적도가 분명한데 왕

부마의 부중에서 일한다고 밀고하였다. 악화는 본시 영리한 사람이라서 그런 소문을 듣자마자 왕부마의 부중을 빠져나와 어디론가 사라져버렸다.

개봉부에서는 왕부마가 지금 보위에 있는 천자의 부마인지라 체포하기가 조심스러워 부윤이 직접 가마를 타고 왕부마를 찾아갔다. 부마를 만난 부윤이 말했다.

"악화는 황제께서 내리신 조칙에 따른 중범죄자이오니 저희에게 넘겨주십시오."

왕부마가 대답했다.

"악화는 얼마 전까지 이곳에 있었으나 일도 태만히 하더니 어디론가 달아나버렸소. 만일 안에 있다면 무엇이 아까워 내주지 않겠소! 등주와 삼천 리는 떨어져 있는데 아마 그는 등주에서 일어난 일을 모르고 있을 것이오. 그렇다 하더라도 황제의 성지가 내렸으니 만약에 그가 돌아오면 당연히 신병을 넘겨주겠소."

부윤은 하는 수 없이 물러날 수밖에 없었다. 이런 참에 두홍이 아무것도 모른 채 편지를 가지고 왔던 것이다. 왕부마는 자신이 연루되었다는 의심에서 벗어나기 위해 두홍을 방에 가두어두었다가 개봉부에 통지하였다. 두홍은 개봉부에 연행되어 심문 끝에 옥에 갇히게 되었다.

두홍에게는 큰 불운이었으니 마치 보기 좋게 그물에 걸려든 꼴이었다. 옛 사람들이 들려준 매우 적절한 말이 있다.

'자신이 어떤 일을 맡아 잘 처리할 수 있더라도 남에게 떠맡기는 것만 같지 못하다.'

동진사람 은홍교殷洪喬가 다른 사람이 맡긴 편지를 모두 석두성 물속에 던져 가라앉을 놈은 절로 가라앉고 뜰 놈은 뜨도록 했듯이 도중에 편지를 폐기해 버렸더라면 이런 사단은 일어나지 않았을 것이다.

한담은 그만두고 두흥의 이야기로 돌아가자. 옥에 갇힌 두흥은 크게 한탄하였다.

'이런 억울한 일을 당하고 말았으니 어떻게 빠져나가야 한단 말인가?'

그는 왕소산에게 자신이 옥에 갇힌 사실을 알렸다. 그리고 독룡강 이응에게 사람을 보내 동경으로 와서 자신을 구해 줄 것을 부탁하였다. 우선 옥졸들에게 약간의 은화를 돌린 덕분에 다행히 힘든 곤욕을 치르지는 않았다. 두 달쯤 지나자 이응이 사람을 시켜 소식을 전해 왔다.

'추밀원이 제주부에 공문을 보내 옛 양산박 사람들을 모두 엄중 단속하라고 한 탓에 동경에는 갈 수가 없네. 옥졸과 아전들을 매수해 죄를 가볍게 만들 수 있도록 금은을 여유 있게 보냈으니 잠시만 견디고 있게.'

과연 돈이 신통력을 발휘했다. 위아래 할 것 없이 뇌물을 뿌리니 그들은 두흥의 죄를 가볍게 해주기 위해 추밀원에 품의서를 올렸다.

'악화가 도망간 것이 먼저고 두흥이 편지를 가져온 것은 나중이다. 따라서 두흥은 범인과 관련된 부분이 없다. 다만 반도와 서로 알고 지내는 사이인 점을 참작해 이천 리 유배형에 처함이 마땅

하다.'

 추밀원은 개봉부의 의견에 따랐다. 부윤은 두흥을 끌고 와 곤장을 치고 얼굴에 낙인을 새겼다. 그리고 창덕부 유배형을 명하였다. 두흥의 목에는 봉인된 일곱 근 반짜리 칼이 채워졌다. 두흥은 호송 책임을 맡은 장천과 이만이라는 압송인과 함께 개봉부 문을 나섰다.

 왕소산이 기다리고 있다가 술집에 들어가 두흥에게 금은 주머니를 건넸다. 두흥은 주머니에서 은자 이십 냥을 꺼내 두 압송인의 손에 쥐어주었다. 함께 술과 밥을 배부르게 먹은 뒤 두흥은 왕소산과 작별하였다.

 두흥은 목에 칼을 찬 채 수화곤 방망이를 든 압송인을 따라 길을 갔다. 가는 길에 두흥이 술을 사고 고기를 사며 대접하니 그들은 두흥을 잘 대해 주었다. 그래도 갖은 고생 끝에 창덕부에 도착하였다. 창덕부에 문서를 제출한 압송인들은 태수의 인계서를 받아 돌아갔다.

 두흥은 곧바로 감옥으로 보내졌다. 두흥은 독방에 갇히게 되었다. 방에 들어가면서 두흥은 상대가 아무 말도 하지 않았건만 은자 열 냥을 꺼내 옥졸에게 주었다. 그리고 은자 이십 냥을 감옥 책임자인 전옥에게 전해 달라고 했다. 조금 있으니까 전옥이 두흥을 밖으로 불러냈다. 감옥 청사에 이르자 전옥이 말했다.

 "태조 황제께서 정한 율령에 따라 새로운 죄수가 도착하면 먼저 장 백 대를 맞아야 한다. 그런데 네 얼굴이 누렇고 야윈 걸 보니 도중에 병이 났던가 보구나. 당분간 미뤄두기로 하겠다."

그러면서 두흥에게 감옥의 신을 모시는 천왕당을 돌보게 했다. 향을 피우고 청소를 하는 정도라서 별반 힘들 게 없는 일이었다. 모든 게 돈이 효력을 발휘한 덕분이었다. 또한 술과 음식을 장만해 옥졸들을 대접하니 모든 사람과 허물없이 지내게 되었다.

전옥은 이환이라는 사람으로 동경 출신이었다. 육십대 노인이지만 사람됨이 충실하고 너그러웠다. 두흥이 유능하고 시원시원하며 다른 사람의 일로 억울한 옥살이 중이라는 걸 알고는 두흥한테 호감을 보였다. 전옥에게는 자식이 없었다. 그는 두흥을 곁에 두고 물건을 사오는 심부름 같은 것을 시켰다. 두흥 또한 돈을 아끼지 않고 수시로 새 물건을 사서 갖다 주는 등 정성을 다했다. 이렇게 되어 두흥은 전옥이 거처하는 안채에도 수시로 드나들게 되었다.

본부인을 여읜 전옥에게는 조옥아라는 소실이 있었다. 기생 출신으로 나이는 스물네댓 살쯤 되는데 그 모습이 이러했다.

먼 산의 모습을 연상시키는 아름다운 눈썹에는 수심이 가득하고 맑은 눈동자는 물기를 함뿍 머금었네. 연뿌리실 적삼에 덧댄 붉은 비단천이며 비취 이파리를 닮은 푸른 옥비녀. 내딛는 걸음걸이는 날아갈 듯 가볍고 옅은 화장에도 두 볼은 연꽃같이 빛난다. 홀로 난간에 기대어 고운 팔 드리우고 쪽찐 검은 머리로 함박 미소 지으니 누군들 마음을 빼앗기지 않으랴!

귀검아 두흥. 오른쪽은 방랍 토벌시 전사한 연순.

조옥아는 한창 묘령의 나이였다. 그러니 전옥이 어찌 그 욕구를 채워줄 수 있겠는가? 변덕스레 홀로 교태를 부려보기도 하지만 영내에 있는 사람은 모두 죄수뿐이었다. 궁상스런 몰골의 죄수들에게는 눈길이 가지 않아 산란한 마음을 겨우 다잡곤 하였다.

그러던 참에 두흥을 보게 되었다. 두흥은 비록 볼품없는 얼굴이기는 해도 체구가 건장하고 옷도 깨끗한 차림이었다. 두흥을 만나고 보니 배고픈 사람이 음식을 가리지 않는다는 말처럼 몸이 바짝 달아올랐다. 마치 반금련이 무송을 보고 '천백 근의 무게를 들어 올릴 힘이 없다면 어떻게 호랑이를 때려잡을 수 있겠는가' 하고 생각한 것과 마찬가지 경우였다.

어쨌든 외모가 아니라 그 건장한 몸을 탐하는 것이라서 걸핏하면 두흥을 불러 물건을 사오라고 심부름을 시켰다. 그런 다음 술과 음식을 대접하며 가까워지려 노력했다. 그런데 두흥은 매우 올곧은 사람이라서 조옥아의 마음을 알아차리지 못했다. 게다가 그는 지금까지 치맛자락 속의 재미라는 걸 모르고 살았기에 더욱 그럴 수밖에 없었다.

하루는 조옥아가 두흥더러 자수 놓을 실을 사오라는 심부름을 시켰다.

"빨리 갔다 와요."

두흥은 알겠다며 밖으로 나왔다. 두흥이 감옥 근처의 술집 앞을 지나는데 안에서 술을 마시던 사람이 큰 소리로 그를 불렀다.

"두형! 이곳엔 웬일인가?"

두흥이 고개를 돌려 바라보니 금표자 양림이었다. 서로 인사를 나눈 뒤 두흥은 자신이 그곳에 오게 된 사연을 이야기했다.

"등운산에 있는 손립이 악화한테 보내는 편지를 전하려다가 개봉부에서 자배형을 받고 이곳에 왔다네. 자네와 배선은 음마천에서 어떻게 지내는가?"

양림은 한숨을 쉬며 대답했다.

"우리는 강직한 호걸들 아닌가! 조정의 부름에 응해 목숨을 부지하기는 했지만 간신배들의 전횡을 견딜 수 있어야 말이지. 벼슬이고 뭐고 다 싫어서 음마천에 묻혀 지냈더니 어느 틈에 수중에 지니고 있던 몇 푼 안되는 재산이 다 바닥나고 말았다네. 하는 수 없이 지난날에 하던 일을 다시 시작하게 됐지. 그러던 중에 제법 한밑천 굴린다는 젊은이 이야기를 듣게 됐네. 마침 듣자 하니 그 젊은이가 수행원 둘을 데리고 이곳 감옥으로 온다는 거야. 확실한 소식인지 알아보려고 먼저 와서 한잔 하고 있는 중이었네."

두흥은 종업원에게 술과 안주를 더 가져오라고 시켰다. 두흥과 안면이 있는 종업원이 주문한 음식을 내왔다. 한참을 마시다가 두흥이 말했다.

"억울한 누명을 쓰고 왔기 때문에 이곳엔 아는 사람이 한 사람도 없네. 그러니 영내로 들어가서 나하고 며칠 지내세. 가슴속에 묻어둔 이야기도 서로 나누고 말이야!"

두흥은 주머니에서 은자를 꺼내 탁자 위에 놓으며 말했다.

"함께 계산해 주시오."

밖으로 나온 두흥은 양림의 손을 잡고 포목점에 들러 수놓을 실을 샀다. 함께 독방으로 돌아온 두흥이 말했다.

"여기 잠시 앉아 있게. 실을 건네주고 올 테니."

안으로 들어가자 조옥아가 짐짓 노여운 척하며 말했다.

"금방 돌아올 줄 알았더니 이게 뭐야. 반나절이나 걸리고."

"술집 앞을 지나다가 아는 사람을 만났는데 술을 한잔 하자기에 늦고 말았습니다. 마님, 용서해 주십시오."

두홍의 말에 조옥아는 목소리를 누그러뜨렸다.

"늦은 것을 탓하는 게 아니야. 허우대가 멀쩡한 사내가 되어 가지고 세상물정을 그리도 모르니까 그러지. 달리 생각하는 바가 있으니 나를 실망시키지 말라구!"

조옥아는 눈을 내리깔며 말을 이었다.

"지금은 전옥이 없으니 들어와서 술 한잔 하고 가요."

두홍은 고개를 숙이며 말했다.

"소인이 어찌 감히, 안될 말씀입니다."

이렇게 대답하고는 밖으로 나와 버렸다. 방으로 돌아오니 양림이 반문하는 것이었다.

"자네의 죄명이라는 게 다른 사람의 일로 덤터기를 쓴 것이잖은가? 나하고 같이 음마천으로 가서 살아갈 다른 방도를 찾아보세. 무엇 때문에 이런 곳에서 남의 심부름이나 한단 말인가!"

"달아나자면 못할 것도 없지만 이응 형님의 신상에 누가 될까 걱정되어 그런다네. 참고 지내다가 형기가 끝나거든 떠나는 수밖에 별 수 있겠는가! 전옥이 심복처럼 대해 주니 뿌리치고 달아날 수도 없지. 다만 그의 소실이 꼬리를 치는데 거북살스러워서 도무지 두고 볼 수가 없네."

두흥의 하소연을 듣고 난 양림이 말했다.

"그 여자가 어떻게 하든 상관할 바는 아니지만 그 손바닥 위에서 놀아나서는 안되지. 우리는 양산박 호걸들 아닌가? 그 정도의 분별력은 갖고 있어야지!"

두 사람이 이야기를 나누고 있는 중에 옥졸이 들어와 전옥을 찾아온 동경 사람이라며 명함을 건넸다. 명함에는 풍사인이라고 쓰여 있었다. 두흥은 명함을 들고 전옥을 만나러 갔다.

양림이 흘깃 바깥을 내다보니 전옥을 만나러 온 사람은 자신이 찾고 있던 바로 그 젊은이였다. 당황한 양림은 얼른 안으로 몸을 숨겼다. 전옥은 명함을 보며 말했다.

"내 외조카로군. 어서 들어오라고 하게."

풍사인이 안으로 들어왔다. 준수한 몸매에서 풍류적인 맵시가 풍기는데 검은 눈은 칠흑같이 맑고 버드나무 가지를 닮은 눈썹은 마치 봄 산을 보는 듯했다. 그리고 미소를 머금은 입술을 지그시 다문 채 행동거지는 몹시 조신했다. 후한의 미남자 순욱荀彧이 앉은 자리에서는 사흘 동안 향기가 감돌았다지. 하지만 서진의 미남자 반안潘安처럼 아름다운 용모도 결국은 한때뿐이라던가.

풍사인은 전옥을 보고 절을 올렸다.

"오랫동안 못 뵈었습니다. 부친의 명으로 북경 대명부에 가서 은자를 받아 오는 길에 잠시 틈을 내어 찾아뵈었습니다."

전옥이 몸을 일으키며 말했다.

"그래 근자에 얼굴 본 지가 꽤 오래 되었지. 보고 싶었는데 이렇게 찾아와 주니 대단히 기쁘구나."

풍사인은 수행원에게 선물을 가져오도록 했다.

"무얼 이런 걸 다 가져왔느냐?"

전옥은 이렇게 말하며 두흥에게 선물을 간수해 두라고 분부하였다. 아울러 식사를 준비하라고 이르며 말했다.

"가서 마님에게 동경에서 조카가 왔다고 전하게. 가까운 친척이니 빨리 나와서 서로 인사를 나누라고 하게."

두흥은 선물을 안채에 갖다 놓으며 조옥아에게 말했다.

"전옥께서 말씀하시길 동경에서 풍사인이라는 아주 가까운 조카가 왔으니 식사를 준비하랍니다. 그리고 후당으로 오셔서 인사를 나누라고 하셨습니다."

조옥아는 느릿느릿 말했다

"풍사인이라고? 들어본 적이 없는데!"

조옥아는 하녀를 불러 자신을 따라오게 하였다. 그리고 먼저 병풍 뒤에서 살짝 엿보았다. 만일 그를 보지 않았더라면 만사가 원만하게 돌아갔을 것이다. 그런데 한눈에 보아도 그는 풍류남아였다. 조옥아는 한순간에 자신의 몸이 나른해지고 반쯤 녹아내리는 것을 느꼈다. 옷매무새와 머리 모양새를 매만진 다음 조옥아는 사뿐사뿐 걸어 나왔다.

풍사인은 조옥아를 보고 황급히 자리에서 일어났다. 슬쩍 곁눈질하며 보니 마치 바람에 흔들리는 꽃가지처럼 단아하였다. 풍사인은 넋이 나간 듯 엎드려 절을 하였다.

전옥이 말했다.

"내 조카요. 당신도 인사를 해야지."

조옥아는 얼굴 가득 웃음을 머금으며 허리 굽혀 인사를 하였다. 그리고 전옥의 곁에 앉았다. 어느새 두 사람의 눈길이 부딪치고 있었다. 잠깐 사이에 불꽃이 타오르며 이미 헤어날 수 없는 지경에 이르고 말았다.

잠시 후 하녀가 술상을 내왔다. 조옥아는 희색이 만면한 얼굴로 잔을 들어 권하였다. 풍사인도 화기애애하게 술을 따라 권하며 답례하였다. 그러는 사이에 두 사람은 눈짓으로 정담을 주고받았다. 하지만 친척 사이라고 생각해서인지 전옥은 그런 사실을 전혀 눈치채지 못했다. 이것저것 길고 짧은 집안 이야기를 나누며 술이 몇 순배 돌았다. 풍사인이 자신은 술이 약하다며 더 이상의 술을 사양하자 전옥이 말했다.

"어렵사리 멀리까지 왔으니 며칠 묵고 가거라."

풍사인은 동쪽 사랑채에 들게 되었다. 그의 부친은 풍표로 동관 휘하의 금군 참모였다. 간계가 뛰어나고 권세를 이용해 뇌물을 챙기는 자였지만 동관은 그를 자신의 심복으로 삼았다. 풍사인은 그의 외아들이었다. 어릴 때의 이름은 백화였다. 천성이 경박했지만 그래도 여러 모로 영리한 구석이 있었다.

그는 얼굴이 반반한 여자만 보면 물불을 가리지 않았다. 지금 조옥아 같은 빼어난 용모의 여자를 만났으니 어찌 마음이 동하지 않겠는가? 조옥아도 욕구불만을 해소하지 못해 두흥같이 못생긴 사람조차 상대해 보려 할 만큼 남자에 목말라 하던 참이었다. 하물며 풍사인처럼 싱싱함이 넘쳐흐르는 미소년을 보았으니 군침을 흘리지 않을 수 없었다.

두 사람은 당장이라도 한덩어리로 엉기고 싶은 충동이 일었다. 하지만 전옥 때문에 조급한 마음을 억눌러야 하는 게 한스러웠다.
 두홍은 밖으로 나와 양림에게 투덜거렸다.
 "이거 크게 결례했네! 그 풍사인이란 놈 때문에 반나절이나 허비해 버렸네그려."
 양림이 귓속말로 두홍에게 속삭였다.
 "그자가 바로 내가 찾던 사람이네."
 "그자는 전옥의 조카라서 손을 쓰기가 곤란할 것이네. 게다가 감옥 안채에 머물고 있으니 자네는 조만간 돌아가는 게 좋겠네."
 두홍의 말에 양림이 대꾸했다.
 "그렇잖아도 배선이 기다리고 있기 때문에 당장 돌아가서 알려주어야 하네. 전옥의 친척이라면 그만두는 수밖에."
 두홍은 은자 열 냥을 양림에게 주며 말했다.
 "이거라도 가지고 가게. 때가 되면 배선과 함께 다시 놀러 오고."
 "객지에서 고생하는 자네 돈을 어떻게 받겠는가?"
 양림이 사양하자 두홍이 말했다.
 "내 사정일랑 신경쓰지 말게. 돈이 떨어지면 이응 형님이 다시 보내줄 테니까."
 양림은 이별을 고하고 떠났다.

 그로부터 이삼 일이 지났다. 상부의 명령으로 전옥은 산서 지방으로 출장을 가게 되었다. 길을 떠나기에 앞서 전옥은 두홍을 불러 맡은 일을 충실히 하라고 분부했다. 조옥아에게도 당부하기를 잊지 않았다.

"조카한테 친절하게 대해 줘요. 내가 돌아오면 그는 바로 떠나야 할 테니."

두 사람은 모두 알겠다고 대답했다. 전옥이 영문을 나서고 얼마 지나지 않은 시간이었다. 채 밤이 되기도 전에 조옥아는 다시 세수를 하고 손톱을 깎았다. 그런 다음 술과 안주를 준비해 풍사인을 자신의 방으로 불렀다. 자리에 앉은 두 사람은 서로 술잔을 주고받았다. 조옥아가 웃으며 말했다.

"그동안 대접이 소홀해 대단히 미안해요. 마음이 싱숭생숭해서 갈피를 잡을 수가 없었어요. 오늘 마침 한가하기에 술 한잔 대접하려는 거예요. 마음껏 들어요."

그러면서 그릇에 담긴 안주를 권했다. 풍사인은 이런 방면에 닳고 닳은 사람인지라 상대의 마음을 읽지 못할 리가 없었다. 그는 연거푸 감사의 말을 전했다.

"이렇게까지 마음을 써주시니 감격할 따름입니다. 어디 편찮으신 데는 없으십니까? 혹은 외삼촌한테 털어놓지 못하는 말씀이라도 있으신가요? 저한테 말씀하시면 혹시 위로가 될지 모르잖습니까?"

조옥아는 운우지정을 나눌 생각에 이미 마음을 제어할 수가 없었다. 두 잔을 더 마시니 얼굴이 복숭아꽃같이 붉어졌다. 더욱 요염한 얼굴로 사인을 빤히 바라보며 말했다.

"남편이 나이가 너무 많아! 위로해 줘요."

어느새 한껏 달아오른 두 사람은 순식간에 서로를 끌어당겼다.

옥아는 검붉은 빛깔의 비단 신발을 신었는데 금실 자수 장식이 달려 있었다. 끝이 뾰족하고 바닥에 흰 비단을 두텁게 받친 예쁜 신발이 옥아의 앙증맞은 작은 발을 감싸고 있었다. 사인은 넋이 나간 듯 신발을 보라보았다. 옥아가 짐짓 자신의 발을 신발 뒤축에 밀어 넣으려는 체하며 발을 무릎 쪽으로 당겼다. 사인은 책상 아래로 손을 뻗어 옥아의 신발 끝을 잡으며 말했다.

"외숙모를 처음 보았을 때 저는 이미 정신이 혼미해졌습니다. 지금 이 작은 발을 보니까 또다시 온몸이 마비되는 것 같습니다. 제발 살려주십시오!"

이렇게 말하며 사인은 옥아의 몸을 바싹 끌어안았다. 옥아가 밀어내는 시늉을 보였지만 사인은 옥아를 안은 채 말없이 침대 위로 쓰러졌다. 두 사람은 치마와 바지를 벗고 격렬한 운우지정을 나누었다. 마치 하늘과 땅이 뒤집히는 듯했다.

오랫동안 정욕을 제대로 풀지 못했던 요부는 비린내를 맡은 고양이가 생선을 뼈째 목구멍으로 밀어넣듯 게걸스러웠다. 바람난 탕아는 갈증난 사람이 술을 마시듯 술지게미까지 깡그리 비워버렸다. 옥아의 발과 사인의 발이 서로 들려 엉키니 두 몸은 떨어질 줄을 몰랐다.

사인은 동경에 있는 아버지가 시킨 일을 까맣게 잊어버렸다. 옥아는 산서로 출장간 남편이 머지않아 돌아올 것은 생각조차 하지 않았다. 마치 정욕이 끓어올라 적벽을 불태우고 정염의 파도가 선녀와 사랑을 나누던 남교藍橋에 넘실대는 듯했다.

옥아에게 정신을 빼앗긴 사인은 황홀감에 빠져 숨을 헐떡이며 온몸이 땀에 범벅이 된 다음에야 옥아의 몸에서 떨어져나왔다. 옷매무새를 고치고 나서는 옥아의 어깨에 기대어 등불을 켤 무렵까지 술을 마시다가 한침대에서 잠이 들었다.

이때부터 두 사람은 아교풀을 붙인 것처럼 한순간도 떨어지지 않았다. 하녀들의 눈길을 피하려고조차 하지 않았다. 이런 사실을 전해 들은 두흥은 속으로 몹시 분개하였다.

'저 음부는 정말 부끄러움을 모르는구나! 전옥이 돌아오면 이야기하는 수밖에 없겠구나!'

옥아는 처음에는 두흥에게 마음을 두었으나 사인처럼 멋진 남자를 만나고 보니 두흥이 오히려 방해가 된다고 생각했다. 결국 얼굴을 바꾸어 성난 얼굴에 변덕스레 화를 내며 입만 열면 욕을 퍼부었다. 화를 참지 못한 두흥은 몇 마디 원망스러운 말을 내뱉고 말았다. 옥아는 사인과 상의하였다.

"나와 당신의 인연은 이미 죽어서도 끊기 어려운 것이 되었소. 우리집 늙은이가 돌아오더라도 그쯤이야 내가 잘 구슬릴 수 있소. 하지만 저 두흥이란 놈이 입을 놀릴까봐 걱정이오. 어떻게 하면 좋겠소?"

사인이 말했다.

"뭘 걱정하시오! 그깟 죽여 없애도 좋을 죄수놈을 가지고 말이오. 종이 한 장이면 놈의 목숨은 날아가고 말 것이오."

이런 까닭에 사인은 자신이 그 집의 가장이라도 되는 양 두흥에게 사람대접을 해주지 않았다. 두흥은 원한이 골수에 사무치게 되었다.

얼마 지나지 않아 전옥이 돌아왔다. 전옥은 그동안 벌어진 일을 전혀 알아차리지 못했다.

"영감께서 떠나신 다음에 저 두흥이란 놈이 얼마나 방자하게 굴었는지 아세요? 툭 하면 돼먹지 않은 수작을 부리려 들었다구요. 윗사람을 존중하는 마음이라고는 눈 씻고 찾아볼 수가 없어요. 그래서 그런 나쁜 죄수놈을 중용해서는 안되는 거예요. 만약 그자를 처치하지 않으면 제가 영감 곁을 떠나고 말겠어요."

조옥아는 이렇게 말하며 전옥의 품에 쓰러져 울기 시작했다. 전옥이 말했다.

"설마 그놈이 그랬단 말이오. 만약 그렇다면 그런 자를 처치하는 게 뭐가 어렵겠소!"

전옥은 옥아를 위로하고 나서 사람을 시켜 두흥을 들어오라고 하였다. 전옥이 두흥에게 물었다.

"내가 여기에 없는 동안 너는 왜 마님에게 무례하게 굴었느냐?"

두흥이 대답했다.

"영감님께서 묻지 않으신다 해도 그동안의 사실을 소인은 아뢰려고 했습니다. 풍사인과 마님은 종일토록 함께 술을 마시며 행락을 즐겼습니다. 하녀들이 보는데도 전혀 개의치 않았습니다. 소인에게 온갖 능욕을 가했을 뿐 아니라 풍사인은 소인의 목숨을 없애는 것쯤이야 종이 한 장이면 족하다고 했답니다. 소인은 영감님께서 베풀어주신 큰 은혜에 어떻게 하면 보답할 수 있을까를 늘 고심중인데 어찌 감히 마님을 함부로 대하겠습니까? 영감님, 풍사인의 용모와 소인의 몰골을 보면 아시겠지만 마님께서 어느

쪽을 더 좋아하겠습니까?"

"더 얘기할 필요없다. 내가 알아보겠다."

이틀이 지났다. 두홍에게 아무 일도 생기지 않자 조옥아는 다시 전옥을 부추겼다.

"영감이 비록 낮은 직위이나마 관리인데 나를 능욕한 죄수를 그냥 두고 본단 말이오? 종이 한 장이면 해결될 것을 어찌 가만히 있는 게요?"

그 말을 들은 전옥은 마음속으로 확실히 깨달을 수 있었다.

"명백한 증거도 없이 어떻게 함부로 처치한단 말이오!"

전옥의 대꾸에 조옥아는 성을 내며 말했다.

"증거라구요? 당신은 딴 놈한테 마누라를 빼앗겨봐야 정신을 차리겠구려!"

조옥아는 울면서 방으로 들어갔다. 전옥은 속으로 생각했다.

'두홍을 딴 데로 보내야겠구나. 어디로 보내면 좋을까?'

그는 영청에 가서 옥리에게 말했다.

"두홍이 여기 온 지 꽤 되었지! 그동안 성심껏 맡은 일을 잘 해왔으니 서문에 있는 마초장 간수로 보내게. 다소나마 부수입을 얻도록 해주고 싶네."

옥리가 말했다.

"두홍이 여기서 온갖 일을 다 맡아 해왔는데 그를 보내고 나면 더는 그런 일을 시킬 사람이 없을 것입니다."

"자넨 몰라도 되니 즉시 그를 그리로 보내게."

전옥의 말에 옥리는 더는 이의를 달지 못하고 두홍을 불러들였다. 전옥이 두흥에게 말했다.

"자네가 여기 있으면 편안하지 못할 것이네. 그래서 다른 곳으로 보내기로 했으니 그리 알고 떠나게."

두흥은 속으로 이게 바로 베갯머리송사로구나 하는 생각을 하면서 대답했다.

"영감께서 보내시는 일이니 잘 알겠습니다. 다만 어디로 가게 되는지요?"

전옥의 말에서 다음의 시구가 연상된다.

원앙이 어지러이 노닌 자리에 붉은 비 내리고
호랑이와 이리의 사나운 위세는 흑풍을 일으키누나

이 일가 중에서 누구의 수완이 더 뛰어나고 누가 약한가? 결국은 누가 살고 누가 목숨을 잃을까? 천하의 일이 모두 미리 정해진 것은 아니니 결말이 어찌 될지 모르겠구나.

제5회

비명에 죽은 늙은 전옥의 젊은 첩

 전옥은 조옥아와 두흥에게서 각기 다른 이야기를 들었다. 조옥아는 두흥을 비방하며 죽여야 한다고 말했다. 두흥은 조옥아가 풍사인과 정을 통하였다고 했다. 전옥은 곧바로 진위를 판별하기 어려웠다. 그래서 두흥을 다른 곳으로 보내고 풍사인은 자기 집으로 돌려보내야겠다고 생각했다. 그렇게 마음먹은 전옥은 두흥을 불러 말했다.

 "서문 밖 마초장에 가서 간수 일을 보게. 마초를 가져다 바치는 자들한테서 생기는 부수입도 좀 있을 것이네. 지금 바로 옥리하고 같이 가서 인수인계하게."

 두흥은 속으로 '이건 예전에 임충이 겪은 상황과 똑같군' 하고 생각하며 대답했다.

 "분부하시니 그리하겠습니다. 영감께서는 연세가 많고 가까이에 믿을 만한 측근이 많지 않으니 매사에 조심하셔야 합니다."

 전옥이 고개를 끄덕였다. 두흥은 옥리와 함께 밖으로 나갔다.

전옥은 안채로 들어가 조옥아에게 말했다.

"두흥이란 놈은 서문 밖 사료장의 간수로 보냈소. 조카가 집을 떠난 지 오래 되어 집에서 걱정할 테니 내일은 돌아가라 해야겠소."

조옥아는 한편으로 기쁘고 한편으로는 걱정이 밀려왔다. 두흥이 눈앞에서 사라진 것은 기쁜 일이지만 풍사인이 돌아가게 된 것은 슬프지 않을 수 없었다. 그때 풍사인이 들어와 말했다.

"제가 돌아가려고 하는데 요 며칠 허리가 시큰거리고 다리가 아파서 말에 올라타지를 못합니다."

전옥은 얼버무리며 알았다고 대답했다. 그후 그들 두 사람을 유심히 살펴보니 과연 매우 다정하였다.

그런 어느 날이었다. 청사에 나가 새로 압송되어온 죄수를 인계하는 일을 처리하고 조심스레 안채로 들어갔다. 안에서 희희낙락하는 소리가 들렸다. 엉거주춤한 자세로 문틈을 통해 방안을 들여다보았다. 조옥아는 풍사인의 몸 위에 올라탄 모습이었다. 조옥아의 어깨를 감싸쥔 풍사인이 낮은 목소리로 읊조렸다.

"영감탱이가 나를 보내려고 하는데 귀여운 당신과 어떻게 헤어지지?"

조옥아가 말했다.

"내게 한 가지 방안이 있어. 아직 허리가 낫지 않았다고 해. 그래도 당신을 보내려고 하면 우리가 계획을 세워서 그놈의 늙은이를 골로 보내 버리자구."

전옥은 화가 치밀어 도저히 견딜 수가 없었다. 그는 문을 열고 들어가며 소리쳤다.

"이 화냥년아! 나를 어떻게 하겠다고?"

두 사람은 황급히 달아나려 하였다. 전옥이 풍사인의 팔을 붙잡으며 욕을 퍼부었다.

"이 짐승 같은 놈아! 네가 어떻게 이럴 수 있느냐?"

전옥이 잡자기 달려들자 내빼려던 풍사인이 전옥을 힘껏 밀쳤다. 무거운 머리에 비해 하체에 힘이 없던 전옥은 그대로 고꾸라졌다. 전옥은 바닥에 엎어진 채 순식간에 사지가 굳어버렸다.

당황한 조옥아가 부축해 일으키려 했지만 깨어나지 않았다. 한 가지 이유는 나이 많은 전옥이 조옥아를 위해 평소에 정력을 무리하게 사용한 탓이었다. 게다가 기막힌 꼴을 목격하고 그 충격으로 정신이 혼미해진 상황이었다. 창졸간에 숨이 끊어지고 말았으니 이 얼마나 슬픈 일인가! 조옥아는 급히 옥리를 불러 말했다.

"영감께서 갑자기 뇌진탕으로 쓰러져 돌아가셨소. 상부에 보고해 주시오."

이렇게 둘러대고는 은자를 내어 수의와 관을 준비하게 했다.

두흥은 마초장으로 옮겨 이틀을 지냈다. 마초장으로 옮기기 전에 하녀들에게 옷가지 몇 벌을 세탁해 달라고 맡겼는데 아직 찾아오지 않은 것이 생각났다. 세탁물을 찾으러 영내로 들어가는 길에 마침 사슴을 잡아와 파는 사냥꾼을 만났다. 그는 전옥에게 갖다줄 요량으로 사슴 다리 두 개를 샀다.

영문 가까이 이르렀을 때 그는 다시 양림과 마주쳤다. 양림이 말했다.

"자네를 찾아왔는데 마초장 간수로 가 있다더군. 그래서 길을 물어 찾아가려던 참이었네."

"그 음탕한 여자 때문에 그렇게 되었네. 세탁물을 찾으러 오는 길에 사슴 고기를 좀 샀지. 전옥에게 주려고."

"전옥은 오늘 아침에 죽었다던데."

양림의 말에 두흥이 놀라며 말했다.

"뭐라고! 아니 무슨 병이기에 이렇게 빨리 죽는단 말인가! 내가 떠날 때만 해도 정정했는데. 그렇다면 자네는 술집에 들어가서 술을 한잔 하고 있게. 내가 들어가서 알아보고 올 테니!"

두흥은 이렇게 말하며 사슴 고기를 술집에 두고 영내로 달려갔다. 옥리를 본 두흥이 물었다.

"전옥께서는 어찌 돌아가셨소?"

"새로 압송되어온 죄수를 인계한 다음 내아로 들어가셨는데 마님이 뇌진탕이라고 하더군. 하녀에게 들으니 마님이 풍사인과 놀아나는 현장에 전옥이 뛰어들어 풍사인의 팔을 붙잡았는데 풍사인이 전옥을 밀치는 바람에 넘어져 죽었다고도 하고. 자네는 상관하지 말게."

옥리의 말을 듣고 두흥은 안채로 들어갔다. 전옥은 칠성판 위에 통나무마냥 빳빳하게 누워 있었다. 두흥은 저도 모르게 큰 소리로 울며 머리를 네 번 바닥에 찧었다. 절을 올린 두흥이 조옥아에게 물었다.

"전옥께서는 큰 병이 없었는데 왜 갑자기 돌아가셨소?"

"하늘의 천기를 예측할 수 없듯이 사람의 길흉화복도 알 수 없는 것이다. 너는 마초장 간수인데 어떻게 여기를 온 것이냐?"

조옥아의 대답에 두흥이 말했다.

"하녀한테 맡긴 세탁물을 찾으러 왔다가 전옥께서 돌아가셨다는 소식을 들었소. 그동안 전옥의 큰 은혜를 입었기에 입관식에 입회하려 하오이다."

조옥아가 안색을 바꾸며 말했다.

"누가 너더러 입관식에 참석해 달라 한단 말이냐!"

풍사인이 이어서 말했다.

"너는 죄수에 불과하지 않느냐! 일가친척도 아니고 아무런 연고도 없는 자가 어쩨 끼어드는 것이냐? 빨리 돌아가지 않고 뭐하느냐!"

"그래 당신은 친척이 되어가지고 전옥을 돌아가시게 했단 말이오?"

두흥이 맞받아치자 풍사인은 크게 노하여 소리쳤다.

"이런 때려죽일 놈 같으니라구!"

풍사인은 하인들에게 두흥을 붙잡아 족치라고 소리소리 질렀다. 두흥은 그 자리에서 음녀와 간부 두 연놈을 때려죽이고 싶었으나 영중에 사람들의 이목이 많아 일단 물러 나왔다. 그리고 양림과 의논해야 되겠다 싶어 술집으로 향했다. 울분을 참으며 술집에 들어선 두흥이 양림에게 말했다.

"전옥의 죽음이 수상쩍단 말이야. 그 연놈을 죽여서 전옥의 복수를 해야겠네. 그래야 분이 좀 풀리겠어!"

양림이 말했다.

제5회 비명에 죽은 늙은 전옥의 젊은 첩 119

"참게. 그렇게 무작정 손을 썼다간 여기서 몸을 뺄 수가 없을 것이네."

그러면서 귓속말로 이러이러하게 해야 깨끗이 처리할 수 있다고 말을 이었다. 두흥은 양림의 말에 고개를 끄덕였다. 두 사람은 술을 조금 더 마신 다음 술값을 치렀다. 두흥은 사슴 고기를 손에 들고 양림과 함께 마초장으로 갔다.

한편 전옥의 입관을 끝낸 조옥아는 소복을 입고 지냈다. 소복을 입고 옅은 화장을 한 모습은 더욱 요염했다. 두 사람은 밤낮없이 환락에 빠져 지냈다. 어느 날 풍사인이 말했다.

"이는 하늘이 우리의 소원을 들어준 것이야. 그렇지만 이곳에 오래 머물 수는 없어. 곧 새 전옥이 부임해 오면 이곳에서 나가야 하니까. 전옥의 관을 교외에 묻고 나서 함께 동경으로 가자고. 우리 아버지가 하늘을 찌를 듯한 세력가인데 누가 감히 간섭하겠어! 백발이 될 때까지 부부의 연을 이어가자고."

이 말을 들은 옥아는 환희에 벅차올랐다. 즉시 전옥의 관을 들어내 성밖에 묻은 다음 행장을 꾸렸다. 가마꾼과 마부를 고용해 길일을 고르고 말 것도 없이 그들은 길을 나섰다. 옥아는 나이든 침모와 어린 계집종 두 사람을 데리고 동경으로 떠났다.

그들은 이틀 동안 길을 간 끝에 자금산에 이르렀다. 자금산은 강도가 자주 출몰하는 곳이었다. 넓은 모래 언덕에는 희읍스름한 풀만 가득한데 벌써 날이 어두워 지나는 행인마저 끊겼다.

말발굽 소리가 들려 뒤를 돌아보니 말을 탄 두 사람의 장사가 기세등등한 모습으로 달려왔다. 허리에 칼을 차고 손에 활을 든 그들의 어깨에는 활이 가득한 화살통이 메어 있었다. 말에 채찍을 가하며 두 사람의 장사는 풍사인의 곁을 바람처럼 스쳐 지나갔다. 가마꾼이 말했다.

"마님, 큰일입니다. 방금 지나간 사람들은 분명 화적 같습니다. 앞으로 나갈 수도 없고 돌아가자니 길은 멀고 어쩌죠?"

조옥아와 풍사인은 크게 당황했다. 그랬더니 풍사인의 수행원이 말했다.

"걱정할 것 없습니다. 우리가 대적해 싸우겠습니다."

그 말이 채 끝나기도 전에 그들을 앞질러갔던 두 사람이 말머리를 돌려 되돌아왔다. 바람을 가르며 화살 하나가 날아와 풍사인의 목에 꽂혔다. 풍사인은 말에서 굴러떨어지며 숨을 거두었다. 두 장사는 말에서 뛰어내린 후 가마의 문을 열고 조옥아를 끄집어냈다. 조옥아가 울부짖었다.

"재물을 다 드릴 테니 제발 이 가여운 목숨만은 살려 주십시오!"

"네년이 전옥을 죽여 놓고 살기를 바라느냐?"

한 장사가 이렇게 말하며 허리에 찬 칼을 뽑아 조옥아의 목덜미를 내리쳤다. 꽃이나 달에 비길 만한 요염한 얼굴도 이렇게 한순간에 숨이 끊어지고 말았다.

맞서 싸우겠다고 장담하던 풍사인의 수행원들은 말이 달려오자 어느 순간에 가마꾼들과 함께 달아났다. 침모와 계집종은 몹시 놀라서 길바닥에 널브러졌다.

두 장사는 풍사인의 짐을 뒤져 은자를 찾아내고 또한 전옥이 평생 동안 모은 은자 삼천 냥을 챙겼다. 그들은 빼앗은 은자를 말에 실은 다음 말을 채찍질해 곧바로 북쪽을 향해 달려갔다.

풍사인의 수행원과 가마꾼들은 장사들이 사라진 다음에야 모습을 보였다. 수행원 한 사람이 말했다.

"두 놈 중 하나는 두흥과 알고 지내는 자야. 영내에서 마주친 적이 있어. 이름은 모르지만 얼굴은 기억하고 있다고."

가마꾼이 말했다.

"어쨌든 이곳 관아에 보고하고 죽은 사람을 장사지내야지요. 강도놈들이 어디 있는지는 두흥을 족쳐서 찾아내고요."

이런 상황을 설명하는 시가 있다.

마외산 아래 죽은 양귀비의 향기로운 버선 남아 있고
군옥산 마루에서 아름다운 여인의 죽음을 슬퍼하노라
한 줄기 살기를 멈출 수 없으니
미인이 사라진 빈자리에서 지는 해를 원망할 뿐

그 두 사람의 장사는 바로 양림과 배선이었다. 양림은 두흥과 미리 세운 계획대로 조옥아와 풍사인이 동경으로 올라간다는 말을 듣고 도중에 그들을 해치웠다. 두흥은 직접 나서지 않고 십 리 밖에서 기다렸다.

배선과 양림은 조옥아와 풍사인을 죽이고 재물을 강탈해 두흥이 기다리는 곳으로 왔다. 그들은 함께 음마천으로 갔다. 배선이 말했다.

"우리 말이야, 산채를 다시 세워보면 어떨까? 장정들을 모아서 다시 한 번 사업을 일으켜 보자고."

"나는 아직 귀양살이 기간이 남아 있네. 만약 이곳에 머물게 되면 틀림없이 이응 형님의 신상에 화가 미칠 걸세. 그러니 우선 배 형이 이곳에서 장정 모으는 일을 해주게. 나는 양림하고 함께 독룡강에 가서 이응 형님을 모셔 오겠네. 그래야 비로소 마음이 놓이겠네."

두흥의 말에 그렇게 하기로 의견이 모아졌다. 다음날 두흥과 양림은 제주로 향했다. 그들은 이틀을 걸어 어느 작은 읍내에 도착하였다. 한 사내가 다른 사람과 시끄럽게 언쟁하는 것이 보였다. 자세히 보니 그 사내는 뜻밖에도 일지화 채경이었다. 무리를 헤치고 들어가 채경한테 말을 걸었다.

"왜들 이렇게 언쟁을 벌이는 건가?"

채경이 놀라며 대답했다.

"두 사람 마침 잘 왔네. 어젯밤에 내가 이 사람과 같은 숙소에서 잠을 자고 먼저 나왔단 말일세. 그런데 이 사람이 나한테 와서 자기 짐을 내놓으라는군."

양림이 큰 소리로 호통을 쳤다.

"이 사람은 내 형제요. 왜 함부로 생떼를 쓰는 거요!"

양림이 금방이라도 주먹질할 기세를 보이자 그 사람은 꼬리를 내렸다.

"생떼를 쓰는 게 아닙니다. 어젯밤에 같은 집에 묵었는데 제 짐이 없어졌기에 혹시 보았느냐고 물어보았을 뿐입니다. 그랬더니 저분이 저를 때리려고 했던 것입니다."
 "이 사람은 올곧은 사람이오. 당신의 짐을 가져갈 사람이 아니란 말이오."
 지켜보던 사람들이 양쪽을 뜯어말리는 바람에 모두들 흩어졌다. 양림이 채경에게 물었다.
 "자네는 지금 어디로 가는 길인가? 그동안 어디에 있었고?"
 "형님이 돌아가시고 나자 벼슬하고 싶은 생각이 들지 않아 쭉 북경에서 지냈네. 우리 외삼촌이 지금 능주에서 지주 벼슬을 하고 있거든. 어차피 한가한 몸이라서 외삼촌한테 가서 손을 좀 벌려볼 요량이네."
 채경의 대답에 두홍과 양림이 이구동성으로 말했다.
 "그렇다면 마침 잘되었네. 같은 방향이니 우리와 함께 가세."
 채경이 물었다.
 "그런데 두 사람은 어디서 만난 건가? 제주에는 무얼 하러 가는 길이고?"
 두홍은 손립의 편지를 전하려다 유배형에 처해진 일이며 조옥아와 풍사인을 죽인 일까지 모두 털어놓았다. 세 사람은 함께 동행해 길을 갔다. 채 하루가 지나지 않아 그들은 산동으로 가는 갈림길에 다다랐다. 두홍이 말했다.
 "우리 둘은 독룡강으로 가야 하네. 자네는 능주에서 얼마나 머물 예정인가? 북경에 있는 집으로 돌아가자면 반드시 음마천을 지나야 하니 꼭 산채에 들러주게."
 세 사람은 그곳에서 헤어졌다.

풍사인의 수행원은 창덕부로 가서 그동안 일어난 일을 신고하였다. 두흥을 체포하기 위해 창덕부 관리가 달려갔지만 그는 이미 달아나고 없었다. 풍사인이 살해되었다는 소식은 밤을 새워 동경에 있는 풍표에게 전해졌다.

비탄에 빠진 풍표는 어떻게 된 연유인지를 풍사인의 수행원에게 물었다. 수행원은 죄수 두흥이 강도들을 꾀어 벌인 일이라고 아뢰었다. 풍표가 말했다.

"두흥이란 자인 것을 알았으니 됐다. 그의 행방을 곧 찾아내게 될 것이다."

풍표는 동추밀에게 사건의 경위를 아뢰었다. 동추밀은 창덕부에 공문을 띄워 강도들을 잡게 했다. 한편 제주부에도 두흥의 주인인 이응을 체포해 두흥을 찾아내라는 공문을 보냈다.

추밀원 문서를 받은 제주부 지부는 이응을 체포하기 위해 포교를 불러 상의하였다. 포교가 말했다.

"이응은 만인이 당해 내지 못할 용맹을 지닌 자라서 쉽게 체포하기 어렵습니다. 아무래도 영감께서 직접 가시는 게 좋겠습니다. 방문했다고 그를 속여 밖으로 나오게 해야 잡을 수 있을 것입니다."

지부는 위엄을 보이기 위한 의장을 갖춘 다음 백여 명의 관속을 데리고 독룡강으로 갔다.

이응은 두흥이 창덕부에 유배 가 있는 사실을 잘 알고 있었다. 하지만 두세 달 동안은 전혀 소식을 듣지 못했다. 때는 늦가을에서 초겨울로 넘어가는 무렵이었다. 이응은 수확한 벼를 집안 창고에 쌓는 일을 감독하고 있다가 지부가 찾아왔다는 말을 전해 들었다. 그는 황급히 문밖으로 나가 지부를 맞았다. 이응이 인사를 여쭈니 지부가 말했다.

"추밀원에서 공문이 왔는데 몹시 중대한 일이오. 부청으로 함께 가서 의논하고 싶소."

그 사이에 관속들이 우르르 이응을 에워쌌다. 몸을 뺄 수가 없었다. 그대로 제주 성안으로 따라가는 수밖에 없었다.

당청에 좌정한 지부가 이응에게 말했다.

"당신의 집사인 두흥이 풍표 장군의 아들을 죽이라고 사주하였다. 동추밀께서 당신에게 두흥의 신병을 인도하라고 명하시었으니 어서 내놓거라."

이응이 해명하며 말했다.

"두흥은 창덕부에 유배 가 있는데 거리가 삼천 리나 떨어져 있소. 그와 소식이 끊긴 지 이미 오래요. 어디서 그를 찾는단 말이오?"

지부가 분노를 드러내며 말했다.

"당신과 그자는 양산박 잔당이다. 당연히 숨겨주었겠지. 모른다고 시치미 떼도 소용없다. 오늘의 추국은 여기서 잠시 멈출 테니 감옥에 들어가 있어야겠다. 너를 체포한 사실을 추밀원에 보고할 테니 어디 거기 가서 잘 변명해 보거라."

이응은 감옥에 들어가 곰곰이 생각하였다.

'무슨 일인지 사건이 일어난 모양인데 나를 연루시키는 게로구나!'

하는 수 없다고 생각한 이응은 돈을 풀어 옥졸들에게 안겨주었다. 감옥에서 일하는 사람들 모두 이응이 대부호인 것을 잘 알고 있었다. 그들이 돈을 얻어먹을 생각에 잘 대우해 주었음은 말할 필요도 없다.

능주에 도착한 채경은 자기 외삼촌이 이미 진급해 다른 곳으로 전보된 것을 알았다. 여비가 다 떨어져 집으로 돌아갈 수도 없게 된 채경은 독룡강에 가서 양림과 두흥을 찾아야겠다고 생각했다. 운 좋게도 그는 제주로 가는 길에 양림을 다시 만났다.

"우리 외삼촌이 영전해 가시는 바람에 여비가 없어 돌아갈 수조차 없네. 그래서 자네를 찾아왔네."

채경의 설명에 양림이 말했다.

"이응 형님은 이미 체포되어 제주 옥에 갇혀 있다네. 두흥이 이응 형님네 식구들과 하인들 그리고 값나가는 물건을 챙겨 먼저 음마천으로 떠났네. 나는 제주로 가서 형님을 감옥에서 구해 내려고 하네. 누구를 데리고 갈까 고민하고 있었는데 마침 잘 왔네. 우선 어디 쉬어갈 숙소를 찾아보세."

숙소에 몸을 푼 뒤 양림은 이응을 구해 낼 계책을 들려주었다.

"과연 좋은 생각이네."

채경은 단박에 찬성하였다. 다음날 오후 감옥을 찾아간 그들은 옥졸에게 말했다.

"우리는 동경 추밀원에서 온 사람이오. 제주에서 공무를 마치고 돌아가려다가 이응이 감옥에 있다는 말을 들었소. 오래전부터 잘 아는 사이로 얼굴이나 한 번 봤으면 하오. 잠시 문을 열어주면 고맙겠소."

옥졸은 이응에게서 큰돈을 받았으므로 감히 거절할 수 없었다. 그래서 몰래 문을 열어주었다. 안으로 들어가니 이응은 감방에 앉아 가슴을 졸이고 있었다. 그는 양림과 채경을 보고 깜짝 놀랐다. 양림이 낮은 목소리로 말했다.

"이번 일은 나하고 배선 그리고 두흥이 벌인 일이오. 형님한테 누가 될까봐 독룡강으로 찾아가 소식을 전하려 했는데 이렇게도 빨리 구금되고 말았구려. 두흥이 먼저 형님댁 가족이며 재산을 모두 음마천으로 옮겼으니 안심하시오. 추밀원으로 압송되면 목숨을 부지하기 어렵소."

그러면서 양림은 빠져나갈 수 있는 계책을 조용조용 설명했다. 이응은 크게 기뻐하였다. 그는 은자 다섯 냥을 옥리에게 주며 부탁했다.

"나는 곧 동경으로 압송될 사람이오. 그동안 여러분들에게 큰 신세를 졌소. 마침 오늘 추밀원에 있는 친구가 공무를 보러 왔다가 나를 위로하기 위해 들렀구려. 술과 음식을 대접하고 싶으니 번거롭겠지만 좀 준비해 주시겠소?"

옥리는 알겠다고 대답하였다. 얼마 지나지 않아 술과 요리가 한 상 가득 차려졌다. 이응은 양림과 채경은 물론 옥리와 간수들까지 모두 불러 함께 마셨다. 옥중에 수감되어 있는 다른 죄수들에게도 술과 음식을 나누어주었다. 옥리는 조심스러워서 옥문을 단단히 잠가두었다.

술자리가 한창 무르익자 이응은 자리에서 일어나 옥리와 간수들에게 큰 대접에 술을 가득 따라 돌아가며 권했다. 술을 받아

마신 사람들은 이내 자신도 모르게 입가에 침을 자르르 흘리며 쓰러져 잠이 들었다.

초루에서 삼경을 치는 북소리가 들려왔다. 이응과 양림, 채경은 담벼락 위로 올라가 가시덤불을 밀치며 아래로 미끄러져 내려갔다. 발걸음을 옮기려는데 초롱과 육모방망이를 든 순라군 두 사람이 나타났다. 한 사람이 외쳤다.

"탈옥수다!"

이응이 잽싸게 턱을 한 대 올려붙이자 그자는 머리를 땅바닥에 부딪치며 뻗어버렸다. 막 소리를 지르려던 다른 순라군 역시 땅바닥으로 푹 고꾸라졌다. 이미 칼을 뽑아 들고 있던 양림이 그자의 귀를 찌른 것이었다.

주변은 고요해졌다. 채경은 초롱을 들고 이응과 양림은 육모방망이를 들었다. 순라군 행세를 하며 그들은 태연히 큰길을 빠져나와 골목길로 들어섰다. 그때 짙은 어둠 속에서 소곤소곤 속삭이는 소리가 들렸다.

"아직 성문이 열리지 않은 시간인데 만일 집에서 쫓아오면 어쩌죠?"

채경이 재빨리 다가가 초롱을 비춰보니 한 젊은 부인과 검은 두건을 쓴 사내였다. 사내는 봇짐 하나를 등에 메고 있었다. 채경이 호통치며 말했다.

"바람나서 도망치는 것이냐?"

순간 사내놈은 봇짐을 벗어던진 채 바람처럼 옆골목으로 줄행랑을 쳤다. 양림이 여자를 붙들었다. 당황한 여자는 두 무릎을 꿇으며 애원했다.

"잠깐 생각을 잘못 먹는 바람에 저 사람을 따라 나온 것입니다. 제발 용서해 주십시오."

"사는 곳이 어디냐? 저 사내의 이름은 어떻게 되고?"

양림의 물음에 부인이 대답했다.

"저 사람은 성이 시가로 제 사촌오빠입니다. 남편은 외지로 장사하러 나갔는데 시어머니에게 늘 구박만 받으며 지냈습니다. 그래서 오빠더러 친정으로 데려다달라고 한 것입니다. 절대 달아나는 것이 아닙니다."

"사촌과 간통해 도망가는 게 분명한데 잡아떼는구나. 용서해 줄 테니 다른 관리들 눈에 띄지 않게 빨리 집으로 돌아가거라."

부인은 몇 번이나 거듭 감사하다고 말하고는 돌아섰다.

양림은 보따리를 들고 웃으며 말했다.

"우리가 간통하는 자들도 잡고 순찰을 아주 잘했군!"

이응이 말했다.

"어서 성문으로 가서 문이 열렸는지 보세!"

성문 근처에 이르자 때마침 닭이 우는 소리가 들렸다. 잠시 기다리니 성문이 열렸다. 짙은 어둠 속에 성문을 나서 십여 리쯤 빠른 걸음으로 달리다시피 했다. 어느 나지막한 산기슭에 이르자 희미하게 날이 밝아왔다.

"이놈의 보따리가 제법 무겁군. 도대체 안에 뭐가 들어 있는 거야!"

양림이 말하며 봇짐을 풀어헤쳤다. 봇짐 속에는 여성 옷 몇 벌과 동전 세 꾸러미 그리고 비녀를 비롯한 머리 장신구가 들어 있었다.

"이 돈으로 가는 길에 술이나 사 마셔야겠군!"

양림은 봇짐을 다시 싸맸다. 그들은 초롱과 육모방망이를 버리고 길을 재촉하였다. 이 얘기 저 얘기 웃고 떠들며 육십 리 길을 갔다.

길가에 술집을 알리는 간판표지가 눈에 띄었다. 술을 한잔 하고 갈 요량으로 술집에 들어가 자리를 잡고 앉았다. 종업원에게 술 두 되와 쇠고기 한 쟁반을 주문하였다. 반나절 동안이나 달려왔으니 몹시 배가 고팠다. 그들은 걸신들린 듯 허겁지겁 배를 채웠다.

한참을 먹다가 문득 둘러보니 몸집이 웅장하고 구레나룻을 기른 군관 한 사람이 보였다. 넓은 자리를 혼자 차지하고 있는데 그 옆 테이블에서는 그의 하인으로 보이는 네 사람이 술을 마시고 있었다. 눈길이 마주치자 그 군관이 물었다.

"여러분은 제주에서 오는 길인 것 같은데 여기서 제주까지는 얼마나 되오? 오늘 중으로 도착할 수 있겠소? 중죄인 한 사람을 잡으러 가는 길인데."

채경이 말을 받았다.

"군관께서는 누구신지요? 그리고 어떤 중죄인을 말씀하시는지요?"

군관이 미처 대답하기도 전에 그의 하인 한 사람이 말했다.

"우리 댁 영감께서는 동추밀을 모시는 풍장군이시오. 얼마 전에 아드님이 창덕부에서 강도놈들에게 살해되었는데 양산박 잔당인 박천조 이응의 집사가 일을 꾸몄다는 거요. 체포하라는 공문을 내려보냈는데도 아직 압송되지 않아 영감께서 제주부에 직접 내려와 동경으로 압송해 가려는 것이오. 그래야 아드님의 복수를 할 수 있으니까요."

이응을 비롯한 세 사람은 적당히 얼버무리는 수밖에는 아무 말도 할 수 없었다. 양림이 술값을 치르자 그들은 문을 나서 부랴부랴 길을 떠나려 하였다.

이때 노란 보자기에 싼 공문을 메고 급히 술집 문을 들어서던 전령이 이응의 얼굴을 흘긋 보더니 술집 종업원에게 큰 소리로 외쳤다.

"이보시오, 얼른 술 한 사발 주시오. 한 사발 마셔야 긴급 공문을 전하러 갈 수 있겠소. 어젯밤에 이응이 탈옥했는데 감옥 옆에서 순라군을 두 명이나 죽였소. 제주부의 명령으로 추밀원으로 가는 길이니 어서 술을 내오시오!"

그 말을 들은 군관이 자리에서 벌떡 일어나며 물었다.

"뭐라고? 이응이 탈옥했다고?"

전령이 대답했다.

"조금 전에 여기 문을 나선 자가 혹시 이응일지도 모르겠습니다. 그자를 붙잡으면 상금만 삼천 관이나 됩니다."

풍표의 하인이 말했다.

"맞는 것 같습니다. 그 세 놈은 제가 하는 이야기를 듣자마자 황급히 술집 문밖으로 나갔습니다. 그 중에 둥글넓적한 얼굴을 한 놈이 도련님을 죽인 놈일 것입니다. 제가 얼굴을 확실히는 모르기 때문에 감히 말씀드리지 못했습니다."

칼을 빼어 든 풍표는 전령을 앞세우고 바람처럼 달려나갔다.

"이놈들, 게 섰거라!"

이응을 비롯한 세 사람은 뒤를 돌아보았다. 풍표 일행은 이미 그들 가까이 달려오고 있었다. 품속에 비수를 품고는 있었지만 지금 같은 상황에서 사용할 수 있는 무기는 못되었다. 하는 수 없이 급히 숲속으로 뛰어들었다. 전령이 다시 소리쳤다.

"틀림없는 이응입니다!"

풍표 일행도 숲속으로 뛰어들며 칼을 휘둘렀다. 사태가 급박하니 급한 대로 이응은 땅바닥에 가로놓인 소나무 가지 하나를 집어 들었다. 소나무 가지를 휘두르자 풍표의 하인 하나가 손에 쥐고 있던 칼을 떨어뜨렸다. 양림이 그 칼을 얼른 주워 들고 그들과 맞섰다. 이응이 풍표를 향해 소나무 가지를 힘껏 찌르자 풍표가 당해 내지 못하고 비틀거리며 고꾸라졌다. 양림이 땅에 쓰러진 풍표의 머리를 칼로 베었다. 풍표는 단칼에 죽고 말았다.

하인들은 감히 앞으로 나서지 못하고 필사적으로 도망쳤다. 달아나는 게 늦었던 전령은 양림의 손에 죽임을 당했다.

"이 소나무가 없었다면 우리 세 사람은 모두 죽었을 것이네."

이응이 말했다. 그들은 지역 관속들이 쫓아올까 두려워 급히 달아났다. 풍표의 하인 네 사람은 술집으로 돌아가 자신들의 주인과 전령이 피살되었다고 이야기하였다. 술집 주인은 크게 놀랐다. 이미 해가 저물어 제주에 갈 수 없게 되자 그들은 술집에 딸린 방에서 하루를 묵었다.

동추밀에게 사건을 보고하기 위해 그들은 다음날 아침 동경으로 되돌아갔다. 술집 주인은 제주부로 가서 자신이 보고 들은 사실을 신고하였다. 다음과 같이 탄식하는 시가 있다.

부모는 자식에게 가르침을 주고
자식은 마땅히 그 가르침을 따라야 하거늘
부모와 자식이 모두 흉악하고 음란하니
죽었으되 그 또한 마땅한 자리에 있지 않네

위험에서 벗어난 이응을 비롯한 세 사람은 이야기도 나누지 않은 채 밤낮 없이 길을 걸었다. 음마천에 도착하니 배선과 두흥이 맞아주었다. 누구라 할 것 없이 기쁨을 감추지 못했다. 술집에서 풍표를 맞닥뜨리는 바람에 인근 숲에서 그를 해치워버렸다는 말에 두 사람은 놀라고 한편으로는 기뻐하였다. 가족이 모두 안전하게 옮겨와 있는 것을 본 이응이 말했다.

"본시 나는 가업을 재정비하였기 때문에 특별히 바라는 게 없었네. 그런데 어쩌다가 또 일이 이렇게 틀어져버렸군. 이왕 이렇게 되었으니 제대로 산채를 꾸려 똑부러지게 사업을 해보세."

"이 아우가 이미 이백 명쯤 되는 부하들을 이곳에 모아두었습니다. 그리고 오 리 밖 용각산에 우성관이라는 도관이 있답니다. 예전엔 상당히 번창했었죠. 지금은 필풍이라는 도적이 도사를 죽이고 그곳을 차지하고 있어요. 오백여 명의 무리가 필풍 밑에 모여 있는데 돈과 양식이 풍부합니다. 옛날에 제 밑에 있던 웅승이라는 소두목이 지금 필승의 수하로 있거든요. 얼마 전에 웅승이 저를 찾아와 말하더군요.

'필풍은 임원의 제자인데 임원이라는 자가 태안주 가회전에서 열린 격투기에서 연청에게 메다꽂힌 적이 있습니다. 그래서 양산박 사람들을 원수처럼 여깁니다.'

그러면서 우리가 이곳에 산채를 들인다면 반드시 우리를 치러 올 것이랍니다. 놈은 두고두고 눈앞의 근심거리가 될 것이오. 우리가 먼저 손을 써서 그자를 제거하고 그놈 밑의 부하들을 우리 쪽으로 데려오는 것이 상책일 것 같소. 그래야 우리도 편안해질 것입니다."

배선의 말을 이응이 받았다.

"우리는 아직 근거지도 구축하지 못했네. 먼저 산채를 튼튼히 세운 다음에 기회를 보세."

그들은 매일 나무를 베어 집을 짓기 시작하였다. 산채 관문을 튼튼히 세우고 요로에 방어시설도 갖추었다. 군마와 갑옷, 무기를 장만하는 데도 힘을 기울였다. 얼마 지나지 않아 산채의 규모를 어느 정도 갖출 수 있었다.

그런 어느 날 웅승이 다시 찾아와 말했다.

"필풍은 용맹하지만 지략이 모자라는 사람입니다. 주색에 빠져 부하들을 돌보지 않는데다가 얼마나 혹독하게 다루는지 모두 그에게서 마음이 떠난 상태입니다. 얼마 전에 산을 내려갔을 때 왕미랑이라는 부잣집 딸을 낚아챘는데 종일 그 여자한테 홀딱 빠져서 정신을 못 차리고 있습니다. 저는 원래 두령님의 부하로서 이곳으로 귀의하고 싶습니다. 오늘밤에 들이치시면 저희가 안에서 호응하겠습니다. 절대로 실패할 일은 없을 것입니다."

 이응과 배선은 크게 기뻐하며 웅승에게 큰 상을 내렸다. 그들은 자정 무렵에 용각산을 치기로 하고 웅승에게 먼저 가서 내응을 준비하도록 했다. 단단히 약조한 후 웅승은 용각산으로 떠났다.

 이응과 배선, 양림이 백여 명의 부하들을 데리고 출동하기로 했다. 산채는 채경과 두흥이 남아 지킬 예정이었다. 자정 가까운 시간에 이응 일행은 용각산에 이르렀다. 계절이 섣달 하순이라서 온 땅에 된서리가 내리고 뭇 나무는 낙엽을 떨구고 있었다. 동쪽 산마루에 걸린 이지러진 달이 차가운 빛을 대지 위해 흩뿌렸다.

 용각산은 산세가 험준해서 위로 올라가는 길이 가파르고 울퉁불퉁한 오솔길 하나뿐이었다. 산채 문에 이르니 웅승이 심복 이십여 명과 함께 기다리고 있었다. 웅승이 배선에게 말했다.

 "필풍은 왕미랑을 데리고 안에서 술을 마시고 있습니다. 제가 길을 안내할 테니 조심히 따라오십시오!"

 제각기 손에 무기를 든 이응과 배선, 양림 일행은 대전을 옆으로 끼고 돌아 찬하헌이라는 전각 앞으로 다가갔다. 창문 틈으로 안을 엿보니 반쯤 취한 필풍은 왕미랑을 품에 안은 채 술을 마시고 있었다. 필풍은 술을 한 모금 입에 머금었다가 왕미랑에게 건네며 희롱하는 중이었다. 왕미랑이 말했다.

 "사흘 후면 집에 보내준다더니 오늘이 벌써 열흘째예요. 안 보내줄 거예요?"

박천조 이응. 왼쪽은 방랍과의 전투에서 사망한 공왕.

"그건 너를 구슬리기 위한 말이었지. 여기서 내 마누라가 되어 영원히 함께 살면 좋지 않느냐! 내가 빼앗아온 커다란 진주 구슬만 해도 백 개나 된다. 전부 너한테 주겠다."

"부모님이 집에서 울고 계실 것을 생각하면 가슴이 메어져요."

왕미랑의 말에 필풍은 한술 더 떴다.

"네 부모를 내일 이곳으로 오게 해서 같이 살자."

필풍은 또다시 자신의 입안에 든 술을 왕미랑에게 먹이려 했다.

"더는 못 마시겠어요. 제발 봐주세요."

왕미랑이 거절하자 필풍은 버럭 화를 냈다.

"어젯밤에는 너를 봐주었지만 오늘은 안된다!"

이응은 크게 노하여 소리쳤다.

"저런 버러지 같은 놈!"

이응의 말이 떨어지기 무섭게 일제히 방으로 뛰어들었다. 상황이 좋지 않음을 직감한 필풍은 왕미랑을 밀쳐내며 뒤쪽 창문으로 뛰어내렸다. 배선이 서둘러 달려갔지만 필풍은 어느새 산마루를 향해 달아나고 있었다. 배선은 계속 필풍의 뒤를 쫓았다. 검은 그림자가 어른거리는 듯하더니 그새 그는 어디론가 사라져버렸다. 왕미랑이 황급히 무릎을 꿇자 이응이 말했다.

"겁먹지 마라. 집으로 보내줄 테니!"

웅승이 필풍의 부하들을 이끌고 대전에 와서 투항의 예를 올렸다. 이응이 말했다.

"필풍이 놈이 달아났는데 그냥 놔두었다가는 후환거리가 될 것이다. 쫓아가서 반드시 잡아야 한다."

배선과 양림, 웅승은 부하들과 함께 횃불을 들고 사방을 뒤졌다. 그럼에도 필풍의 자취는 도무지 찾을 수가 없었다.

"그놈 참 운이 좋은 놈이로구나!"

이응은 이렇게 말을 뱉으며 필풍의 부하들에게 물었다.

"너희들은 나를 따라 음마천으로 가겠느냐?"

필풍의 부하들은 한목소리로 대답했다.

"필풍은 인정머리가 없는 사람이라서 떠나려고 한 지가 벌써 오래 되었습니다. 웅승이 말하기를 두령께서는 의기가 넘치는 분이라시니 저희 모두 기꺼이 따르겠습니다."

"그렇다면 이곳을 수습하고 함께 가자!"

그들은 금은을 사오천 냥이나 찾아냈다. 두 개의 창고에는 쌀이 가득하고 세 필의 날쌘 말도 눈에 띄었다. 병장기며 갑옷까지 귀중한 물건을 모두 챙겨 말에 싣고 음마천으로 향했다. 양림이 불을 지르려 하자 이응이 말했다.

"안될 일이네! 천 년 동안 향불이 그치지 않았던 곳이네. 나중에 도사를 찾으면 부흥시킬 수 있을 걸세!"

웅승과 웅승의 부하 두 사람은 왕미랑을 그의 집에 데려다주었다. 왕미랑은 감사의 말을 전하고 집으로 돌아갔다.

음마천으로 돌아왔을 때는 이미 날이 밝아 있었다. 돼지와 양을 잡아 천지신명께 감사의 제를 올리고 부하들에게는 상을 내렸다. 그런 다음 두령들의 자리 순서를 어떻게 정할지 의논하였다. 이응이 말했다.

"이곳 음마천은 배선 아우가 일군 업적에 뿌리를 두고 있네. 그러니 아우가 제일 윗자리에 앉으시게."

그러자 배선이 말했다.

"이응 형님께서는 무적의 영웅이시오. 양산박에 있을 때도 우리의 윗자리였으니 이는 하늘이 정해 준 것이오. 어찌 재론할 수 있겠소? 응당 우리를 이끌어주셔야 하오."

이응은 더는 사양할 수 없어 첫째 자리에 앉았다. 배선은 두 번째 자리로 정해졌다. 채경에게 세 번째 자리에 앉을 것을 청하자 채경이 말했다.

"이 아우가 한마디 드릴 말씀이 있소이다."

모두가 귀를 기울였다.

초야에 묻힌 군웅호걸이 다시 구업舊業을 일으키고
고요한 자연 속 선인이 다시 파란을 일으키네

마치 위의 시에서 말하는 상황이 펼쳐지는데 채경이 무슨 말을 하려는지 궁금할 뿐이다.

제6회
번서, 호욕채에서 법술을 겨루다

 음마천에서 자리의 순서를 정할 때 이응과 배선은 채경을 세 번째 자리에 앉히려고 했다. 이에 채경이 말했다.
"우리 두 형제는 본래 북경 감옥에서 회자수 망나니로 일하던 미천한 존재였죠. 노원외 형님을 도와드린 일이 인연이 되어 송공명을 따라 양산박에 들게 되었는데, 불행하게도 방랍을 토벌하던 중에 형님은 죽고 저만 살아남았소이다. 집에서 노모와 가족이 기다리고 있을 뿐 아니라 저는 여기 있어봤자 별 쓸모가 없는 존재올시다. 우연히 두흥과 양림을 만나 이응 형님을 구해 낼 수 있었지만, 이곳은 제가 머물 곳이 아닙니다. 부디 저를 집으로 돌아가게 해주시구려."
"사정이 그렇다면 강요할 수 없겠군. 며칠 여유 있게 지내다가 떠나게나."
 이응이 아쉬운 듯 말했다. 그리하여 양림이 세 번째 자리에 앉고, 두흥은 네 번째 자리에 앉게 되었다. 이응 일행은 음마천에 둥지를 틀자마자 용각산의 인마와 많은 재물을 얻어 산채의 규모를 크게 키우고 튼실한 체제를 갖추었다.

며칠이 지나자 채경은 다시 떠날 것을 간청하였다. 일행은 그에게 금은을 선물하며 산채 입구까지 나가 전송하였다.

네 사람이 음마천에 모여 펼쳐나간 이야기는 잠시 접어두고 봇짐 하나 짊어지고 길을 떠난 채경의 뒤를 따라가 보자. 채경은 홀로 북경을 향해 길을 재촉하였다. 배고픔도 잊고 이틀을 바삐 걸은 끝에 그는 호욕채 지방에 도착하였다. 호욕채는 부자들이 많은 큰 도시였다.

장터 앞에 이르니 넓은 돌마당 위에 두 개의 높은 대가 세워져 있고, 각종 깃발과 종이 장식이 치렁치렁 걸려 있었다. 마치 신을 맞아들이는 행사라도 벌이는 듯했다. 그 주변에는 남녀노소 천여 명을 헤아릴 만한 군중이 모여 모두 단상을 바라보고 있었다.

채경은 발을 세운 채 무리를 헤치고 단상 가까이 다가갔다. 동쪽 단상에 도사 한 사람이 앉아 있는데 도사 주변을 에워싼 네 명의 시종이 저마다 깃발과 검을 들고 있었다.

도사는 머리에 벽옥이 박힌 어미관魚尾冠을 쓰고 몸에는 금실을 수놓은 학창의를 입고 있었다. 깡마른 얼굴에 눈썹이 짙고 구레나룻은 더부룩했다. 윗입술이 쳐들린 두툼한 입술을 지닌데다 눈은 사팔뜨기였다. 한 손에는 귀신을 부르는 방울을 들고 다른 손에는 천지를 뒤흔들 보검을 들고 있었다.

서쪽 단상으로 눈을 옮기니 그곳에도 한 도사가 앉아 있었다.

그의 곁에는 시종이 한 사람도 없었다. 머리를 두 갈래로 틀어올린 그 도사는 운세를 점치는 조롱박을 허리에 차고 있었다. 그리고 잡색 끈으로 도포 자락을 묶고 담청색 행전에 알록달록한 짚신을 신었다. 얼굴에 살짝 살기가 엿보이긴 해도 가슴에 품은 온화함을 느낄 수 있었다.

채경이 자세히 눈여겨보니 그는 혼세마왕 번서였다.

'저 사람이 어쩌자고 여기서 이딴 수작을 부리고 있을까? 어떻게 하는지 구경이나 해볼까!'

다시 눈을 단상 한가운데로 돌리자 관원 차림의 한 사내가 탁자 위에 올라섰다. 우람한 용모의 사내는 검은 머리에 긴 구레나룻을 지니고 있었다. 사내가 양쪽 도사를 향해 공손히 두 손을 모으며 입을 열었다.

"저희가 두 분 선인을 참으로 어렵게 이곳에 모셨습니다. 이처럼 많은 사람들이 두 분의 오묘한 법술을 구경하기 위해 모였으니 각자의 신통력을 보여주시기를 부탁드립니다. 두 분 모두 덕이 높고 도술이 뛰어난 분이십니다. 상대방을 제압하는 분에게는 선원을 지어드림은 물론 스승으로 모시면서 평생 공양하겠습니다."

그러자 동쪽 단상에 앉은 도사가 말했다.

"빈도는 지금의 성상께서 친히 스승으로 모시는 통진달령 임영소 선생님으로부터 도를 전수받았소이다. 그리하여 세상사람들의 극진한 예우를 받는 몸이오. 얕은 술수로 대중의 눈이나 속이는 자가 감히 겨루자 해서 마지못해 대적해 주는 것이오. 그를 거꾸러뜨리고 나서 관청에 끌고 가 죄를 물을 것이니 결코 그를 놓아주지 마시오."

잠자코 듣고 있던 번서가 입을 열었다.

"이 사람은 구름처럼 세상을 떠도는 사람으로 우연히 이곳에 들렀다가 선인의 도법을 전해 들었습니다. 단지 가르침을 청하는 것이지 겨루려는 마음은 아닙니다. 오늘 이렇게 만인이 보는 앞에서 저의 작은 재주로 이긴다 해도 한 번 재미있는 놀이를 가진 것으로 알고 표연히 사라질 것입니다. 많은 말이 필요한 것이 아니니 선인께서 먼저 신묘한 재주를 보여주시지요."

그러자 동쪽 도사가 시종이 들고 있던 검을 넘겨받아 공중에 부적을 그리면서 주문을 외웠다. 갑자기 태양이 빛을 잃고 천지가 어두워졌다. 동남쪽에서 광풍이 불고 뇌성벽력이 치면서 이마가 희고 온 몸에 얼룩무늬를 지닌 맹호 한 마리가 튀어나왔다. 호랑이는 서쪽 단상의 번서를 향해 포효하며 달려들었다. 호랑이는 번서의 몸에서 겨우 한 자 남짓한 거리까지 다다랐다. 번서가 호랑이를 향해 손가락을 뻗으며 소리쳤다.

"이런 고얀 놈, 본모습을 보여라!"

삽시간에 호랑이는 노란 종잇조각으로 변해 버렸다. 번서가 입으로 훅 하고 부니까 종잇조각은 홀연히 구름 속으로 사라지고 말았다. 동쪽 도사가 다시 방울을 흔들며 외쳤다.

"나와라!"

그러자 길이가 삼십 척이나 되는 검은 구렁이 한 마리가 나타났다. 눈이 불덩어리 같은 구렁이의 입에서는 독기가 뿜어져 나오고 있었다. 번서의 목을 감고 머리를 치켜세운 구렁이의 혀끝이 번개처럼 빠르게 번서의 콧구멍 속으로 들어갔다. 구경꾼들이 이구동성으로 소리쳤다.

"이제 저 도사는 죽었구나!"

채경도 온몸에 식은땀을 흘렸다.

번서는 얼굴빛 하나 변하지 않고 가만히 있더니 손으로 구렁이를 잡아 입김을 불어넣었다. 구렁이는 삽시간에 새끼줄로 변해 버렸다. 번서는 새끼줄을 무대 아래로 던졌다. 구경꾼들은 한마음으로 갈채를 보냈다. 구렁이와 호랑이가 모두 힘을 쓰지 못하자 동쪽 도사는 속으로 생각했다.

'이 법술을 쓸 수밖에 없겠군. 이번에는 절대로 피하지 못할 것이다!'

그는 두 손을 허공을 향해 뻗으며 방울을 세 번 울렸다. 순식간에 온 하늘을 덮으며 수만 마리의 말벌이 날아왔다. 수만 마리 벌떼의 날갯짓 소리는 마치 천둥이 울리는 듯했다. 말벌떼는 꼬리의 침을 곧추세운 채 번서에게 엉겨붙어 마구 찔러댔다.

그 도사가 또한 불을 뿜어대니 타오르는 불꽃이 온 하늘을 붉게 물들였다. 번서는 미동도 하지 않은 채 소매 속에서 돌멩이 하나를 꺼내 북쪽으로 던지고 파리채를 한 번 휘저었다. 갑자기 벼락 치는 소리가 울리며 건물이 마구 흔들리더니 큰비가 쏟아졌다. 내리는 비에 불꽃이 사라지고 비를 맞은 말벌들도 모두 땅바닥으로 우수수 떨어졌다. 말벌처럼 보이던 것들은 왕겨 껍질이었다.

무대 아래의 구경꾼들은 한 사람도 비에 젖은 사람이 없었다. 모두가 경이롭게 생각하였다.

법력의 한계를 드러낸 도사는 더 이상 어쩔 도리가 없었다. 그는 단상에서 내려가 달아나려 하였다. 그러자 번서가 소리치며 말했다.

"이보시오, 선인! 다른 기묘한 술법은 없으시오? 다시 한 번 가르침을 주시지요. 이 사람도 몇 가지 잔재주가 있으나 당돌한 듯해 먼저 보이지 못했구려. 심심풀이로나마 한두 가지 법술을 보여드릴까요? 아님 관둘까요?"

무대 아래 모인 사람들은 번서의 법술을 보고 싶었다. 그래서 불평 섞인 말투로 외쳤다.

"두 분 사부께서 원래 누가 잘하는지 겨루기로 하잖았소! 상대방이 사부님을 이기지 못했다고 하여 법술을 보여주지 않는다면 그건 예의가 아니지요. 당연히 법술을 보여주셔야 합니다. 그래야 우리도 공정한 판정을 내릴 수 있을 것이오!"

관객의 말이 채 끝나기도 전에 번서는 조롱박 안에서 복숭아씨를 하나 꺼냈다. 그는 구경꾼에게 무대 주변의 땅을 파고 복숭아씨를 묻게 했다. 그리고 주문을 외우며 덮은 흙 위에 물 한 보시기를 뿌렸다. 이내 커다란 복숭아나무 한 그루가 솟아나 무성하게 꽃을 피우더니 주먹만한 새빨간 복숭아 세 개가 열렸다.

이어 번서가 손짓해 부르자 구름 속에서 한 미녀가 천천히 내려왔다. 요염한 자태와 곱게 차려입은 옷맵시가 세상의 미모에 비할 바가 아니었다. 여인은 가녀린 손으로 살며시 복숭아를 따 소매 속에서 꺼낸 옥쟁반에 담았다. 그리고 아리따운 걸음걸이로 동쪽 단상으로 걸어가 그곳에 있는 도사에게 깊이 머리를 숙였다.

여인은 붉은 입술을 열어 아름다운 치아를 드러내며 꾀꼬리같이 낭랑한 목소리로 말했다.

"소녀는 서왕모를 모시는 사향옥녀이옵니다. 서왕모께서는 오늘 도사님이 이곳에서 법술 펼치시는 것을 미리 내다보시고 복숭아 세 개를 특별히 갖다 드리라고 말씀하셨습니다. 이 복숭아를 드시면 불로장생하실 것입니다."

이 세상에서 본 적이 없는 아리따운 여인의 속삭이듯 부드러운 목소리에 도사는 정신이 황홀해졌다. 그는 손을 내밀어 복숭아를 받으려고 하였다.

그 순간 험상궂은 얼굴에 속발관束髮冠을 쓰고 호피 치마를 두른 키가 열 자나 되는 천신이 홀연 공중에서 뛰어내렸다. 낭아곤을 손에 든 천신은 도사의 목덜미를 쥐더니 단상 아래로 집어던졌다. 도사는 기절하여 땅에 쓰러졌다.

어느 틈에 천신과 옥녀는 모두 사라지고 보이지 않았다. 도사의 시종들이 황급히 뛰어내려 도사를 일으켜 세웠으나 그는 깨어날 줄 몰랐다. 시종들은 도사를 들어 안고서 무대 뒤로 사라졌다.

사람들은 박수를 치며 웃었다. 흩어져 집으로 돌아가던 구경꾼들이 말했다.

"대단한 도사님이로군! 이제껏 본 적이 없는 정말 신통한 도술이야!"

무대 중앙에서 사회를 보던 관원은 무대에서 내려와 번서에게 허리를 굽히며 예를 올렸다.

"제가 한낱 범부라서 그저 곽도사를 신선처럼 공경할 뿐이었습니다. 선생님께서 이런 신묘한 법술을 지니고 계신 줄을 몰라뵈어 송구합니다. 저희 집으로 모셔서 가르침을 받고 싶습니다."

"뭐 대단한 게 아니라 그저 사람의 눈을 속이는 술법에 불과합니다. 그 도사가 조금 우쭐대기에 놀려주었을 뿐이지요. 빈도는 사방을 떠도는 존재라서 이렇다 하게 내세울 것도 없습니다. 이만 작별하겠습니다."

번서는 웃으며 사양했다. 채경이 곁에 다가와 인사를 건넨 것은 마침 그때였다. 번서는 참으로 오랜만에 채경의 얼굴을 마주했다. 하지만 곁에 사람이 있어 그동안의 행적을 묻기가 곤란했다. 그래서 그 관원에게 머리를 숙이며 다시 작별인사를 건넸다.

"마침 오랜만에 친구를 만났으니 회포를 풀어야겠습니다."

하지만 관원은 번서를 놓아주려 하지 않았다. 그가 번서를 잡아끌며 말했다.

"산 신선을 보고 어찌 그냥 지나칠 수 있겠습니까? 친구분과 회포를 푸는 데 방해가 되지 않도록 조용한 방을 마련해 드리겠습니다."

이리하여 번서와 채경은 관원의 초청에 응하게 되었다. 관원의 집에 도착한 그들은 다시 인사를 나눈 뒤 주안상을 마주하고 앉았다. 관원이 번서에게 진리를 수양하는 방법을 물으려는데 그 집 하인이 와서 보고하였다.

"동추밀께서 보낸 관리가 뵙기를 청합니다."

이에 그 사람은 자리에서 일어나며 말했다.

"날이 이미 저물었으니 별채에 가서 편히 쉬십시오. 내일 다시 모시겠습니다."

 번서와 채경은 별채에 도착하였다. 채경은 지금까지 자신이 겪은 이야기를 들려주면서 말을 이었다.

"집으로 돌아가는 길에 이곳을 지나다가 우연히 자네가 내 눈에 띈 것이네. 반나절 동안이나 도술 겨루는 것을 지켜보았는데 그 도인과는 왜 싸우게 된 건가?"

"나는 벼슬자리를 원하지 않았기 때문에 세상을 구름처럼 떠돌았다네. 그러다가 이인異人을 만나 오뢰정법을 전수받게 되었지. 이번엔 명산에서 수양중인 일청도인(공손승)을 찾아가는 길에 이곳에 들른 것이네.

 이 집 주인은 이양사라는 사람인데 아주 호협한 부호라네. 권세 있는 사람과 사귀기를 좋아하는 공명심이 큰 사람이지만 한편으로 법술을 대단히 좋아한다고 전해 들었지. 그 도사는 곽경이라는 파락호이고. 임영소의 문하에 들어가 조금 배운 도술로 세상을 속이고 있다네. 그런데도 이양사가 곽경을 환대하며 몹시 존경하고 있다기에 소문을 듣고 잠시 들러 본 것이야.

 곽경이 뜻밖에 조금 늦게 도착하는 바람에 내가 내기를 제안해 한바탕 망신을 안겨준 거지. 아무튼 이곳은 오래 머물 곳이 아니니 내일 아침 일찍 떠나세."

 이양사는 동추밀이 보낸 관리에게 주안상을 마련해 대접하였다. 추밀원 관리가 말했다.

"동추밀께서 새로이 성지를 받들어 대병을 이끌고 북경으로 떠나게 되었습니다. 요나라의 침공을 방비하기 위해서입니다. 동경을 출발하던 날에 임영소 선생이 '자신의 문하에 곽경이라는 제자가 있는데 추밀원에서 등용해 쓰면 크게 도움이 될 것'이라고 추천하였습니다. 듣자니 곽경이 댁에 머물고 있다기에 특별히 청하러 왔습니다."

이양사는 급히 사람을 시켜 곽경에게 이 사실을 알렸다. 곽경은 낮에 장터 무대에서 당한 참사로 온몸이 아파 침대에 누워서 끙끙 앓고 있는 중이었다. 그는 추밀원에서 자신을 보러 왔다는 말을 듣고 황급히 몸을 일으켜 달려왔다. 곽경이 추밀원 관리에게 감사의 마음을 표하며 말했다.

"동추밀께서 저를 인정해 주시고 또 이렇게 찾아주시니 즉각 배알해야 옳겠습니다만, 제가 사악한 도사놈한테 기를 빼앗긴 탓에 지금은 몸을 움직이기가 어렵습니다. 이삼일 후에 찾아뵙겠습니다."

"아니 무슨 일로 그리된 겁니까?"

추밀원 관리의 물음에 곽경이 대답했다.

"이대관께서는 당대 제일의 호걸입니다. 병법에 통달하고 무예도 출중한데 빈도를 극진히 대접해 주고 있지요. 강호를 주유하는 재주 있는 사람을 크게 구별하지 않고 거두어 주고 있답니다. 그런데 어디서 굴러온지도 모르는 사악한 도사놈이 저와 겨루자고 하고는 먼저 속임수를 썼지 뭡니까! 그 바람에 넘어져 허리를 다치는 낭패를 당하고 말았습니다."

추밀원 관리가 웃으며 말했.

"그자와 싸우면서 어째서 먼저 환술을 사용하지 않았습니까?

그랬으면 봉변을 당하지 않았을 텐데 말입니다."

곽경은 부끄러운 기색이 역력해지며 대답을 못했다. 이양사가 상황을 설명했다.

"곽선생이 맹호, 구렁이, 말벌, 화공을 사용해 공격했는데 그 사람이 미동도 하지 않은 채 다 막아낼 줄을 누가 알았겠소? 그 사람이 복숭아씨 한 개를 집어 땅에 묻으니 순식간에 복숭아나무 한 그루가 자라나 복숭아 세 개가 열리더이다. 그리고 구름 속에서 비범한 용모의 옥녀가 내려와 복숭아를 따서는 곽선생에게 바쳤지요. 곽선생은 그것을 호의로 여겼는데 난데없이 흉악한 모습의 천신이 나타나더군요. 그 천신이 곽선생을 허공으로 내던지는 바람에 부상을 당한 것이라오."

"그 사람은 지금 어디에 있습니까? 제가 만나봐야겠습니다."

추밀원 관리가 묻자 이양사가 대답했다.

"우리집 별채에 모셨습니다. 내일 그의 법술을 전수 받을 예정입니다."

추밀원 관리를 따라온 하인 하나가 곁에서 이야기를 듣고 있다가 몰래 별채로 가서 방안을 엿보았다. 도사와 채경이 등불 아래서 이야기를 나누는 중이었다. 질겁한 하인이 급히 되돌아와 아뢰었다.

"저 도사는 좋은 사람이 아닙니다!"

"무슨 말인가?"

이양사가 묻자 하인이 대답했다.

"제가 별채에 가서 슬쩍 엿보았습죠. 도사는 누군지 모르겠지만 그와 이야기를 나누고 있던 사람은 분명히 우리 풍장군을 살해한 악당이었습니다. 좋은 사람이라면 그런 악당과 알고 지낼 까닭이 없지 않습니까?"

추밀원 관리가 깜짝 놀라며 자세한 연유를 물었다. 하인이 대답했다.

"풍사인 도련님이 창덕부에서 양림과 두홍 악당패한테 살해당하지 않았습니까? 그래서 풍장군께서 이응을 압송하러 직접 제주로 가셨죠. 주막에서 우연히 전령을 만나 이응이 도망친 것을 알고 그를 뒤쫓다가 숲속에서 죽임을 당하고 말았죠. 이름은 모르지만 풍장군을 죽인 악당 중의 한 명인 것은 분명합니다. 지금 동추밀께서 이응, 양림, 두홍을 잡으려고 하시는데 저자를 체포하면 그들의 행방을 알 수 있을 것입니다."

곽경이 기회를 엿보다가 말을 받았다.

"이응과 양림은 양산박의 잔당입니다. 완소칠과 손립 등이 등주에서 양태수 일가를 모두 죽이는 바람에 양태위께서 천자께 주청해 그들을 토벌하는 일에 나서게 되었지요. 그런데 다시 이응이란 자가 풍장군 부자를 죽였으니 이는 천벌을 받아 마땅할 큰 죄입니다. 그 도인은 술법을 부리는 것으로 보아 필시 양산박의 공손승일 것입니다.

이대관께서는 평소에 큰 뜻을 품고 공명을 이루려는 분 아니십니까? 이참에 공손승과 그 악당을 잡아 추밀원에 보내십시오. 그러면 반드시 천자께 이대관의 공을 아뢸 터이니 자연히 관작을 얻게 될 것입니다. 만일 그들이 달아난다면 훗날의 조사에서 이

댁에 머물렀다는 게 밝혀지겠지요. 그러면 큰일 아닙니까?"

추밀원 관리 또한 곽경의 말에 맞장구쳤다.

"곽선생의 말이 이치에 맞는 말씀입니다."

그러자 공명심에 마음이 움직인 이양사가 말했다.

"양산박 잔당을 사로잡으면 조정의 큰 우환을 제거하는 것이지요. 입신출세를 위한 기회도 될 것이고요. 하지만 그자의 도술이 높고 강해서 만약 실수라도 저지른다면 호랑이를 그리려다가 강아지를 그리는 꼴이 될 것이오. 무슨 좋은 수가 없겠소?"

"걱정할 것 없습니다. 우리의 요술이 통하려면 개피와 사람의 똥을 피해야 합니다. 그자가 잠자는 동안에 사람을 시켜 개피와 똥물을 끼얹으면 그는 도술을 부릴 수가 없습니다. 독 안에 든 쥐처럼 사로잡을 수 있는 것이지요."

곽경이 제안한 대로 하기로 결정되었다. 자정 무렵이 되자 이양사 집안의 하인들과 추밀원 관리의 하인이 칼과 몽둥이를 들고 별채를 에워쌌다. 도사를 잡기 위한 오물도 실수 없이 준비하였다.

그런데 번서는 이미 누군가가 염탐하고 있다는 것을 알고 마음을 다잡고 있었다. 번서가 채경에게 말했다.

"오늘밤 우리를 노리는 자들이 있을 것이네. 그들의 흉계를 막아야 하니 옷을 벗지 말게."

번서는 진흙 덩어리 두 개를 가져다가 뭉쳐서 주문을 외고는 하나를 채경에게 주며 말했다.

"만약 인기척이 들리거든 우리는 가만히 달아나면 되네. 사람들 눈에는 우리가 보이지 않을 걸세. 토둔법土遁法이라는 것이지."

과연 자정 무렵이 되자 곽경이 앞장선 채 사람들이 횃불을 들고 몰려들었다. 번서와 채경은 이미 일어나서 한쪽으로 비켜섰지만 사람들은 그들을 알아보지 못했다. 번서가 곽경의 얼굴에 대고 입김을 불자 곽경은 정신이 혼미해져 침상 위로 쓰러졌다. 번서는 채경을 잡아끌고 대문을 나서며 말했다.

"추밀원 관리가 아까 하는 말을 들으니 동관이 북경을 지키러 간다는군. 그리고 자네와 이응이 풍표를 죽인 걸 하인놈이 알아챘단 말일세. 위험이 코앞에 닥쳤으니 편안히 지낼 수가 없게 되었네. 내가 자네를 북경 집까지 데려다줄 테니 식구들과 함께 음마천으로 가게. 나도 공손승을 찾아가는 일을 관두고 한동안 산채에 기거해야겠네."

채경도 같은 생각이어서 두 사람은 어두운 밤길을 함께 걸었다.

침상 위에 쓰러진 곽경의 이야기로 돌아가자. 사람들이 불을 비추어 보니 머리를 두 갈래로 틀어 올린 도사가 잠을 자고 있었다. 코를 고는 소리가 마치 우레와 같았다. 같이 있던 악당은 보이지 않았다.

몰려간 사람들은 침상 가득 오물을 끼얹었다. 그리고 밧줄로 도사를 꽁꽁 묶어 이양사와 추밀원 관리가 있는 곳으로 끌고 갔다. 그제서야 정신이 돌아온 곽경이 소리쳤다.

"나야, 나라구!"

사람들이 들여다보니 그 사람은 다름아닌 곽경이었다. 온몸에 피와 똥을 뒤집어써 악취가 코를 찔렀다. 모두가 놀라며 말했다.

"분명히 침상에서 자고 있던 사람은 머리를 두 갈래로 결발한 도사였는데 어째 곽선생으로 변해 버렸을까? 참으로 기괴한 일이군!"

이양사는 빨리 밧줄을 풀라고 외쳤다. 곽경은 깨끗이 몸을 씻고 옷을 갈아입었다. 곽경은 두 차례나 견디기 힘든 망신을 당했지만 자업자득인 까닭에 아무 말도 하지 못했다. 추밀원 관리가 말했다.

"도사가 도망간 것이 분명하오. 내일 동추밀을 뵈러 가서 다시 의논합시다!"

다음날 이양사는 황금, 진주, 채단을 챙겨 가지고 곽경, 추밀원 관리와 함께 말을 타고 북경으로 갔다. 추밀원 관리가 먼저 들어가 동추밀에게 아뢰었다. 잠시 후 큰 북소리가 울리더니 군문이 열렸다. 군세가 위엄 있게 잘 갖추어져 있었다.

추밀원 관리는 이양사와 곽경을 동추밀에게 안내하였다. 이양사는 먼저 예물을 헌상하였다. 동관은 받은 예물을 안으로 들인 후 이양사를 보고 위엄을 보이며 물었다.

"우리 조정에서는 본래 요나라와 화의를 맺어 사이좋게 지내려고 했었소. 그런데 송강이 요나라를 정벌하는 바람에 일이 틀어져버렸소. 요나라가 원수를 갚겠다며 군사를 일으킨 것이오. 요나라 총독이 거느리는 정예병들이 지금 북쪽 변경을 침범해 왔소. 그런 까닭에 조정에서 내게 이곳을 지키라 한 것이오.

나는 황제의 칙명을 받들어 현명한 인재를 두루 구하는 중이오. 만일 뛰어난 계책을 지닌 자가 있다면 칙명에 따라 직책을 주고 중용할 생각이오. 그대가 영특한 재주를 지니고 병법에도 뛰어난 특출한 선비라는 이야기를 내 오래도록 들어왔소. 지금 이곳까지 오는 수고를 마다하지 않았는데 무슨 좋은 계책이라도 있는 것이오?"

이양사는 공손히 대답했다.

"초야에 묻혀 지내는 보잘것없는 사람에게 무슨 대단한 계책이 있겠습니까? 하지만 이렇게 하문해 주시는 은혜를 입고 보니 어리석은 의견이나마 솔직히 말씀 올리겠습니다.

연운燕雲 십육주는 원래 중화의 강토 아니었습니까? 그런데 석경당石敬瑭의 후진이 거란의 도움을 청하면서 뇌물로 떼어주고 말았지요. 태조 폐하 때 군사를 일으켜 회복하려 했으나 반인미潘仁美가 그릇 판단하는 바람에 소한蕭翰에게 패하면서 실패하고 말았습니다. 진종 폐하 시절에 전연에서 전투가 벌어졌을 때 구준이 황제의 친정을 강력이 권해 비로소 요나라와 강화가 성립되었던 것입니다. 그런데 송강이 경솔하게 군대를 움직인 까닭에 맹약이 깨지고 요나라는 복수하겠다며 변경을 침범해 오게 되었습니다.

은상께서는 일단 군사를 움직이지 말고 국경을 지키기만 하십시오. 제게 비책이 한 가지 있습니다. 저의 비책대로 하면 연운 십육주를 손에 넣는 것이 티끌을 줍듯이 쉬울 것이며 파죽지세로 요나라를 멸망시킬 수 있습니다. 조정의 위세를 만 리 밖까지 떨치면 은상께서는 제후로서 봉토를 받게 되실 것입니다. 저의 계책을 한번 들어보시겠습니까?"

동관은 크게 기뻐하며 이양사를 데리고 밀실로 들어갔다. 그리고 그 계책이 무엇인지 은밀히 물었다. 이양사가 대답했다.

"금나라왕이 지금 동방에 웅거하고 있는데 그 군세는 이미 천하무적입니다. 금나라에 사신을 보내시지요. 등주와 내주에서 해로를 통해 압록강으로 건너가 금나라와 동맹을 맺은 다음 양면에서 요나라를 협공하는 것입니다. 그렇게 해서 요나라가 멸망하면 연운 십육주는 자연히 우리 손에 들어올 것입니다. 그런 연후에 요나라를 대하던 것처럼 금나라를 대접해 주면 금나라왕은 틀림없이 만족할 것입니다.

요나라의 평주를 지키는 장수 장각과 탁주 유수 곽약사는 저와 결의를 맺은 친구입니다. 제가 그 두 사람을 감언이설로 설득해 귀순시키겠습니다. 그러면 요나라의 울타리는 이미 허물어진 것이나 마찬가지입니다. 내부에서 서로 호응해 구원할 수 없으니 어찌 전멸하지 않겠습니까?"

이양사의 말을 듣고 탄복한 동관은 손으로 이마를 짚으며 말했다.

"하늘이 우리 송나라를 도우려 이런 인물을 내리셨구나! 금쪽같이 귀한 말을 들으니 돌연 생각의 물꼬가 트이는구려!"

동관은 즉시 이양사를 중용할 것을 황제에게 주청하였다. 그 결과 이양사는 우선 추밀원 참군으로 임용되어 군무를 맡게 되었다. 곽경 역시 임영소의 천거도 있고 해서 군영의 일을 돕게 했다. 동관은 이때부터 이양사의 말을 듣고 따랐는데 그를 늦게 만난 것을 한탄하였다.

군무를 의논하던 어느 날 이양사가 기회를 엿보아 말했다.

"요나라를 멸망시키는 일은 이미 계책이 섰으니 걱정할 필요가 없습니다. 그보다는 오히려 송강의 잔당이 큰 걱정거리입니다. 그들이 산림 속에 다시 웅거하기 시작했습니다.

얼마 전 곽경이 저희 집에 머물 때 한 도사가 찾아와 겨루기를 청하였는데 그와 같이 있던 동료는 이응과 함께 풍장군을 죽인 악당이었습니다. 하인이 마침 그를 알아본 까닭에 사로잡아 추밀원에 인도하려고 하였더니 요술을 부려 달아나고 말았습니다.

그 도사는 필시 양산박의 공손승일 것입니다. 지금 이선산의 자허궁에 머물고 있다고 합니다. 그를 없애버리지 않아 훗날 요나라와 싸울 때 놈들이 그 틈을 이용해 봉기라도 한다면 내부의 큰 우환이 될 것입니다.”

“내가 그만 깜빡 잊고 있었군. 완소칠과 손립이 등운산을 차지해 양태위의 동생을 죽이고 이응 역시 내 심복인 풍표를 죽였지. 이젠 공손승이 요술을 부려 세상을 어지럽힌다니 즉시 잡아들이도록 하세!”

동관은 휘하의 통제 장웅에게 오백 병마를 내어주며 공손승을 잡아오게 하였다. 곽경이 이선산으로 가는 길잡이 역할을 맡았다. 그들은 먼저 공손승을 사로잡은 다음 이응과 완소칠 무리를 토벌할 계획이었다. 명령을 받은 장웅이 군사를 인솔해 떠날 때 이양사는 곽경에게 단단히 일렀다.

“그놈의 요술에 걸리지 않도록 정신을 바짝 차리시오.”

곽경은 알았다고 대답하며 길을 떠났다.

공손승은 동경에서 송강과 이별한 후 제자 주무와 함께 이선

산으로 돌아왔다. 몇 년이 지나는 사이에 노모가 돌아가시고 나진인 역시 세상을 떠났다. 장례를 마치고 난 공손승은 자허궁 뒷산에 작은 암자를 짓고 그곳에서 주무와 함께 종일토록 수련에 힘썼다. 키 큰 소나무와 청죽이 암자를 에두르고 골짜기 시냇물 위에 섶다리 하나 가로놓인 풍광이 몹시도 청아하였다. 불로불사의 정신 수련에 매진하니 도업이 더욱 높아져 마음이 즐겁고 정신은 평온해졌다.

때는 마침 중양절이었다. 단풍이 온 산을 가득 채워 가을 기운이 높고 시원하였다. 두 사람은 송화단과 배, 연근, 감채 등의 나물을 놓고 울 아래 노랑 국화를 감상하며 함께 야자주를 마셨다. 공손승이 말했다.

"나는 본래 세상사에서 벗어나 한가하게 지내는 사람인데 천강성의 운수를 타고난지라 어쩔 수 없이 세상에 나가 한 번 뜻을 펼쳐보았지. 그래도 조금이나마 선견지명이 있어 불구덩이에서 빠져나오게 되고 자네와 내가 오늘 이처럼 자연을 즐기며 소요하니 얼마나 자유로운가! 송공명의 지극하던 충의가 모두 일장춘몽이 되었으니 어찌 슬프지 않은고!"

몇 잔의 술을 더 들이켠 공손승은 어고판漁鼓板을 두드리며 노래하였다.

마음속에 가시덤불을 심지 말고
한번 내뱉은 말은 뒤집지 마라
대지를 소요하면 청량감이 극진해지니

장생불사 선단(仙丹)이나 구우며 도를 닦고저
세상사는 창과 방패가 부딪치는 한판의 바둑 같고
넓은 바다가 뽕나무밭이 되는 백일몽 같은 세상
한때의 부귀가 뜬구름이 되는 것은 예삿일이니
은혜고 원수고 마음에 두지 말지어다

공손승이 노래를 마치자 두 사람은 박장대소하였다. 이때 어린 행자 하나가 헐레벌떡 달려오며 소리쳤다.

"사부님, 큰일났습니다! 군사들이 자허궁을 포위하고 있어요. 장군 두 사람이 주지를 포박하고서 하는 말이 동추밀의 명령으로 사부님을 잡아가려고 한답니다. 주지께서 사부님이 이곳 암자에 계시다고 하니까 군사들이 이리 몰려오고 있는 중입니다!"

공손승과 주무는 급히 자리에서 일어났다. 그리고 은신술을 사용해 소나무 옆에 서서 상황을 지켜보았다.

장웅과 곽경은 주지를 앞세워 암자에 들이닥쳤다. 하지만 공손승은 보이지 않았다. 산자락 곳곳을 샅샅이 뒤졌지만 그림자도 찾을 수 없었다. 주지가 말했다.

"공손 선생은 자허궁이 아니라 내내 이곳 암자에 거처하셨습니다. 게다가 몇 해 동안 산에서 내려오는 것을 본 적이 없습니다. 아마도 사람들이 잘못 안 것 같습니다."

"무슨 헛소리야! 그자가 호욕채에 와서 나와 법술을 겨루는 바람에 한바탕 난리가 났었는데. 그자는 이응과 함께 풍장군을 죽인 놈이다. 그래서 우리가 성지를 받들어 체포하러 온 것이다. 중죄인이란 말이다! 여기 울타리 옆에 차려진 술상을 봐라! 국화라도 감상하고 있었던 모양이구나. 네놈이 그 도적놈에게 상황을 알려주어 도망가게 한 것이지? 너를 잡아다가 추밀원에 넘겨 군법으로 엄벌해야겠다."

곽경이 호통을 치며 주지의 몸을 포승줄로 묶게 했다. 그들은 자허궁에 있던 돈과 양식, 의복을 몽땅 약탈하였다. 공손승이 머리를 흔들며 말했다.

"이상하군! 내가 종적을 감추고 산에 틀어박혀 지낸 지가 벌써 몇 년째인데. 그동안 바깥에 나가 사람을 만난 적이 없거늘 호욕채는 무슨 말이며 풍장군을 죽였다는 것은 또 무슨 말인가! 전혀 뜬금없는 말이로세. 그나저나 주지에게 누를 끼쳤군!"

"제가 엊그제 향을 사러 산을 내려갔지 않습니까? 그런데 어떤 사람이 전하기를 음마천에 도적떼가 모여들어 몹시 번성하고 있다더군요. 어쩌면 이응이 정말로 그곳에서 사업을 도모하고 있는지도 모르겠습니다. 사부님의 신상에 좋지 않은 일이 생겨서야 되겠습니까! 이곳에서는 안전을 도모하기가 아무래도 그른 것 같습니다. 우선 음마천에 가서 사실 여부를 알아보면 어떨까요? 그러고 나서 다시금 거처할 명산대천을 찾아보는 게 좋겠습니다."

공손승은 주무의 말에 따르기로 하였다. 그들은 암자로 들어가 행낭을 꾸렸다. 외진 길을 따라 산을 내려간 공손승과 주무는 곧바로 음마천으로 향했다.

이틀이 채 지나지 않아 두 사람은 벌써 음마천 산기슭에 다다랐다. 칼과 창이 빽빽이 늘어서 있고 깃발이 바람에 펄럭였다. 산채 관문으로 가서 이름을 말하니 부하들이 달려가 보고하였다. 번서와 채경은 이미 산채에 와 있었다. 음마천의 호걸들이 모두 나와 공손승과 주무를 맞아주었다. 일동은 함께 취의청으로 자리를 옮겨 상견례를 나누었다. 이응이 만면에 웃음을 띠며 말했다.

"두 분 선생께서는 이미 세상 밖의 신선이 되었으니 우리처럼 세파에 시달리며 사는 사람들과는 다른 분들이십니다. 늘 보고 싶은 마음이 간절하면서도 만나볼 수 없었는데 오늘 생각지도 않은 훈풍이 불어와 이렇게 찾아주시니 너무 기뻐 어쩔 줄을 모르겠습니다. 공손승이 화답했다.

"우리 두 사람은 속세를 떠나 구름 속을 주유한 지 이미 오래요. 중양절을 맞아 국화꽃을 감상하며 술을 한잔 마시고 있었지요. 그런데 난데없이 동관이 보낸 군사들이 들이닥치더군요. 자허궁 주지를 포박하고 나서 그들이 말하기를 빈도가 호욕채에서 요술을 부려 소란을 피웠다는 거요. 또 이대관과 함께 풍표라는 자를 죽였다는 거외다. 도무지 종잡을 수 없는 이야기라서 무슨 곡절인가 싶소. 여러분들은 무슨 까닭으로 이곳에 모여 있는 것이오?"

이응은 곧바로 등운산의 손립이 편지를 부탁한 일이며, 두흥의 유배, 자신이 제주 감옥에 갇혔다가 탈옥한 일, 그리고 제주성 인근의 숲에서 풍표를 죽인 이야기를 모두 들려주었다.

"전부 나하고는 관계없는 일들이군. 그렇다면 호욕채 이야기는 무엇이오?"

공손승의 물음에 번서가 웃으며 나섰다.

혼세마왕 번서. 왼쪽은 그의 스승 입운룡 공손승.

"그건 제 이야기입니다. 제가 선생님을 찾아가던 길에 호욕채 이양사의 집에 들르게 되었습니다. 그곳에서 곽경과 법술을 겨루어 그자를 웃음거리로 만들어준 일이 있었지요. 그때 우연히 채경을 만나게 되었는데 하인놈 하나가 채경이 이대관과 함께 풍표를 죽인 사람임을 알아보았던 것입니다. 우리를 사로잡으려고 해서 둔갑술을 써서 도망쳤지요. 양산박에서 둔갑술을 쓸 줄 아는 사람은 공손 선생님뿐이라고 생각해 그자들이 오해한 것 같습니다."

공손승은 비로소 전후사정을 이해할 수 있었다. 공손승이 말했다.

"어쩐지 나를 잡으러 온 장군이라는 자가 자기가 나와 법술을 겨루었다고 말하더군요. 그자가 곽경인 모양인데 그런 자들이 장군 자리까지 차지하고 있군요."

번서가 다시 말했다.

"동관은 북경을 지키고 있습니다. 곽경이 임영소의 문하이니 임영소가 천거했을 것입니다. 그날 밤 곽경을 부르러 온 관리가 있었는데 아마도 동관 밑에 있는 자였던 모양입니다."

이응이 나서며 공손승에게 말했다.

"조정이 어지러워 간신배들이 국정을 농단하고 있습니다. 그자들이 우리 형제들을 핍박하는 것을 보니 한 사람도 그대로 두지 않을 모양입니다. 비록 선생님인 줄 오인한 탓이기는 하지만 이는 하늘이 만들어준 인연입니다. 이제 이곳에 오셨으니 양산박에서의 옛 서열에 따라 선생님께서 우리를 이끌어주십시오. 저희 모두 선생님을 따르겠습니다."

"빈도는 이미 속세를 벗어난 사람이오. 마음이 마치 식은 재같이 되어서 다시는 타오르기 어렵소. 어찌된 영문인지 몰라 진상을 알아보려고 산채에 들렀을 뿐이오. 이제 모든 것을 알았으니 작별을 고해야겠소이다. 명산 한 곳을 택해 은둔해 지낼 생각이오."

"우리 형제들이 도처에 흩어져 있으니 언제 어떤 일에 연루될지 알 수 없습니다. 게다가 저들이 선생님을 오인하고 있는 마당에 어딘들 안전하겠습니까? 선생님께 도움이 되고 저희에게도 좋은 방안이 한 가지 있습니다."

이응의 말에 공손승이 대답했다.

"어떤 방안인지 말씀해 보시오."

전쟁이 다시 일어나니 방략을 논하고
간난신고 끝에 이길 계책을 마련하다

제7회
음마천에 모인 호걸들

이응은 공손승과 주무를 산채에 머물게 하고 싶었다. 공손승이 선뜻 받아들이지 않자 이응이 말했다.

"선생님께서 한가로이 유유자적하기를 원하시니 드리는 말씀입니다만, 이곳 음마천은 산세가 아주 비범합니다. 산 안쪽 높은 봉우리 아래 백운파라는 평탄한 곳이 있습니다. 두 갈래로 날아 떨어지는 폭포수가 합류하며 넓은 계곡을 이룬 곳이지요. 이끼 낀 바위 주위에는 수천 그루의 낙락장송이 하늘을 가릴 듯이 솟아 짙은 녹음을 만들고 있답니다.

그곳에 작은 암자를 짓고 수양하시면 좋을 것입니다. 지내시는 데 필요한 물품은 저희가 대어드리겠습니다. 일이 있을 때만 방문해 가르침을 받겠습니다. 아무 일도 없을 때는 문을 잠근 채 도를 닦는 일에 매진하시면 됩니다. 그러면 선생님도 좋고 우리도 이롭지 않겠습니까?"

모두들 좋은 생각이라고 거들었다. 공손승도 한 번 보러 가보자고 했다. 이응이 백운파까지 공손승을 안내하였다. 과연 뛰어난 경치가 이선산에 뒤지지 않았다. 공손승은 비로소 그곳에서 지내기로 마음을 정했다.

곧바로 앞쪽의 맑은 물과 뒤쪽 높은 절벽 사이에 억새를 이은 암자가 들어섰다. 계곡물 위에는 대나무다리를 놓았다. 온갖 화초와 새소리가 암자를 감쌌다. 공손승과 주무는 산채의 도움을 거절한 채 심부름하는 아이 하나만 데리고 암자에서 생활하였다. 거친 밥 나물 한 접시에 만족하는 청빈한 삶이었다.

대엿새 지난 어느 날 돌연 정탐꾼 하나가 산채로 달려와 아뢰었다.

"추밀원 깃발을 앞세운 이천여 명의 군사들이 산채 쪽으로 기세 좋게 몰려오고 있습니다. 두령들께서는 어서 대비를 하셔야겠습니다."

이응은 양림과 두흥을 불러 말했다.

"산채 문을 굳게 지키며 적의 동정을 살피게. 아직 나가 싸워서는 안되네!"

앞서 자허궁 주지를 압송해 간 곽경과 장웅은 동관에게 이렇게 보고하였다.

"공손승이 국화를 감상하며 술을 마시고 있었던 모양입니다. 그런데 이 자허궁 주지가 알려주는 바람에 놈이 달아나고 말았습니다. 대신 주지를 잡아왔습니다."

돌아가는 상황을 눈치 챈 주지가 말했다.

"공손승은 본궁과 왕래하지 않고 암자에서만 지냈습니다. 그가 스스로 자취를 감추었는데 저와 무슨 상관이 있겠습니까?"

동관이 물었다.

"그는 어디로 도망갔느냐?"

"듣자니 이응 일당이 음마천에 모여 있다고 합니다. 공손승도 본래 같은 무리이니 혹시 그곳에 있지 않을까요?"

주지의 대답을 듣고 나서 동관이 말했다.

"이응은 반드시 토벌해야 할 자다. 도통제 마준에게 이천 군사를 내어주겠다. 산채를 깨끗이 쓸어버리고 이응 일당을 잡아오도록 하라. 실수해서는 안된다."

그런 다음 동관은 주지를 놓아주었다.

마준은 장웅, 곽경과 함께 군사를 이끌고 음마천으로 달려갔다. 산 아래 이르러 둘러보니 산세가 몹시 험준하였다. 그들은 감히 공격하지 못하고 깃발을 흔들며 고함만 질러댔다.

오후가 되자 돌연 포성이 쿵하고 울렸다. 포소리와 함께 온몸에 갑옷을 두른 이응이 나타났다. 말에 올라 탄 이응은 등에 다섯 자루의 단도를 꽂고 손에는 장창을 들고 있었다. 이응의 왼쪽에는 번서, 오른쪽에는 양림이 말을 탄 채 따르고 있었다. 곽경이 번서를 가리키며 소리질렀다.

"공손승, 이 도둑놈아! 두 번이나 요술을 부려 잘도 빠져나갔겠다! 오늘 너희를 잡기 위해 조정의 군대가 여기까지 왔으니 빨리 말에서 내려 포박을 받아라."

번서가 웃으며 대답했다.

"이놈! 너는 천장한테 이미 죽은 목숨 아니냐? 정말 귀신인 게로구나! 내가 공손승이라고? 네놈이 만약 공손 선생을 만났다면, 넌 벌써 죽은 몸이었을 게다."

 화가 치밀어 오른 곽경이 말을 달려 나가려고 하였다. 장웅은 곽경의 사기가 꺾일까봐 자신이 대신 큰 칼을 휘두르며 앞으로 나섰다. 이응이 장웅을 맞아 십여 합을 겨뤘다. 돌연 이응은 창을 거두고 달아나기 시작하였다. 장웅은 그것이 계략인지 모르고 말을 달리며 뒤쫓았다.

 이응은 장웅이 가까이 온 것을 보고 단도를 뽑아 던졌다. 날아간 단도는 장웅의 어깨 한가운데에 맞았다. 부상을 당한 장웅은 말머리를 돌려 진중으로 돌아갔다.

 이 틈을 이용해 번서와 양림은 부하들을 움직여 관군을 들이쳤다. 마준의 군대는 당해 내지 못했다. 관군은 자기들끼리 서로를 짓밟아 부상자가 속출하였다. 당황한 그들은 십 리를 후퇴해 진영을 새로 갖추었다. 군사를 점고해 보니 죽은 병사가 이미 삼백 명이나 되었다.

 "도적놈들이 이처럼 흉측하고 용맹할 줄 몰랐소. 오늘 패한 것은 어쩔 수가 없소. 오늘밤은 푹 쉬고 내일 구원병을 청하는 공문을 올립시다."

 그들은 이렇게 의견을 모았다.

 이응이 승리하여 돌아오니 공손승과 주무는 관군이 토벌 나온 것을 알고 산채에 와 있었다. 이응이 말했다.

 "그까짓 조무래기들쯤이야 어찌 상대나 되겠습니까! 동관이란 놈이 직접 왔더라면 그놈도 살아 돌아가지 못했을 텐데 말입니다."

주무가 말했다.

"놈들은 첫 싸움에서 패해 사기가 꺾였을 것입니다. 군대는 무엇보다 신속함이 중요합니다. 오늘밤 군사를 사방에 매복시켰다가 본진을 야습해 한 놈도 살아 돌아가지 못하게 해야 합니다. 그래야 동관이 겁을 집어먹고 더는 군사를 보내지 않을 것입니다."

이응은 좋은 계책이라고 생각했다. 그래서 양림, 두흥, 번서, 채경을 보내 사방에 매복하게 한 다음 자신이 스스로 중군이 되어 관군 진영으로 쇄도하였다. 울타리를 무너뜨리고 함성을 지르며 들이치는데도 관군은 아무 준비도 되어 있지 않았다.

장웅과 마준은 잠들어 있다가 함성소리를 들었는데 미처 갑옷을 챙길 사이도 없었다. 말안장이 채워지지 않아 달아날 수도 없었다. 이응이 뛰어들며 창을 내지르자 마준은 그 자리에서 즉사하였다. 장웅은 요행히도 진영 뒤쪽으로 해서 도망을 쳤다.

사방에서 함성이 일면서 양림과 번서 등이 포위망을 좁혀왔다. 에워싸인 관군은 죽는 자는 죽고 도망치는 자는 도망쳤다. 마치 거센 바람이 길에 떨어진 낙엽을 일거에 쓸어버리는 듯했다. 그러나 곽경의 모습은 보이지 않았다.

이응 일행은 관군이 버리고 간 갑옷이며 병장기, 마필, 양곡들을 전부 챙겨 산채로 옮겼다. 그들은 주연을 베풀며 승리를 축하하였다.

장웅은 어쩔 수 없이 패잔병을 이끌고 돌아가 경과를 보고하였다. 크게 노한 동관은 자신이 직접 대병을 이끌고 음마천을 치려고 했다. 그런데 돌연 변방에서 긴박한 보고가 올라왔다. 요나라군이 쳐들어왔는데 변방의 장수가 막아내지 못하고 있으니 대병을 보내 달라는 것이었다. 동관은 하는 수 없이 음마천 토벌을 중지하였다.

아울러 마침 중서성에서 공문이 내려왔다. 일전에 이양사가 요나라를 무찌를 계책이 있다고 하였으니, 그를 동경으로 올려 보내 폐하를 알현한 자리에서 내용을 설명하라는 공문이었다. 동관은 즉시 신분증명서인 부절을 발행해 이양사가 상경하는 길에 역참 등에서 이용할 수 있게 해주었다. 그리고 송별연을 열어 당부하였다.

"참군이 우리 중화의 강토를 회복하고 세상에 이름을 떨칠 큰 공을 세울 수 있는 기회는 바로 지금이오. 조정에서 군사와 관련된 중요한 일은 모두 채태사께서 관장하시오. 이건 내가 채태사께 참군을 천거한다는 밀서요. 동경에 가거든 반드시 채태사를 먼저 찾아뵙고 생각하고 있는 계책을 말씀드리시오. 채태사께서 받아들이셔야 폐하를 배알할 수 있소."

이양사는 동관의 당부를 받아들였다. 그는 동관에게 인사를 하고 동경으로 떠났다.

동경에 도착한 이양사는 다음날 채경을 찾아가 동관의 밀서를 전하였다. 채경이 말했다.

"그대의 계책은 큰 공을 세울 수 있는 참으로 뛰어난 탁견이오. 만약 공을 세우면 당연히 높은 벼슬을 받게 될 것이고, 더불어 나와 동추밀에게도 영예로운 일이오. 다만 조정 대신 중에는 고루

한 생각을 지닌 사람이 일부 있기 때문에 틀림없이 상소를 올려 방해할 것이오. 폐하를 배알할 때는 반드시 이해득실을 조목조목 분석해 진술해야 할 것이오."

이양사는 채태사에게 다시 머리를 숙이며 말했다.

"여러 모로 부족한 제가 태사 대인의 큰 은혜를 입었습니다. 견마지로犬馬之勞를 다해 조정의 은혜에 보답하겠습니다. 제 생각이라는 것은 미천한 자의 좁은 소견에 지나지 않으니 태사 대인의 가르침을 바랄 뿐입니다."

채경은 만족한 얼굴로 이안사를 돌려보냈다.

다음날 아침 일찍 도군 황제는 정무를 보기 위해 이영전에 나가 자리를 잡았다. 이때 황제를 모시는 각문대사閣門大使가 이양사를 도군 황제 앞으로 데려갔다. 이양사는 황제의 장수를 비는 '만세, 만만세!'를 외치면서 절을 올렸다. 도군 황제는 이양사에게 친히 물었다.

"짐이 동관의 상소를 보았소. 경이 요나라를 무찌를 계책을 건의했다는데 과연 가능성이 있는 이야기인가?"

이양사는 머리를 조아리며 아뢰었다.

"연운 십육주가 오랑캐의 손에 들어간 지 이미 이백여 년이 되어 우리 조정의 은총이 미치지 못하고 있습니다. 지금 요나라는 임금이 유약한데다 장수는 교만하고 병졸들은 나태합니다. 바로 나라가 무너지려 하는 때입니다. 게다가 금나라가 기세를 떨치며 일어나는 까닭에 두 나라는 사이가 아주 좋지 않습니다. 바닷길로 사신을 보내 금나라와 손을 잡으십시오. 양면에서 협공하면 고목을 쓰러뜨리듯이 쉽사리 요나라를 멸망시킬 수 있을 것입니다.

폐하의 용맹함과 높은 덕망이라면 천하를 통일하는 일이 어찌 한무제나 진시황보다 어려운 일이겠습니까? 세상을 조화롭게 만들어 마침내 그 미덕이 요임금이나 순임금에 필적할 것이옵니다."

도군 황제는 만면에 웃음을 띠며 말했다.

"과연 타고난 기재로다. 곁에서 짐을 보좌하도록 하오. 공을 세우는 날에는 큰 벼슬을 내릴 것이오."

황제는 이양사에게 우선 비서승 자리를 제수하였다. 그리고 조씨 성을 하사하였다. 조양사는 엎드리며 황제의 은혜에 감사하였다. 그러자 왼쪽 줄에 서 있던 대신 한 사람이 앞으로 나섰다. 비단 조복에 코끼리 상아로 만든 홀笏을 손에 쥔 대신은 이양사의 계략은 불가하다고 아뢰었다. 신하들이 놀라 돌아보니 참지정사 여대방이었다.

황제가 그에게 물었다.

"왜 안된다는 것인가?"

여대방은 안색을 바르게 하며 대답했다.

"요나라와 우리는 형제의 나라로 화의를 맺은 지 벌써 백 년이 되었습니다. 그런데 우리의 울타리나 다름없는 요나라를 멀리하고 범이나 늑대 같은 금나라와 가까워지면 언젠가 그들의 침략을 피할 수 없을 것입니다. 조양사는 초야에 있던 사람이라서 조정의 큰 줄기를 모르기에 일을 조급히 처리하려는 것입니다. 일시적인 이익을 탐냈다가는 나중에 반드시 후회하게 될 것입니다."

조양사가 지지 않고 말했다.

"요나라는 이미 맹약을 어겼습니다. 십만 대병이 우리의 북쪽 국경을 침범하지 않았습니까? 그런데도 나무 그루터기나 지키며 토끼를 기다리듯이 요행만 바라면서 그들에게 해마다 막대한 공물을 보내야 합니까? 그것은 도둑한테 양식을 내어주고 병사를 제공하는 것과 다름없지요. 요나라에 주던 공물을 금나라로 돌리면 앉아서 연운 지방의 옛 땅을 회복할 수 있으니 이는 원교근공遠交近攻의 계책에 부합하는 것입니다. 한번 놓치면 기회는 다시 오지 않을 것입니다. 폐하의 재결을 바랄 뿐입니다."

이번에는 채경이 나섰다.

"거문고나 비파의 연주가 불협화음을 일으키면 줄을 갈아야 하는 것 아니겠습니까? 요나라를 멸망시킨 후에 금과 친하게 지내는 것이니 어찌 후회가 있겠습니까?"

도군 황제는 낯빛을 바꾸며 말했다.

"여대방은 짐을 보필하는 신하로서 어찌 나라를 다스리는 원대한 계략을 갖지 못하고 직위를 더럽히는가? 제나라 양공은 작은 나라의 군주였음에도 불구하고 구대 선왕의 원수를 갚았기에 〈춘추〉에서 크게 칭송하는 것 아닌가? 짐이 사해에 군림하면서 일찍이 태종 황제께서 요나라에 당한 백구하白溝河 패전의 치욕을 씻지 못할 이유가 무엇인가? 감히 다시 간하는 자가 있으면 극형으로 다스리리라."

질책을 받고 여대방은 물러갔다. 채경이 황제에게 주청하였다.

"조양사가 이미 신묘한 계책을 건의하였으니 조양사를 금나라에 사신으로 보내면 어떻겠습니까? 조양사는 만반의 준비를 갖춘 까닭에 일을 그르칠 리 없을 것이며 폐하의 명을 욕되게 하지 않을 것입니다. 각 부처에서 필요한 예물을 준비하도록 성지를 내리시고 길일을 택해 떠나게 하시옵소서."

조양사는 황제의 성은에 감사의 예를 올리고 궁에서 물러나왔다. 채태사에게도 각별한 감사의 인사를 올렸다. 각 부처는 지체 없이 황제의 명을 받들었다.

때는 선화宣和 2년 2월이었다. 길일을 택해 조양사는 조정에 하직을 고하였다. 채경을 찾아가 작별 인사를 하고 사람을 보내 동관에게도 그간의 사정을 보고하였다.

조양사는 의기양양한 모습으로 말을 달려 등주로 향했다. 그리고 등주에서 배를 타고 금나라로 건너갔다. 조양사는 금나라와 국경을 정하는 일이며 공물을 얼마로 할지, 요나라를 협공하기 위해 언제 군대를 출병할지 등을 합의하였다. 그런 연후에 금나라에서 답례로 보낸 금나라 사신 발근과 함께 귀국하였다.

조양사는 팔월 중추절에 조정에 들어가 경과를 보고하였다. 조정에서는 금나라 사신 발근에게 후한 선물을 하사하였다. 한아름 값진 선물을 받은 사신은 금나라로 돌아갔다.

조양사는 동관이 거느린 대군을 감독하는 시어사의 직을 제수 받아 동관과 함께 국경을 지키게 되었다. 준마에 올라탄 채 시종들의 시중을 받는 조양사의 눈부신 변신은 사람들을 압도할 뿐만 아니라 나는 새도 떨어뜨릴 만한 위용이었다.

조양사는 황하 나루터에 자리한 황하역관에 이르렀다. 강을 건너기 위해 빨리 배를 준비하라고 재촉하였다. 그때 역문 앞에 웅크리고 있는 사람 하나가 눈에 띄었다. 당황한 역졸이 얼른 그를 쫓아내었다.

조양사의 눈에 띈 그는 올이 다 드러난 해진 두건을 쓰고 너덜너덜한 누더기를 몸에 걸친 모습이었다. 한동안 세수조차 안한 듯 얼굴에는 때가 잔뜩 끼어 있고 지난밤에도 죽 한 그릇 못 얻어먹었는지 팔다리에 힘이 없어 보였다. 손에 대나무 어고漁鼓를 든 모습은 곤경에 처한 신선을 연상시키기도 하지만 가슴에 칠기 사발을 품고 있는 것을 보면 필경 길거리 거지가 틀림없었다.

조양사는 그가 곽경임을 알아보았다. 조양사는 역관에 들어가 좌정한 다음 역관 관리를 불러 말했다.

"조금 전에 문 앞에 웅크리고 있던 사람을 이리 데려오너라."

역관 관리는 황급히 머리를 조아리며 아뢰었다.

"그런 비렁뱅이가 문 앞에 있는 줄 몰랐사옵니다. 나리께 그만 못볼 꼴을 보여드리고 말았으니 다 제 불찰이옵니다."

조양사가 말했다.

"너를 꾸짖는 게 아니니 어서 그를 데려오너라."

역관 관리는 부리나케 밖으로 달려 나와 둘러보았다. 하지만 그의 모습은 보이지 않았다. 등줄기에 땀을 뻘뻘 흘리며 이쪽저쪽 찾아다녔다. 역관 뒤쪽으로 돌아가니 곽경은 그곳 변소에 앉아 이를 잡고 있었다. 역관 관리는 그의 먹살을 덥석 잡아당기며 소리쳤다.

"이 죽일 놈의 거지새끼야! 높으신 양반이 오는 걸 보고도 어째 피하지 않아 가지고 나를 곤경에 빠뜨린단 말이냐! 같이 가서 네

입으로 잘 말씀드리거라."

역관 관리에게 붙들린 곽경은 전전긍긍하며 역관으로 들어섰다. 조양사가 뜰 아래로 내려오며 큰 소리로 말했다.

"곽선생! 도대체 어찌된 영문이오?"

곽경은 비로소 고개를 들었다. 그가 조양사임을 알아본 곽경은 몹시 부끄러워하며 말했다.

"무엇부터 말씀드려야 할지 모르겠습니다."

조양사는 하인에게 두건과 의복을 가져오게 해 곽경이 갈아입도록 했다. 그리고 서로 예를 갖춘 다음 자리를 잡고 앉았다. 두 사람은 역관에서 내놓은 음식을 같이 들었다.

비로소 곽경이 입을 열었다.

"전에 장웅, 마준 두 통제와 함께 음마천을 치러 갔다가 첫 전투에서 패하고 밤에 다시 야습을 당하는 바람에 장졸들을 거의 잃어버리고 말았습니다. 겨우 목숨을 건졌지만 군기를 그르친 죄인 아닙니까? 군법에 회부될 것이 두려워 감히 동추밀을 만나러 가지 못했습니다.

동경으로 가서 임영소 선사께 몸을 의탁하려고 생각했지만 수중에 여비가 한푼도 없더군요. 길을 가던 도중에 염병에 걸려 한바탕 앓기까지 했지 뭡니까? 입에 풀칠이라도 하기 위해 비렁뱅이 노릇을 하게 된 겁니다. 천만 뜻밖에도 이렇게 나리를 뵙게 되니 천행이 아닐 수 없습니다."

조양사도 자신이 금나라에 사신으로 가서 맹약을 맺은 일과 조정으로부터 시어사를 제수받아 황제의 칙명으로 군무를 돕기 위해 북경에 가는 중이라는 이야기를 들려주었다.

곽경을 임지로 데려갈까 하는 생각도 해보았다. 하지만 그는 전투에서 패한 시운이 없는 사람인지라 자신의 앞길에 방해가 될 것이 염려되었다. 그래도 한동안 서로 어울리던 사이인데 이처럼 거지꼴이 된 것을 모른 척할 수는 없었다.

"이제 어디로 갈 생각이오?"

조양사의 말에 곽경이 대답했다.

"북경에 가면 동추밀이 반드시 죄를 물을 것이고, 그렇다고 임선사를 찾아뵐 면목도 없고. 글쎄요, 어째야 좋을지."

조양사는 한참을 생각하고 또 생각하더니 말했다.

"좋은 곳이 한 곳 있소. 편안히 지낼 수 있는 곳을 추천해 주겠소. 틀림없이 중요한 일을 맡게 될 것이오."

조양사는 하인을 불러 지필묵을 가져오게 했다. 그는 편지 한 통을 써서 곽경에게 건네주었다. 그리고 은자 삼십 냥과 침구 한 벌을 내주며 말했다.

"이 편지를 가지고 강남 건강부의 왕선위에게 가시오. 왕선위는 지금 조정에서 우대신을 맡고 있는 왕보 대감의 큰아들이오. 이름은 조은이라고 하는데 젊은 사람이 풍류를 좋아하는데다 세상일에 두루 관심이 많소. 지금은 건강建康을 지키는 소임을 맡고 있지요. 내가 편지에 자세히 적어두었으니 틀림없이 후대해 줄 것이오. 아무쪼록 성실하게 심사숙고해 행동하고 자만하거나 사단을 일으키는 일이 없어야 하오. 나는 칙명을 받은 몸이라서 더는 머물 수가 없소."

곽경은 감사해 마지않았다. 그는 황하로 나가 조양사를 송별하였다. 조양사는 황하를 건너 임지로 떠났다.

곽경은 이미 거지 상태로까지 떨어졌던 사람인지라 한 차례 배를 채우는 것으로는 만족하지 못했다. 갑자기 화려한 옷으로 갈아입고 은자 서른 냥까지 몸에 지니게 되자 하루아침에 높은 자리에라도 오른 듯이 거들먹거렸다. 그는 고개를 뻣뻣이 세우고 거만한 발걸음으로 역관으로 들어가 조양사가 앉았던 교의에 엉덩이를 걸치고 앉았다. 그리고 함부로 욕을 해대는 것이었다.
역관 관리가 밖에서 부리나케 달려 들어왔다. 관리는 곽경이 시어사의 옛 지인일 뿐만 아니라 시어사가 그에게 은자까지 준 것을 알고 있었다. 게다가 조양사가 떠난 지 시간이 얼마 흐르지도 않았다. 역관 관리는 어쩔 수 없이 안색을 바꾸고 무릎을 꿇으며 정중히 사죄했다.
"나리께서 시어사의 절친한 친구인지 몰라봤으니 눈을 뜨고도 태산을 보지 못한 것과 같습니다. 큰 죄를 지었습니다."
곽경은 교의에 비스듬히 앉아서 역관 관리는 거들떠보지도 않은 채 거만하게 말했다.
"일어나거라! 나는 지금 네게 따지는 게 아니다. 아까 그 나리는 내 친구가 아니라 제자다. 이전에 내가 큰 도움을 준 덕분에 하루아침에 부귀를 누릴 수 있게 되었다. 내가 일부러 그의 마음을 떠보려고 거지 행색을 했던 것이다. 그가 나를 존경하지 않을 수는 없는 일이지. 지금 바로 건강부에 가려고 하는데 내게 어떻게 해

줄 요량이냐?"

역관 관리가 대답했다.

"이곳엔 인부로 쓸 놈들이 수두룩합니다. 몇 명이나 필요하신지요?"

곽경에게는 방금 하늘에서 뚝 떨어진 짐꾸러미 하나뿐이었다. 그것을 운반할 사람이면 되었지 그밖의 사람은 필요없었다. 그는 수염을 쓰다듬으며 웃는 얼굴로 말했다.

"너를 아주 귀찮게 하고 싶지는 않다. 한 명이면 된다."

역관 관리는 죄수 한 명을 불러 말했다.

"이 나리는 방금 다녀가신 시어사님의 스승이시다. 가는 길에 조심해서 잘 모시면 나리께서 상을 주실 것이다."

죄수가 짐을 짊어지자 곽경은 자리에서 일어났다. 그들은 산동 길을 따라 건강으로 떠났다.

두 사람은 며칠을 아무 일 없이 걸었다. 그런 어느 날이었다. 날이 이미 저물었는데 숙소를 찾을 수가 없었다. 마침 길가에 큰 저택이 눈에 띄었다. 하룻밤 숙박을 청하기 위해 대문을 두드렸다. 구레나룻이 덥수룩한 노인장이 밖으로 나와 물었다.

"무슨 일이시오?"

노인은 얼굴에 근심스러운 빛을 띠고 있었다. 곽경이 말했다.

"이 사람은 성상폐하께서 스승으로 모시는 임진인 문하에서 동소궁의 법관을 맡고 있소이다. 지금 강남 왕선위의 초청을 받아 가는 길이외다. 왕선위는 우대신 왕보의 아들이지요. 숙소를 놓쳐서 그러니 이곳에서 하룻밤 유숙한 뒤 내일 아침 일찍 떠나겠소이다. 숙박비는 드리겠소."

집안에 우환이 있는 까닭에 노인은 마음 같아서는 거절하고 싶었다. 하지만 입에 올리는 이름마다 대단한 사람들인지라 공손히 손님을 맞이할 수밖에 없었다. 노인은 곽경을 초당으로 안내하고 나서 말했다.

"선장께서 이곳까지 찾아주신 것은 영광이지만 밤이 늦어서 대접할 것이 없습니다."

"이곳 지명이 어떻게 되는지요? 그리고 주인장의 함자는 어떻게 되시오?"

곽경의 물음에 노인이 대답했다.

"이곳은 임청주 관하의 풍락보라는 곳입니다. 저는 전錢가인데 조상 때부터 대대로 이곳에 살고 있지요. 나이는 올해 예순입니다. 아들은 없고 딸만 하나 있습니다.

딸이 올해 열여덟 살인데 다행히도 그다지 아둔하지 않아 여자들이 해야 하는 일은 모두 배워 몸에 지녔지요. 마땅한 사윗감이 없어 아직 시집을 가지 못했는데 뜻밖에도 요즘 괴상한 병에 걸려 여간 걱정이 아닙니다. 하루종일 밥도 물도 먹지 않고 정신없이 자다가 밤에 일어나 화장을 하고 나서는 방안에서 누구와 얘기를 나누는 것입니다. 하도 괴상스러워 우리 부부가 자세히 살펴보았지만 사람의 그림자도 찾을 수가 없었습니다. 이렇게 벌써 석 달이 지났습니다. 사람인지 귀신인지 종잡을 수가 없고 쫓아낼 방법도 모르겠습니다."

"요귀한테 걸린 게로군. 어찌해서 법사를 불러다 보이지 않았소?"

"그렇잖아도 이곳 자미관의 섭법사라는 분이 주술에 뛰어나다고 해서 불러다가 요귀를 퇴치하려고 했지요. 그런데 요귀를 퇴치하기는커녕 도리어 그 사람이 허리를 다쳐가지고 지금까지 자리에서 일어나지 못하고 있습니다."

"필경 그 법사가 법술을 제대로 배운 사람이 아니라서 일이 틀어진 것이오. 만약 오뢰정법을 썼더라면 아무리 사악한 요귀라 하더라도 천장天將이 내려와서 쫓아냈을 것인데…."

"조금 전에 선장께서 임진인의 문하에 계시다고 했으니 도법이 높으실 줄 압니다. 부디 높으신 도법을 발휘해 주시기를 간절히 애원합니다. 저희 집안에 평안을 가져다주신다면 후히 사례하겠습니다."

"귀신을 쫓는 일은 의당 우리들의 몫이오. 사례 같은 것은 필요없소이다."

노인은 크게 기뻐하며 곽경에게 엎드려 절했다.

"그런데 외람된 말씀입니다만 복물은 무엇으로 할까요?"

곽경은 노인네의 딸이 어떻게 생겼을지 몹시 궁금하였다. 그래서 데려오라고 해서 얼굴을 한번 봐야겠다고 생각했다.

"향촉과 복물은 물론 없어서는 안되지요. 그건 그렇고 따님을 직접 봐야겠소. 어떤 요괴가 들었는지 알아야 퇴치할 수가 있소이다."

"그러면 복물을 준비한 다음 바로 가서 딸을 데려오겠습니다. 잠시만 기다려주십시오."

방을 나간 지 얼마 지나지 않아 노인 부부는 딸을 데리고 왔다. 곽경은 처녀의 머리끝부터 발끝까지 자태를 살폈다.

분같이 하얀 얼굴, 복숭아꽃 두 뺨은 봄의 생기를 머금고 버들가지마냥 고운 두 눈썹은 초승달이나 진배없구나! 비취빛 쪽진 머리며 연기처럼 살랑대는 자태에서 이는 건 꽃내음 물씬한 향기로운 바람! 몸매는 푸른 이끼 위에 옅은 신발 자국 겨우 남길 듯이 가녀린데 치마끈 감아쥔 손가락 옥같이 아름다워라!

하지만 이를 어쩌면 좋을까? 멀찍이서 바라보노라니 비가 내리는 듯 구름이 흘러가는 듯 몽롱한 것이 요괴에 씌인 것이 분명하다. 가까이 들여다보매 꽃도 아니요 안개도 아니로구나! 뭐라고 묘사해야 할까? 완연한 신녀神女로세!

곽경은 넋이 나간 채 한동안 말문을 떼지 못하다가 겨우 정신을 차리고 입을 열었다.

"자세히 기색을 살펴보니 이는 구미호의 장난이 분명하오. 빨리 조치를 취하지 않으면 따님은 골수가 마르고 정신이 혼미해져 죽고 말 것이오. 따님을 자리에 앉혀 주시지요. 지금 바로 천장을 불러오겠소. 그러면 그깟 여우는 순식간에 본색을 드러낼 것이오."

노인 부부는 곽경에게 연신 사의를 표했다. 곽경은 커다란 눈동자를 굴리며 앞에 앉은 처녀의 얼굴을 들여다보았다. 처녀가 부끄러운 듯 고개를 숙이자 처녀의 하얀 목덜미가 드러났다. 그 집 하인이 들어와 세 가지 복물을 진설하고 등촉을 휘황하게 밝혔다.

곽경은 전후좌우로 손을 내젓더니 주문을 외우기 시작하였다. 영패를 가지고 있지 않았기 때문에 벽돌을 집어 탁자 위를 세 번

쳤다. 갑자기 한바탕 바람이 일더니 등촉의 불이 꺼져버렸다. 곽경은 손에 들고 있던 벽돌로 자신의 이마를 마구 짓찧기 시작하였다. 순식간에 살갗이 터져 피가 낭자하게 흘렀다. 곽경은 입에 거품을 물며 기절하고 말았다.

노인은 당황해하며 곽경을 안아 일으키려고 하였다. 그러자 곽경이 스스로 일어나 앉으며 노인을 냅다 걷어차고는 호통을 쳤다.
"이놈의 영감탱이야, 도무지 세상물정을 모르는구나! 나는 북유왕北幽王의 태자로 당신 딸과는 하늘이 정해 준 인연이기에 혼인하러 왔던 것이다. 그런데 어디서 이런 돼먹지 못한 놈을 데려다가 내 아내에게 가증스러운 짓을 벌이는 게냐! 잠시 이놈의 목숨은 살려두겠다. 하지만 아내는 내가 사는 궁으로 데려가야겠다."

곽경은 말을 마치고 땅바닥에 쓰러졌다. 노인은 자리에서 일어났다. 그런데 딸이 보이지 않았다. 노인 부부는 대성통곡하며 후회하였다.

"아이고, 근본도 모르는 뜨내기의 말에 속아 일을 망쳤구나! 않더라도 딸내미가 집에 있으면 좋을 것을! 괜히 형편없는 도사한테 보였다가 딸이 어디로 갔는지조차 모르게 되었구나! 이제 무슨 낙으로 살아간단 말인가!"

두 사람의 눈에서는 눈물이 그칠 줄을 몰랐다. 울다가 보니 곽경은 혼수상태에서 깨어나지 못한 채 빳빳이 굳은 몸으로 바닥에 누워 있었다. 송장을 치우게 될까봐 겁이 난 노인은 하인을 불러 생강탕을 끓여 오게 하였다. 그리고 곽경의 입에 생강탕을 흘려 넣었다.

곽경은 이른 새벽녘 오경이 되어서야 겨우 깨어났는데 얼굴은 온통 피투성이였다. 자리에서 일어난 곽경은 너무나 부끄러워 날이 밝기를 기다릴 수 없었다. 그는 죄수를 불러 짐을 챙기게 한 뒤 문을 나섰다. 대문 밖으로 나온 곽경은 냇가로 가서 얼굴에 묻은 핏자국을 씻어냈다. 이마에 검게 부은 멍이 쑤셔서 견딜 수가 없었다.

"가만히 계셨으면 좋았을 것을 나리께서 공연히 참견하시는 바람에 하룻밤을 꼬박 굶고 말았습니다."

죄수의 말에 머쓱해진 곽경이 대답했다.

"평소에 나의 법술은 보통 신묘한 게 아닌데 이번에 아주 독한 놈한테 걸려 어쩔 도리가 없었다. 그런데 그처럼 꽃 같은 여자가 괴물한테 납치되었으니 참으로 애석한 일이로다."

죄수가 웃으며 말했다.

"아직도 그런 말을 하십니까? 그 북유왕의 태자가 자신의 부인한테 손대는 것을 보고 나리 스스로 자신을 구타하게 했는데도요."

"내가 나를 때렸다니 전혀 기억이 나지를 않는데. 사람을 괴롭혀 죽일 속셈이었던 게지! 그나저나 배가 고프니까 빨리 어디 가서 요기를 좀 해야겠다."

이렇게 말을 받은 곽경은 이어서 말했다.

"그런데 내가 네 이름을 물어보지 못했구나. 이름은 무엇이고 어디 사람인 게냐? 무슨 죄를 지었기에 역참에 소속되어 있는 거고?"

"저는 왕오구라고 합니다. 조상 대대로 진주陳州 땅에 살았는데 아버지께서 하북 지방으로 가서 장사를 하셨죠. 장사 밑천이 다 떨어진데다 아버지께서 돌아가시는 바람에 그 일대를 전전하게 되었습니다. 생각이 짧았던 탓에 그만 사람들의 꾐에 빠져 소매치기에 발을 들여놓게 되었습니다. 그러다가 붙잡혀 역참에서 귀양살이를 하게 되었죠. 이제 형기가 거의 끝나갑니다. 소인이 성실하게 일하는 것을 역관 관리가 알아보고 이번에 나리를 모시게 한 것입니다."

"이곳까지 오는 동안 수고했다. 너를 잘 챙겨주고 싶으니 앞으로도 내게 성심을 다하거라. 왕선위 부중에 도착하면 좋은 일이 있을 것이다."

"나리께서 저를 챙겨주신다면 소인에게는 큰 행운이지요."

두 사람은 길에서 사오 일을 더 보냈다. 이윽고 천장현 경계에 이르렀다. 강을 건너면 바로 건강부였다. 날이 저물어 숙소를 찾아야 했다. 하지만 삼사십 채에 지나지 않는 작은 마을이라서 대부분 농가뿐이었다. 다행히 숙박할 수 있는 곳이 한 곳 눈에 띄었다. 곽경이 가게 안으로 들어가 큰 소리로 주인을 찾았다.

"이보시오, 주인장! 술하고 고기 좀 내오시오!"

한참을 지난 다음에야 머리에 수건을 두른 노인이 벽을 짚으며 나왔다.

"여기는 싸구려 숙소라서 고기는 팔지 않소이다. 술은 한 되 남짓 남은 게 있소. 밥을 먹고 싶거든 쌀을 내어줄 테니 직접 지어 먹어야 하오. 나는 지금 학질에 걸려 몸을 움직이기조차 어렵소. 아들 녀석이 있긴 하지만 지금은 집에 없어서요."

노인은 술 한 되와 쌀 두 되, 그리고 데친 나물 한 접시를 탁자 위에 놓으며 다시 말했다.

"나는 오한이 나서 견디기 어려우니 들어가 자리에 누워야겠소이다."

곽경이 노인에게 말했다.

"내 제법 상차림을 갖추어 먹던 사람인데 어찌 나물 한 접시로 식사를 한단 말이오?"

노인이 대답했다.

"그래 봐야 아무 소용이 없어요. 먼저 와서 안에 든 손님도 나물만 가지고 식사를 하고 있다오."

몇 마디 말을 덧붙인 노인은 숨을 헐떡이며 안으로 들어갔다. 왕오구가 말했다.

"나리, 제가 밥을 짓겠습니다. 반찬은 제게 생각이 있으니 걱정 마십시오."

곽경은 한참을 앉아 기다렸다. 왕오구는 등불을 켜더니 큰 접시에 살진 닭 한 마리를 들고 들어왔다. 그리고 술병을 들어 술을 따랐다.

"아니, 웬 닭이냐?"

곽경이 묻자 왕오구는 손으로 입을 가리며 웃었다.

"나리께서 어찌 맨밥을 드시겠습니까? 소인이 나리를 모시려고 장만했습니다."

"여기는 지켜보는 사람이 없으니 너도 같이 먹자꾸나."

왕오구가 밥을 퍼 그릇에 담았다. 두 사람은 고개를 숙인 채 맛

있게 먹기 시작하였다. 그런데 별안간 두 사내가 문을 밀치고 들어오더니 방안을 둘러보며 소리질렀다.

"잘하는 짓이로군! 이곳 손님인 모양인데 어째서 우리 닭을 훔쳐 먹는 것이냐?"

"왜 억지를 부리고 그러시오. 이곳에 오는 길에 사가지고 온 것인데 누가 당신 닭을 훔쳤다는 것이오?"

왕오구가 대꾸하자 일행 중 한 사람이 말했다.

"훔쳐간 닭이 지금 눈앞에 있는데도 억지를 부리는 게냐? 우리 집 울타리 밖에서 네놈이 얼씬거린 다음에 닭이 없어졌단 말이다. 그런데도 잡아떼려 드느냐?"

같이 온 다른 사람이 말했다.

"더 말할 게 뭐 있어? 이마에 낙인을 새긴 걸 보니 도둑놈이 분명한데. 잡아두었다가 내일 아침에 관청으로 데려가자고."

"방자하게 굴지 말라! 나는 황제 폐하께서 스승으로 모시는 임진인의 문하에 있는 사람이다. 너희가 함부로 건드릴 수 있는 사람이 아니란 말이다."

곽경의 말을 사내 하나가 곧바로 받아쳤다.

"임진인이고 뭐고 그래서 어떻다는 거냐? 황제가 남의 닭을 훔쳐 먹어도 된다고 하더냐?"

사내는 금세 왕오구의 멱살을 비틀어 꼼짝 못하게 만들었다. 그때 안쪽 방에 들었던 손님이 밖으로 나와 화해를 주선했다.

"소란 피울 거 뭐 있소? 이 손님은 닭을 사먹으려고 하다가 아무도 안 보이기에 먼저 닭을 잡은 것이오. 아직 닭값을 받지 못했을 뿐이니 빨리 손을 놓으시오. 옜소! 이 은자를 가지고 돌아가시오."

닭 임자가 말했다.

"내가 닭을 팔려고 키운 줄 아시오? 새벽 시간에 홰치는 소리를 듣기 위해서였단 말이오. 게다가 훔친 것이 분명하니 반드시 처벌 받아야 하오."

"그만두세! 이쪽 손님께서 중재를 하니 받아들이자고."

다른 일행이 말리는 바람에 두 사람은 은자를 챙겨 돌아갔다.

"손님께서 분쟁을 해결해 주셨소이다. 성함이 어떻게 되시는지요?"

곽경이 감사의 인사를 전하자 손님이 대답했다.

"윤문화라고 합니다. 건강부로 친구를 찾아가는 길입니다."

그 손님은 자태가 단정하고 온화한데다 나이도 젊어 보였다. 곽경이 말을 받았다.

"나도 건강에 가는 길이니 내일 함께 동행하면 되겠군. 숨길 까닭이 없으니 하는 말이지만 나는 곽경이라 하오. 동소궁의 법관인데 왕소재의 아들 왕선위가 초빙한 까닭에 찾아가는 중이오. 이 닭고기는 제 시중을 드는 이 녀석이 아무 말도 않고 가져온 것이라서 손님께서 중재해 주지 않았더라면 곤욕을 치러야 했을 것이오. 관아에라도 가게 되었으면 이삼일은 더 허비했겠지요. 그나저나 촌놈들을 교묘하게 잘 다루셨소이다."

윤문화가 말했다.

"대인은 소인과 잘못을 다투지 않는다지 않습니까? 내일 길을 서둘러야 하니 이제 주무시지요."

"은자는 내일 아침에 드리겠소이다."

곽경의 말에 윤문화가 대답했다.

"그깟 몇 푼 안되는 것을 가지고 마음 쓰지 않으셔도 됩니다."

윤문화는 자기 방으로 돌아가 쉬었다. 곽경과 왕오구는 아직 음식을 다 먹지 못한 상태였다. 그들은 닭뼈를 뜯고 국물에 밥을 말아 먹었다. 그런 다음 잠자리에 들었다.

다음날 아침 일찍 방값을 계산한 그들은 같이 길을 나섰다. 길을 가며 웃고 떠드노라니 죽이 아주 잘 맞았다. 그날 저녁 곽경은 왕오구에게 술과 안주를 준비하라고 일렀다. 그런 다음 윤문화를 청했다.

그들은 양자강을 건너 지금의 남경인 건강부에 도착하였다. 건강은 육조시대 때의 도읍지였던 만큼 지세가 아주 견고하였다. 또한 산천이 수려하고 뛰어난 인물이 많을 뿐 아니라 시가지가 몹시 번화하였다.

곽경은 신락관이라는 도관을 찾아갔다. 그는 용호산 천사부에서 각처의 도관과 도사들을 사찰하러 나온 사람이라고 속여 그날 밤 신락관 도관들에게서 성대한 대접을 받았다. 그곳에서 밤을 보낸 곽경은 다음날 아침 의복과 모자 일습을 사서 왕오구를 자신의 하인처럼 꾸몄다. 그리고 조양사가 써준 서찰을 가지고 왕선위 부중으로 갔다. 윤문화는 자신의 친구를 방문해야 했기에 따로 길을 나섰다.

곽경이 서찰을 전하고 잠시 기다리자 안으로 들어오라는 기별이 왔다. 왕선위는 계단을 내려와 곽경을 맞이했다. 안으로 들어

간 두 사람은 다시 정중히 인사를 나누고 자리에 좌정하였다. 왕선위가 말했다.

"높으신 이름을 들은 지 오래이건만 만나 뵐 기회가 없었습니다. 오늘 이렇게 왕림해 주시니 얼마나 기쁜지 모르겠습니다."

곽경은 허리를 굽혀 절하며 대답하였다.

"명문가문의 영재로서 신선의 골상을 지니셨군요. 직접 뵙게 되어 평생의 영광입니다."

두 사람은 한담을 나누는데도 호흡이 척척 맞았다. 왕조은은 젖냄새 나는 부잣집 도련님이고 곽경은 아첨 잘하는 소인배로 기회를 엿보아 영합하는 재주가 있었다. 때문에 두 사람은 첫눈에 막역한 사이가 되었다. 같이 점심을 들고 나서 왕선위는 군졸을 불러 말했다.

"곽선사님을 따라 신락관에 가서 선사님의 짐을 챙겨오너라. 짐을 후원으로 옮겨 그곳에 머무르실 수 있도록 해드려라. 선사님께 아침저녁으로 가르침을 청해야겠다."

곽경은 왕선위에게 감사의 말을 전하고 짐을 챙기러 갔다. 신락관에 도착하니 윤문화가 이미 돌아와 있었다. 그의 모습이 몹시 어두웠다. 곽경이 물었다.

"친구분은 찾으셨소? 나는 왕선위의 후의를 받아들여 부중 후원에 머물기로 했소. 그래서 형씨와 작별인사할 요량으로 이렇게 돌아온 것이오."

윤문화가 대답했다.

"친구를 아직 찾지 못했습니다. 그동안 함께 길동무를 해왔는데 헤어지려니 많이 아쉽군요."

윤문화의 말을 듣고 곽경은 속으로 생각했다.

'이 사람은 영리하고 온유해서 제자로 삼으면 쓸모가 있을 거야. 의논 상대로도 제격이고.'

그래서 윤문화에게 말했다.

"왕선위는 기개가 있는 명문가 자제로 빈객을 극진히 예우한다오. 형씨와 길에서 만나 서로 의지하였는데 막상 헤어지려니 섭섭하군요. 친구분을 아직 찾지 못했으니 객지에서 혼자 지내려면 여간 쓸쓸하지 않을 거요. 나와 함께 며칠 왕선위 부중에서 지내면서 천천히 친구를 찾아보는 게 어떻겠소? 다만 그렇게 하려면 내 제자인 양 행세하는 게 좋겠소. 어떻게 생각하시오?"

윤문화는 바로 대답을 하지 못했다. 바로 이런 상황이었던 것이다.

선인과 악인은 한 그릇 속에 있어도 끝내 하나가 될 수 없고
옥석玉石의 형상이 다름은 누구라도 처음부터 알 수 있다네

제8회
정절을 지키던 두 과부의 수난

곽경은 윤문화를 제자 삼아 왕선위 부중에 데려가려고 했다. 그런데 윤문화는 누구일까? 다름아닌 악화였다. 성을 고쳤지만 이름의 끝자는 그대로 두었다.

그는 자신의 매형인 손립이 등주에서 사건을 일으켰다는 소식을 전해 듣고 자신에게 불똥이 떨어질 것을 염려하였다. 그는 아내와 자식이 세상을 떠난 지 오래 되어 발목을 잡힐 게 없는 몸이었다. 그래서 어느 날 기회를 엿보아 몰래 왕부마 공관을 빠져나왔다. 그는 등운산에 호걸들이 모여든 일이며 두흥이 자신에게 편지를 전하려다 유배형에 처해진 일들을 전혀 몰랐다.

동경을 떠나며 어디로 가서 몸을 의탁할지 생각해 보았다. 그는 용의주도한 사람이었다. 만약 등주로 가서 매형을 찾는다면 소용돌이 속으로 휘말려 들어갈 공산이 컸다. 길 위에서 이모저모 궁리하다가 왕부마 부중에서 자신과 같은 보좌역을 맡고 있던 성이 유씨라는 사람이 생각났다. 그는 강남 건강 사람으로 자신과 교분이 두터웠다. 유씨는 반년쯤 전에 고향으로 돌아갔다. 그래서 특별히 그를 찾아오게 되었던 것이다.

건강 땅이 이렇게 넓을 줄 누가 알았으랴! 게다가 유씨는 세간에 이름이 알려질 정도로 유명한 사람이 아니었다. 그의 집이 성내인지 성밖인지조차 평소에 유념해 두지 않았다. 그런 탓에 모래사장에서 바늘을 찾듯 어디서 그를 찾아야 할지 막막했다. 우울한 마음으로 돌아왔는데 곽경이 왕선위 부중으로 함께 가자고 했다. 그는 속으로 은근히 따져보았다.

'나는 이미 사건에 연루된 몸으로 갈 곳도 편안히 지낼 곳도 없다. 왕선위 부중의 깊은 내원에 머문다면 성도 바꿨겠다 오히려 은신하기 쉬울 것이다.'

한편 이런 생각도 들었다.

'곽경은 비위를 맞추려고 아첨이나 일삼는 소인배다. 왕선위 역시 간신배 놈들의 일당이니까 그들에게 본색을 드러내서는 안된다. 당분간의 방편으로 그곳에 머물다가 다른 방안을 생각해 보자.'

이는 마치 '같은 편이 아닌 것을 알면서도 일이 급하니 우선 함께한다'는 이치를 연상시킨다.

악화는 마침내 곽경에게 말했다.

"제게 과분한 말씀을 해주시니 큰 광영입니다. 다만 재주가 부족해 가르침을 감당할 수 있을지 걱정입니다. 제자로 받아주신다면 큰 은혜로 생각하겠습니다."

곽경은 크게 기뻐하였다. 그는 왕오구를 불러 자기의 행낭과 윤문화의 행낭을 군졸과 둘이서 나누어 지게 하였다. 그리고 악화와 함께 왕선위 부중으로 향했다. 왕선위를 보고 곽경은 이렇게 말했다.

"이 사람은 제 문하에 있는 윤문화라고 합니다. 여러 해 동안 지켜보았는데 천성이 총명하고 기예에 두루 밝습니다. 소개시켜드리고 싶어 데려왔습니다."

악화는 왕선위에게 인사를 올렸다. 왕선위는 악화도 후원에 머물게 하고 곽경과 악화를 극진히 대접하였다. 곽경은 한가로이 법술을 보여준다거나 몸짓 또는 농담으로 좌중을 웃기며 시간을 보냈다. 악화 역시 어릿광대의 재주가 있는 사람이라서 사람의 기분을 잘 맞출 줄 알고 노래와 악기 연주 무엇 하나 남에게 뒤지지 않았다. 왕선위는 몹시 기뻐하며 잠시도 두 사람의 곁에서 떨어지지 않았다. 왕오구마저 기쁨에 넘쳐서 두 사람을 섬기기에 바빴다.

악화는 부득이한 용무가 있을 때를 빼고는 일체 바깥출입을 하지 않고 모든 일을 겸손하고 신중히 처신하였다. 지위고하를 막론하고 그에게 호감을 갖지 않는 사람이 없었다. 곽경은 이전의 나쁜 버릇이 도져 점차 부중의 일에 관여하고 위세를 빌미로 뇌물을 챙기곤 하였다.

이것저것 말하기로 하면 길어지지만 잘라 버리면 이야기는 간단해진다. 어느덧 봄이 돌아와 청명절을 맞이하였다. 왕선위는 연자기로 소풍을 가기로 하였다. 사령들이 호위하는 행차 속에는 큰 술항아리가 실렸다. 왕선위는 곽경, 악화와 함께 금 안장을 얹은 준마에 올라타고 관음문을 나섰다.

이윽고 연자기에 이르렀다. 연자기는 건강 제일의 명승지였다. 봄이 되면 수양버들이 푸르름을 자랑하고 각양각색의 꽃들이 저마다 아름다움을 뽐낸다. 남녀 가리지 않고 사람들이 몰려들어 시끌벅적한 가운데 노랫소리가 끊이지 않는다.

연자기는 멀리서 바라보면 마치 한 마리 제비가 강물을 향해 달려드는 형상을 하고 있다. 상춘객이 끊이지 않는 절경이라서 이곳의 경치를 노래한 시가 아주 많다.

여인네 눈썹먹처럼 짙은 영롱한 바위산 하늘을 감돌고
고운 이끼 자국은 길가에 널린 비취 비녀로세
만리장강 내려다보니 멀리 띠처럼 에도는데
천 길 높은 산봉우리 병풍처럼 둘러쳐 있고
멀리 보이는 용궁 궁궐은 신기루처럼 아득하네
향기로운 수레며 보배로운 말을 타고
왕래하는 남녀들 하나같이 신선 같으니
술집이며 찻집이며 진수성찬 늘어놓고 부귀를 자랑하네

왕선위는 주변을 둘러본 다음 평탄한 풀밭에 비단 휘장을 치고 돗자리를 깔게 하였다. 그리고 곽경, 악화와 함께 자리를 잡고 앉았다. 여기저기 경치 좋은 곳에 모여 앉은 지체 높은 귀인들이며 부잣집 아리따운 여인네들이 저마다 자연을 감상하거나 술을 마시며 즐기고 있었다.

왕선위는 시종들을 시켜 옥그릇에 산해진미를 차리게 했다. 그리고 금잔에 술을 따라 마음을 열고 한껏 통음하였다. 곽경은 이야기로 분위기를 돋우고 악화는 통소를 불었다. 유장한 낮은 음에서 양양한 높은 음으로 음조를 넘나드는 청아한 소리에 헤엄치던 물고기들이 귀를 쫑긋하고 날아가던 새는 방향을 돌렸다. 왕선위는 악화의 연주 솜씨를 크게 칭찬하였다.

그때 반쯤 얼근히 취한 곽경이 별안간 머리를 일으켜 세웠다. 그는 손가락으로 가리키며 왕선위에게 말했다.

"선녀가 하강했네요!"

왕선위와 악화는 곽경이 가리키는 곳을 바라보았다. 두 명의 아리따운 여인이 보였다. 열대여섯 살쯤 되어 보이는 소년이 앞장서고 그들 뒤에는 시녀가 따르고 있었다. 두 여인은 일행과 함께 느린 걸음으로 걸어왔다.

그들은 행동거지가 단정한데다 한가롭고 아취가 넘쳤다. 나이는 서른이 조금 넘어 보였다. 그런데도 아직 아리따운 젊음을 유지하고 있었다. 살짝 그 모습을 그려보자면 마치 두 줄기의 봄 산이 여전히 연초록을 띠고 있는 듯했다. 흰 소복을 입고 있건만 짙은 향기가 느껴졌다. 그렇다고 난향도 사향도 아니었다. 머리에 꽂고 있는 장신구는 소박한 것인데도 이채로운 보물을 연상시켰다. 하지만 결코 옥이나 금이 아니었다.

풍만한 몸매에 가는 골격을 지닌 것이 마치 한나라 미녀 합덕合德이 향기로운 기름에 몸을 씻은 듯하고, 웃는 듯 아닌 듯 살포시 찌푸린 얼굴은 월나라 미인 서시가 봄 술에 취한 듯했다. 여인은 느린 걸음의 파리한 모습으로 봉두 머리의 아들 뒤를 따랐다. 그리고 하늘거리는 허리를 댕기머리 어린 시녀에게 기대고 있었다.

아름다운 미남자 위개衛玠는 그의 미모를 보기 위해 구경꾼들이 밀어닥치는 바람에 죽임을 당하고, 맑고 고아한 봉천奉倩의 발걸음이 닿는 도처에서는 향기가 넘쳐났다지. 서왕모는 옥녀를 거느리고 속세로 내려왔으며 줄기에 반점이 있는 대나무 전설의 주인공 상비湘妃는 금동을 거느렸나니.

왕선위는 젊은 호색한이라서 군침을 흘리지 않을 수 없었다. 곽경은 그보다 한층 더 침을 흘리며 왕오구에게 말했다.

"얼른 가서 어느 집 여자들인지 알아보고 오너라."

악화가 정색을 하며 말렸다.

"언뜻 보아도 단정하고 정숙한 모양이 양가집 규수들 같습니다. 함부로 행동했다가 체면에 손상이 갈까 걱정됩니다."

왕선위는 악화의 말에 따랐다. 하지만 곽경은 생각을 고쳐먹기는커녕 악화 때문에 흥이 깨지고 말았다. 도무지 흥취가 나지 않아 그는 술도 마시지 않고 자리에서 일어나 주변을 서성거렸다. 서성이며 보자니 그 두 여인은 선착장으로 걸어가 배에 올라탔다.

곽경은 다시금 뚫어져라 그들을 바라보았다. 돌연 곽경의 입가에 미소가 번졌다. 그 배의 뱃사공은 이전부터 부중에 짐을 실어 나르던 사람이라서 곽경도 얼굴이 익었던 것이다.

곽경은 다시 자리로 돌아와 앉았다. 그는 왕선위와 내기놀음을 즐기며 마음껏 취했다. 날이 저무는 것을 보고 왕선위는 시종들에게 자리를 수습하게 하였다. 그 길로 그들은 부중으로 돌아왔다.

술에 취한 곽경은 말 위에서 이리 비틀 저리 비틀거리다가 후원에 도착하자마자 쓰러져 잠이 들었다. 새벽녘에 잠에서 깬 곽경은 속으로 곰곰이 생각하였다.

'저 윤문화란 놈 말이야, 화가 나서 참을 수가 없군. 내가 호의를 베풀어 이곳에 와 있는 주제에 내 흥을 깨버리다니! 게다가 왕선위 면전에서 그런 사단을 벌이고 말이야! 이젠 놈을 쫓아 버려야겠는걸.'

그의 머릿속에 어제 본 여자들이 떠올랐다.

'그 두 여인은 틀림없는 선녀야. 어쩌면 그리 사랑스러울 수 있을까! 손에 넣을 수만 있다면 평생 바랄 게 없을 텐데!'

이런저런 생각을 하는 중에 날이 밝았다. 곽경은 왕오구를 불러 어제 낯을 익혀 두었던 뱃사공을 찾아가 그 여인들이 누구인지 알아오라고 조용히 일렀다. 얼마 지나지 않아 왕오구가 돌아와 보고하였다.

"뱃사공에게 물었더니 그들은 화씨 성을 가진 관리 집안사람들로 우화대에 살고 있답니다. 자기 배는 수서문 일대가 근거지라서 그 밖의 자세한 사항은 모른답니다."

아침밥을 먹고 나서 곽경은 왕오구와 함께 길을 나섰다. 윤문화에게는 알리지 않았다. 스스로 찾아보겠다고 우화대로 향한 것이다.

취보문을 나와 주작교를 건넜다. 이어지는 길 주변의 산이며 강이 그림같이 아름다웠다. 채 이삼십 리도 가지 않았는데 어제 그 소년의 모습이 멀리 보였다. 자기 또래의 하인과 함께 소년은 복숭아밭 사이로 달려 나왔다. 몸에 꼭 끼는 자수 저고리를 입은 소년의 손에는 활이 들려 있었다.

'필시 하늘이 연을 맺어주려는 게로구나!'

이렇게 생각한 곽경은 소년에게 다가가 말을 걸었다.

"화도령 아니오? 어제 연자기에 놀러 왔던데 어째서 그리 일찍 배를 타고 돌아간 것이오?"

소년이 대답했다.

"놀러 갔던 게 아닙니다. 어머님하고 고모님을 따라 아버님 산소에 성묘하고 돌아오는 길에 우연히 연자기를 지났던 것입니다."

"집이 어디요? 한 번 찾아갈까 하는데."

곽경의 말에 소년이 대답했다.

"여기서 십 리도 되지 않습니다만 일면식도 없는데 어찌 찾아오신다는 것입니까?"

곽경이 얼굴에 철판을 깐 채 엉겨붙는 찰나에 한 사람이 말을 끌고 와 소년에게 말했다.

"도련님, 마님께서 얼른 돌아오시랍니다."

소년은 곧바로 말에 올라 채찍을 휘두르며 달려갔다. 날렵하고 멋진 모습으로 말을 타고 달려가는 소년을 쳐다보며 곽경은 생각했다.

'제 아버지 묘에 갔다 왔다는 거지. 그렇다면 그 중년의 미인이 소년의 어머니인 게로군. 다른 한 사람은 고모이고. 고모는 남편이 있는지 없는지 모르겠군.'

마저 물어보지 못한 것이 마음에 걸렸다. 마침 대나무숲 사이로 암자 하나가 곽경의 눈에 들어왔다. 차 한 잔 마시며 갈증이라도 풀 생각으로 암자로 향했다. 문 앞에 당도하니 혜업암이라는 현판이 걸려 있었다. 안쪽 불당에는 관세음보살을 모시고 있는데 매우 청정장엄하였다. 인기척이 나자 안에서 나이든 비구니가 나오며 말했다.

"앉으시지요. 차라도 한 잔 올리겠습니다."

곽경이 자리에 앉자 심부름하는 여자아이가 작설차 한 잔을 내왔다. 곽경은 단숨에 차를 들이마시며 비구니에게 물었다.

"스님께서는 법호가 어떻게 되십니까? 이 근방에 화씨 성을 가진 대갓집이 있을 텐데 아시는지요?"

"소승은 '소심'이라 합니다. 화씨 댁은 원래 이곳의 유력 집안이었지만 지금은 몰락하고 말았지요. 화씨 부인께서는 우리 절의 시주로 오래도록 불사를 보살펴주었답니다."

노승의 말에 곽경이 거듭 물었다.

"어떤 벼슬을 했던가요?"

노승은 낮은 목소리로 대답했다.

"양산박 사람으로 조정의 초안을 받아 벼슬을 살았지요. 아들이 한 명 있는데 올해 열여섯 살입니다. 총명하기가 이를 데 없습니다. 소년에게는 또 고모가 하나 있지요. 남편 성은 진씨이고 지금은 과부가 되었답니다. 그런데 손님께서는 어떤 연유로 그 댁 일을 물으시는지요?"

"그저 우연히 들은 게 있어 물어보는 것입니다."

곽경은 잠시 더 자리에 앉아 있다가 찻값을 치르고 절 밖으로 나왔다. 이제 모든 것을 명백히 알 수 있었다. 화영의 가족이 분명했다. 그는 속으로 계산을 튕기기에 바빴다.

부중으로 돌아온 곽경은 싱글벙글 웃으며 왕선위에게 말했다.

"어제 연자기에서 만난 두 여인 말인데요. 그들을 손에 넣는 일은 식은 죽 먹기일 것 같습니다. 제가 이미 자세히 알아보았습니다."

"대관절 어느 댁 여인네들이던가요? 나도 그만 한눈에 반해 버렸지 뭡니까? 동경에 있을 때 아름다운 여인네들이야 많이 보았지만 그들처럼 타고난 자연 미인은 보지 못했습니다. 눈앞에 계속 어른거려 사라지지가 않더군요."

"한 여인은 양산박 두령 화영의 아내였습니다. 조금 더 젊은 여인은 화영의 누이동생으로 같이 양산박에 있던 진명의 아내이구요. 두 사람 다 과부가 되어 수절하고 있는 중입니다.

양산박 잔당이 다시금 패거리를 짓고 있는 까닭에 조정에서 각 주현에 그들을 엄격히 다스리라는 공문을 내려보내지 않았습니까? 지금 바로 관병을 보내시지요. 조정의 성지를 받들어 도성으로 잡아 보낸다고 하면 누가 감히 막아서겠습니까? 이런 구실을 달아 일단 이곳으로 데려오는 것입니다. 여자들이란 본시 물 같고 버들가지 같은 존재입니다.

선위께서 이처럼 큰 세력을 가진 것을 직접 눈으로 보고 또 달콤한 말로 꾀면 자연히 순종할 것입니다. 혹시 누가 알게 되더라도 관에서 도적놈 부인네들을 노비로 삼았다고 하면 그만일 것입니다. 선위께서 현직 고관이신데다 하물며 부친께서 큰 권세를 지닌 대신이거늘 두려울 것이 무엇입니까?"

"젊은 여자의 용모가 경국지색인 것은 말할 것도 없지만 좀 더 나이든 여자는 한결 농염해 보이더군요."

왕선위가 만면에 희색을 띠며 말하자 곽경이 말을 받았다.

"일을 벌일 때는 독한 마음으로 신속히 처리해야 합니다. 전에 고태위 대감의 아드님이 양산박 임충의 아내한테 반해 상사병에 걸리지 않았습니까? 제 생각에는 그때 임충을 속여 백호절당으로 끌어들였을 때 그 자리에서 바로 군법에 따라 처리했어야 합니다. 그러지 않고 귀양을 보내는 바람에 그 부인이 스스로 목숨을 끊고 말았지요. 결국 그림 속의 떡이 되고 말았던 것입니다. 미루면 안되니 당장 내일 일을 실행하시지요.

여인네들을 데려오더라도 저야 출가한 사람 아닙니까? 헛된 생각일랑 없고 그 집 도령을 제자로 삼고 싶을 뿐입니다. 다만 윤문화가 몹시 고지식한 사람이라서 그게 마음에 걸리는군요. 아무래도 그를 어디로 먼저 보내버려야겠습니다. 그런 다음에 일을 도모해야 할 것 같습니다. 눈앞에 있으면 반드시 걸림돌이 될 것입니다."

왕선위가 웃으며 물었다.

"윤문화는 몇 년 전만 해도 분명 용모가 아름다운 남자였을 텐데 이제 나이가 들어 싫증이라도 난 것이오?"

"사실 그자는 본래 제 제자가 아닙니다. 객점에서 우연히 만났는데 영리해 보이기에 문하에 거두어들였던 것입니다. 그자가 자초지종을 알면 소문을 퍼뜨리게 될 것이고 결국 마님의 귀에도 들어가고 말 것입니다. 그러면 큰일 아닙니까?"

"내게 좋은 수가 있소. 마침 동경에 사람을 보내 편지를 전하려던 참인데 그를 보냅시다."

"좋은 계책입니다."

곽경이 맞장구를 치자 왕선위는 편지를 쓰러 안으로 들어갔다. 곽경은 악화를 찾아가 말했다.

"왕선위가 동경 집에 편지를 보내야 하는데 자네가 동경에 다녀왔으면 하는군. 어서 다녀올 준비를 하게."

'지금 나는 동경에 갈 수 있는 처지가 아니다. 여기도 원래 오래 머물 곳은 아니었지. 마침 어제 부중의 어떤 사람이 말하기를 내가 찾아가려 했던 유씨가 우화대에 산다고 하지 않았던가! 이제 이 사람과 헤어져 유씨를 찾아봐야겠군.'

속으로 이렇게 생각한 악화는 곽경에게 말했다.

"스승님의 후의로 이곳에 머문 지 벌써 반년이 지났습니다. 저는 마침 일이 있어 강북으로 떠나려던 참이었습니다. 동경에는 갈 수가 없습니다."

"왕선위가 이토록 대우해 주었거늘 그 정도 작은 일도 못하겠다는 것인가? 어쨌든 좋네. 알아서 하게."

곽경이 이렇게 말하고 있을 때 왕선위가 편지를 가지고 후당으로 왔다. 곽경이 왕선위에게 말했다.

"윤문화는 일이 있어서 강북으로 간다고 합니다. 동경에 편지 보내는 일은 다른 사람에게 맡겨야겠습니다."

왕선위는 두 여인의 일로 마음이 급했다. 그래서 시종을 불러 돈 열 냥을 가져오게 한 다음 악화에게 전별금으로 주었다. 악화는 왕선위, 곽경과 이별하고 바로 부중의 문을 나섰다. 곽경이 말했다.

"그놈을 눈앞에서 떼어내려 했을 뿐인데 스스로 강북으로 가겠다니 잘된 일입니다."

다음날 아침 곽경은 왕오구를 데리고 우화대로 향했다. 한 무리의 군사들이 뒤를 따랐다. 화씨 집을 물어 찾아간 그들은 벌떼처럼 집안으로 들이닥쳤다. 다짜고짜 화부인과 진부인, 화공자를 포승줄로 묶고 나서 곽경이 말했다.

"이는 폐하의 성지에 따른 것이다. 양산박 잔당을 체포해 동경으로 압송하라는 왕선위의 분부시다. 한시도 지체하지 말라!"

화부인이 극구 변명하였으나 그런 말을 누가 귀담아 듣기나 하겠는가! 성지라는 말을 듣고는 이웃 중에 누구 하나 도와주러 나서는 사람이 없었다. 시녀와 하인들은 사방으로 피신했.

곽경은 병사들에게 말 세 필을 대령하게 했다. 그리고 화부인 모자와 진부인 세 사람을 말에 태웠다. 부중에 도착한 그들은 동루에 갇히는 몸이 되었다.

잠시 후 곽경은 왕선위와 함께 동루로 올라왔다. 두 부인과 화공자를 대면시키고 나서 곽경이 말했다.

"이분은 왕선위 대인이시오. 성지를 받들어 붙잡은 양산박 일당을 동경으로 데려갈 예정이며 그 가속은 모두 관노로 삼게 될 것이오. 하지만 부득이 그에 따르는 것일 뿐 이는 대인의 본마음은 아니오. 두 부인이 융통성을 발휘하면 대인께 좋은 계책이 있을지도 모를 일이오."

화부인은 단정한 얼굴이 흐트러질 만큼 가득 눈물을 흘리며 말했다.

"남편이 세상을 뜨고 난 다음 의지할 곳 없는 신세로 힘들게 집안을 지켜왔을 뿐인데 조정에서 무슨 연유로 또다시 잡아간다는 것입니까? 그리고 성지를 받드는 일이거늘 무슨 뾰족한 방법이 있겠습니까?"

"대인께서는 풍류남아로 인품이 너그러운 분이시오. 두 분을 위해 진정서를 제출해 주겠소. 화장군과 진장군이 일찍이 세상을 하직한 까닭에 완소칠, 이응 일당과 왕래한 사실이 없으므로 그 처자 모두 사면되어야 한다는 내용이 되겠지요. 게다가 대인의 부친께서 조정의 대신이신데 무슨 걸림돌이 있겠소?

그런데 대인께서는 최근에 부인이 세상을 떠나 지금 정실이 안 계시오. 화부인은 아들이 있으니 수절하는 것이 당연할 것이오. 하지만 진부인은 나이도 젊고 자식도 없는데 개가한들 그게 어찌 잘못이겠소? 내가 중매를 설 터이니 대인의 부인이 되어주시오. 화공자는 관아에서 지내며 공부에 전념할 수 있을 것이오. 과거 시험에 응시해 이름을 날리게 된다면 모두에게 좋은 일이 되지 않겠소?"

곽경의 말을 들은 진부인은 버들잎 같은 눈썹을 곤추세우고 눈을 동그랗게 뜨며 말했다.

"충신은 두 임금을 섬기지 않고 열녀는 두 남편을 섬기지 않는다고 합니다. 비록 여자의 몸이지만 무엇이 바른 길인지는 잘 알고 있습니다. 바닷물이 마르고 돌이 썩어 문드러지더라도 그 뜻을 지킬 것입니다. 개, 돼지가 될 수는 없습니다. 관노로 삼으라는 조정의 명이 있었다면 그대로 실행하면 될 것을 어찌 욕을 보이려 하십니까? 조정이 부녀자를 강제로 취해도 좋다는 명을 내리지는 않았겠지요? 목숨을 잃는 한이 있더라도 욕을 당하지는 않겠습니다. 더 긴 말은 필요치 않습니다!"

왕선위는 비록 호색한일지라도 양심이 전혀 없는 사람은 아니었다. 진부인이 단호하게 거절하는 것을 보고는 한마디 말도 하지 않은 채 먼저 아래층으로 내려갔다.

"좋은 방도를 일러주는데도 듣지 않다니! 나중에 후회한들 아무 소용이 없을 거요."

이렇게 말하고 곽경도 아래로 내려갔다. 동루의 누문에는 자물쇠가 걸려 아무도 출입할 수 없었다.

화부인이 말했다.

"우리 두 사람 모두 기꺼이 절개를 지켜왔는데 난데없이 이런 기이한 변고를 당하는군. 치욕을 당하느니 차라리 스스로 목숨을 끊는 게 낫겠네."

"저놈들은 제게 흑심을 품고 있어요. 제가 목을 매 죽는다면 언니와 조카는 이 곤경에서 벗어날 수 있을 거예요."

진부인의 말에 화도령이 말을 받았다.

"곰곰 생각해 보니 성지라는 것은 다 거짓말입니다. 그저께 연자기에 갔던 게 화근이 된 모양이에요. 그때 왕선위가 사심을 품게 되었을 거예요. 어제 제가 활사냥을 나갔을 때 길에서 아까 그 사람을 만났거든요. 이것저것 끈질기게 묻기에 외면해 버렸죠. 조금 전에 중매를 서겠다고 했는데 그게 본심일 거예요."

그때 마침 누문이 열리며 두 사람의 하녀가 음식을 가지고 들어왔다. 그들은 음식을 권하며 이모저모 위로의 말을 건넸다. 세 사람은 아침식사를 하지 않은 까닭에 어쩔 수 없이 음식을 조금 입에 댔다.

화부인이 하녀들에게 물었다.

"이 댁 마님께선 언제 돌아가셨소?"

하녀는 웃기만 할 뿐 말을 하려 하지 않았다. 화부인이 듣기 좋은 말로 구슬리며 다시 묻자 그제야 입을 열었다.

"마님은 살아 계세요. 영감마님께서 부인들을 속이고 계신 거예요. 이 모두 곽씨라는 사람이 지어낸 계책이지요. 그 사람이 우리를 불러 부인들 시중을 들라 하고는 밤에는 여기서 숙직하면서 지키라고 하더군요. 아래층에는 간수를 세워두었답니다."

화부인이 물었다.

"그 곽씨라는 사람은 누구요?"

"동경에서 왔는데 도사라고 하더군요. 사람이 매우 간교한데도 영감마님께서 편애해 그 사람의 말이라면 다 들어준답니다."

"마님을 뵙게 해주시오. 울며 하소연하면 돌아가게 해주지 않겠소? 사례는 잊지 않겠소. 만약 이곳에 계속 감금돼 있다면 우리는 목숨을 부지할 이유가 없소!"

"마님께 자초지종을 알리면 당장 죽여 버리겠다고 영감마님께서 말씀하셨기에 그것만은 어렵습니다. 그런데 어떤 사람이 영감마님 앞에서 부인은 성정이 굳세어 뜻을 굽히지 않을 것이라고 말하더군요. 혹시라도 마음을 돌리실지는 모르겠지만, 어쨌든 원하는 음식이 있으면 무엇이든 말씀하세요. 우선 잘 잡수고 몸을 돌보셔야 합니다."

하녀들은 이렇게 말하고는 아래층으로 내려갔다. 화공자는 초조함이 마음 가득했다. 그곳에서 뛰쳐나가 상급 관청에 고변하고 싶은 생각이 굴뚝 같았다. 하지만 아래층을 간수들이 지키는데다 높은 담장이 가로막고 있어 나갈 방법이 없었다. 모자가 깊은 번뇌에 빠졌음은 말할 필요도 없다.

악화는 왕선위 부중의 문을 나서며 속으로 생각했다.

'곽경이라는 자는 확실히 질이 나쁜 사람이야. 양가집 부녀자를 희롱하려고 하지를 않나! 도대체 어쩌자는 생각일까? 저런 무뢰한들의 눈에 나 같은 사람이 성에 찰 리 없지. 동경에 심부름 보낸다는 핑계로 나를 내쫓을 심산이었겠지.'

머무를 객점을 정한 다음 악화는 우화대에 가서 유씨를 찾았다. 하지만 만나는 사람마다 붙잡고 물어봐도 찾을 수가 없었다. 발길 닿는 대로 우화대에 올라 사방을 둘러보니 천하의 장관이었다. 산봉우리와 계곡이 층층이 겹친 모습이 끝 간 데를 알 수 없었다. 발 아래 장강에는 오르내리는 범선과 새들의 날갯짓이 끊이지 않았다. 멀리 종산鍾山을 바라보니 충만한 왕기王氣에 가슴이 두근거렸다.

반나절 남짓 경치를 감상하다가 돌아오는 길에 대숲을 지나노라니 혜업암이 눈에 띄었다. 안으로 들어가 느린 걸음으로 둘러보았다. 아주 아담하고 조용한 절이었다. 측면에 들어선 전각 안으로 발걸음을 옮기자 어느 집 하인임에 틀림없는 한 노인이 나이든 비구니에게 애원하는 소리가 들렸다.

"우리 마님과 도련님이 왕선위에게 끌려간 지 이틀이 지났습니다. 제가 가서 알아보려 했지만 대갓집 저택이 어찌나 넓은지 들어가는 길도 모르겠더이다. 스님께서는 출가자이시니 탁발을 빙자하여 소식을 알아봐 주시면 더할 나위 없는 자비로 알겠습니다."

노승이 말했다.

"마님께서 우리 절에 시주도 많이 해주시고 해서 가보고 싶은 마음은 굴뚝 같지만, 우리 같은 중을 그곳 부중에 들여보내 주어야 말이지요."

노인은 깜짝 놀라 입을 다물었다. 고개를 돌리는 순간 낯선 사람이 눈에 띄었던 것이다.

노승은 차를 끓여 손님을 대접했다. 노인은 연신 악화의 얼굴을 유심히 들여다보았다. 그러면서도 말을 붙이지는 못했다. 악화가 참지 못하고 물었다.

"노인장, 저를 아십니까?"

"나리의 성함은 모르지만 어딘지 우리 나리의 지인과 비슷해서요."

"그 양반의 이름이 어떻게 되시지요?"

"화지채입니다. 저는 삼대째 화씨댁을 섬기는 하인으로 이름은 화신이라고 합니다. 불행하게도 나리께서 돌아가신 다음 마님과 도련님, 그리고 진씨댁으로 출가한 아가씨와 함께 집을 지키고 있었습니다. 그런데 이틀 전에 그런 화를 당할 줄 누가 알았겠습니까? 왕선위가 성지라 하며 그분들을 모두 끌고 가버린 것입니다.

그때 저는 집에 없었는데 귀가한 다음에도 어디로 찾아가야 할지 알 수가 없더군요. 그래서 스님께 소식을 좀 알아봐달라고 부탁을 드리던 참입니다."

악화는 크게 놀라서 물었다.

"댁의 마님과 동자가 연자기에 놀러 간 적이 있지요?"

"맞습니다. 나리께서 초주 남문 밖에 묻힌 까닭에 청명에 성묘를 다녀오면서 연자기에서 배를 타고 집으로 돌아왔습니다."

"그렇군! 이는 필시 곽경이 꾀를 부려 부중으로 끌고 간 게야. 노인장, 크게 놀랄 것 없습니다. 저는 악화라는 사람인데 화지채와는 깊은 친구 사이입니다. 제가 좋은 방법을 써서 구해 내겠습니다."

노인은 크게 기뻐해 마지않았다.

이때 불당에서 누군가가 부르는 소리가 들렸다.

"스님, 계십니까?"

악화가 밖을 내다보니 그것은 왕오구였다.

"자네는 여기 무슨 일인가?"

왕오구는 자기에게 말을 거는 사람이 악화임을 알아보고는 놀라며 말했다.

"윤상공께서는 강북으로 간다고 했는데 왜 아직도 이곳에 있는 것입니까?"

"자네한테 물어볼 말이 있네. 두 부인과 도령이 부중에 있는 것을 자네는 알고 있는가?"

"저는 모릅니다."

왕오구가 웃으며 대답하자 악화가 말했다.

"왕선위께서 이 일을 상의하고 싶다고 사람을 보내 내게 돌아오라고 한 것이네. 그런데 자네는 어째서 모르는가?"

"알고 계시다면서 왜 또 물어보십니까? 사실 곽상공께서 소심 스님을 모셔 오라고 했습니다. 스님께 두 부인을 설득해 달라고 부탁할 요량인 거죠."

악화는 은화 두 냥을 꺼내 화씨댁 하인에게 술과 요리를 사다 달라고 부탁하며 말했다.

"우리는 한잔 한 다음에 돌아갈 참이오!"

노승은 먼저 간단한 먹을거리와 다과를 내왔다. 곧 술이 도착하였다. 악화는 왕오구에게 술을 권했다. 연거푸 몇 잔을 따라주며 악화가 물었다.

"곽상공을 따라다닌 지 몇 년이나 되었는가?"

"아니에요. 저도 윤상공처럼 길에서 만났을 뿐입니다."

"그래도 뭔가 큰 후의를 입었을 것 아닌가?"

"후의요? 지금 걸치고 있는 이 헌옷 하나 받은 게 다입니다. 저도 그 사람을 따라다니고 싶지 않아요. 윤상공께서는 모르시겠지만 그는 원래 비렁뱅이 출신입니다. 어고 하나 들고 이 집 저 집 전전하며 빌어먹고 살았다고요. 그러다가 황하역에 들른 조양사를 우연히 만나게 되었지요. 조양사가 그 사람을 알아보고 은자 서른 냥과 침구 한 벌을 건넸던 거예요. 왕선위한테 그를 천거하는 편지도 써주고요.

그때 역관 관리가 저더러 그의 짐을 운반하는 역할을 시킨 거예요. 오는 도중에 한바탕 소동이 일기도 했는데 저를 속여서 여기까지 데려온 겁니다. 그래 놓고는 술에 취하면 온갖 욕설을 퍼붓고 능욕을 가하는 겁니다. 돌아가려고 해도 노잣돈도 없어서 잠시 참고 있을 뿐이에요."

"두 부인과 도령은 지금 어디 있는가?"

"동루에 있습니다. 밤에는 하녀가 옆에서 지키고 아래층에서는 제가 망을 보고 있지요. 곽상공과 왕선위는 오늘 모산 정상에 치성을 드리러 갔습니다. 사흘 후에 돌아오는데 그 사이에 스님을 시켜 부인들을 설득하려는 것입니다. 설득해도 소용없으면 아마 겁탈이라도 하고야 말 거예요."

악화는 은자 두 냥을 꺼내 왕오구에게 주며 말했다.

"그동안 이것저것 신세진 게 많았네. 이걸 가지고 뭐 먹고 싶은 것이라도 사먹게. 부중으로 돌아가거든 내가 잘 돌봐주겠네."

"윤상공처럼 좋은 사람이 시키는 일이라면 소인은 물속이든 불속이든 가리지 않을 것입니다. 사실 곽상공의 짜증은 이젠 지긋지긋해요. 윤상공을 잘 모시는 게 당연한데 무얼 이렇게 돈을 다 주고 그러십니까?"

"조그마한 성의이니 받아 두게!"

이렇게 말하며 악화는 왕오구의 소매 속으로 은자를 밀어넣었다. 그리고 화씨댁 하인에게 눈짓을 한 번 주고는 왕오구에게 말했다.

"잠깐 한잔하고 있게. 소변 좀 보고 올 테니."

악화는 화씨댁 하인을 외진 곳으로 데려가 그에게 일렀다.

"왕선위가 지금 부중에 없다니까 아주 절호의 기회요. 얼른 가서 집안의 값나가는 물건을 챙겨 가지고 나오시오. 그리고 배를 한 척 빌려서 저물녘이 되거든 진회하 강변에 정박하고 있으시오. 나는 스님과 함께 부중으로 갈 것이오. 절대 실수하면 안되오."

노인은 기쁜 얼굴로 서둘러 돌아갔다.

악화가 들어오는 것을 보고 왕오구가 말했다.

"소인은 더는 못 마시겠습니다. 윤상공께서도 스님과 함께 부중으로 가시지요."

악화는 노승과 함께 부중으로 들어갔다. 부중 사람들이 악화를 보고 말했다.

"윤상공께서 돌아오셨군요."

악화가 대답했다.

"강북에 가려고 했는데 왕선위께서 돌아오라고 하시더군요."

왕오구는 결국 악화를 동루로 안내했다. 악화가 말했다.

"요전날 연자기에서는 그 부인들을 자세히 보지 못했네. 스님과 함께 가서 다시 한 번 살펴봐야겠군."

"윤상공께서 너무 고지식하게 구는 바람에 동경으로 보내려고 했던 겁니다. 융통성 있게 처신하신다면 더는 숨길 게 뭐가 있겠습니까!"

이렇게 말하며 왕오구는 이층으로 통하는 문을 열어주었다. 악화는 노승과 함께 이층으로 올라가 두 부인에게 공손히 예를 올리며 말했다.

"두 분 아주머니께서는 더 이상 걱정하지 마십시오. 오늘밤 여기를 빠져나가도록 해드리겠습니다."

화부인은 악화가 누구인지 알아보지 못했기 때문에 아무런 대답을 하지 않았다. 악화는 화도령을 보고 말했다.

"나는 산채에 있던 철규자 악화다. 몇 년 동안 보지 못했더니 이렇게 자랐구나."

"아이쿠, 실례했습니다. 악화 삼촌이시네요. 우리 모자가 이렇게 고난을 당하고 있으니 삼촌께서 꼭 구해 주세요."

악화는 목소리를 낮추며 말했다.

"이미 다 계획을 세워두었다. 저녁이 되면 알 수 있을 것이다."

노승이 나섰다.

"두 부인께서 잡혀가신 것을 걱정하며 댁의 나이든 하인이 제게 와서 소식을 알아봐달라고 부탁하더군요. 이곳 문지기가 통과시켜주지 않을 것 같아 전전긍긍하고 있었지요. 그때 마침 이분이 오셨습니다. 화지채 어른의 오랜 친구로 구출할 방도가 있다는군요. 저는 왕선위가 사람을 보내 저더러 두 분을 설득해 달라는 바람에 이곳에 올 수 있었습니다."

"스님, 이제 됐습니다. 이만 아래층으로 내려가시죠."

이렇게 스님에게 말하고 나서 악화는 화도령에게 종이 꾸러미를 건네며 귀엣말로 소곤거렸다. 화도령은 몹시 기뻐하였다. 악화와 노승이 아래층으로 내려오자 왕오구가 노승에게 물었다

"스님, 마음을 돌리도록 설득하셨습니까?"

철규자 악화. 오른쪽은 방랍 토벌전에서 사망한 마린.

노승은 고개를 가로저었다. 왕오구는 이번에는 악화에게 물었다.

"부인들을 보니 어떻던가요?"

악화가 웃으며 대답했다.

"과연 듣던 대로 미인들이더군! 왕선위를 탓할 수는 없겠어. 스님, 스님께서는 성문을 나서야 하니 서둘러야 할 겁니다."

노승은 암자로 돌아갔다.

저녁이 되자 악화가 돌아온 것을 알고 부중에서 저녁 식사를 준비해 주었다. 악화는 식사를 마치고 나서 술병을 들고 동루를 찾았다. 왕오구가 졸고 있는 것을 흔들어 깨우며 말했다.

"나 혼자서는 흥이 나질 않아서 남은 술을 가져왔네. 밤 날씨가 추우니 한잔 하세."

왕오구는 급히 술병을 받아들며 말했다.

"상공의 은혜를 또 입게 되는군요."

왕오구는 본디 술고래인지라 연신 술을 들이켰다. 악화는 소매 속에서 대여섯 개의 과일을 꺼냈다.

"이것도 같이 먹게."

"고맙습니다, 상공!"

왕오구는 순식간에 병에 든 술을 다 비우더니 얼마 지나지 않아 입에서 침을 흘리며 의식을 잃고 쓰러졌다. 악화는 열쇠를 찾아 누문을 열고 소리쳤다.

"아주머니, 아래로 내려오세요!"

두 하녀는 기절해 한쪽에 쓰러져 있었다. 세 사람은 급히 계단을 내려갔다. 마침 희미한 달빛이 비추고 있었다. 일행은 악화가 이끄는 대로 뒷마당 문을 열고 밖으로 나왔다.

알고 보니 왕선위가 살고 있는 곳은 진회하 강변의 나루터 근처였다. 화씨댁 하인은 그곳에 배를 댄 채 기다리고 있었다. 일행은 일제히 배에 올랐다. 화부인은 집안의 중요한 재물이며 시녀, 하인이 모두 배 안에 있는 것을 보고 기쁨의 감격을 가눌 길이 없었다. 이를 증명하는 시가 있다.

봄 깊은 동작대에 두 미녀 갇히니
원망하듯 옥피리 소리 드높은데
우후(악화)의 의로운 계책에 힘입어
짙푸른 버들가지 지킬 수 있었네

"남편이 세상을 뜬 다음 저와 아가씨는 굳게 절개를 지켜왔는데 뜻밖의 간계에 빠져 동루에 갇히게 되었습니다. 곽씨 성을 가진 사람이 감언이설로 꾀었지만 우리 둘은 결코 따르지 않겠다고 죽음으로써 맹세했습니다. 참으로 다행스럽게도 의인이 나타나 우리를 구해 주시니 이 은혜를 어떻게 갚아야 할지 모르겠습니다."

화부인이 감사를 표하자 악화가 말했다.

"저는 매형 되는 손립이 등주에서 사건을 일으키는 바람에 잠시 왕선위 부중에 숨어 있었습니다. 요전날 제가 아주머니를 알아보았더라면 그 나쁜 도사놈이 감히 이런 계략을 꾸미지 못하게 막았을 텐데 말입니다. 그래도 큰 화를 당하지 않고 놈들의 손아

귀에서 벗어났으니 얼마나 다행입니까? 다만 이제 어디로 가는 게 좋을지 걱정이군요. 저는 북쪽으로는 갈 수 없습니다.

그렇군요, 항주가 좋겠습니다. 항주는 번화한 도시이니 그곳 어디 적당한 곳을 찾아 정착하기로 하지요. 아드님의 어른스러운 모습을 보니 분명 큰사람이 될 것입니다. 천천히 입신할 방도도 찾아보아야지요."

"여자의 몸으로 무얼 알겠습니까? 말씀하시는 대로 따르겠습니다. 다만 자식이 아직 어리니 잘 이끌어주십시오."

이야기를 나누는 사이에 벌써 닭 울음소리가 들리고 성문이 열렸다. 성밖 출입이 가능해졌으므로 용강관을 지나고 진강을 지나 순풍에 돛 단 듯이 앞으로 나아갔다. 고소를 지나 보대교에 이르니 벌써 날이 저물기 시작했다. 오강에서 하룻밤을 묵을 요량으로 뱃사공을 재촉하였다.

그런데 돌연 광풍이 몰아치기 시작했다. 태호의 물이 다리 저편에서 거세게 밀려왔다. 물결이 세차서 배는 한 걸음도 앞으로 나아가지 못했다.

그때 두 척의 배가 쌍노를 저으며 화살처럼 달려들었다. 뱃머리에 선 몸집이 건장한 사내가 세 갈고리 작살을 던지며 휘익 하고 휘파람을 부는가 싶더니 뱃사공을 물속으로 처넣어버렸다. 당황한 두 부인은 서로를 부둥켜안고 악화와 화공자는 자리에서 벌떡 일어났다.

벌써 악화 일행이 탄 배로 성큼 뛰어든 그 사내는 허리춤에서 칼을 빼어들어 찌르려 했다. 그 순간 사내는 악화의 얼굴을 알아보고 고함을 질렀다.

"아니, 이게 누구요?"

악화도 그 사내를 찬찬히 들여다보며 소리쳤다.

"자네는 동위 아닌가? 나는 철규자 악화네!"

그 사내는 칼집에 칼을 밀어넣으며 말했다.

"날이 어두워서 하마터면 형님을 해칠 뻔했소!"

"배 안에 화지채의 부인과 아들이 타고 있네!"

악화의 말에 동위가 말을 받았다.

"여기는 이야기를 나눌 수 있는 곳이 아니니 우선 태호로 갑시다."

그들은 뱃사공을 건져 올린 후 자신들의 배에 악화 일행의 배를 연결했다. 그런 다음 태호 안으로 끌고 들어갔다.

앞날을 모른다고 걱정할 일 아니로다
세상에는 반드시 도움 줄 사람이 있기 마련이니

제9회
하늘이 내린 상서로운 석판

　이제 동위를 따라 태호로 간 악화와 화공자가 이준을 만나는 대목을 이야기할 차례다. 다만 거기에 이르기까지는 곡절이 있다. 이곳 이야기는 잠시 접어두었다가 어떤 곡절인지 설명하고 나서 이야기를 이어가겠다.

　태호는 일명 구구具區 또는 입택笠澤이라고도 불린다. 면적이 삼만육천 경頃이나 되고 세 고을에 걸쳐 있는 강남에서 제일 큰 호수이다. 호수 가운데 솟아 있는 높은 산봉우리가 일흔두 개를 헤아리니 그 오묘한 조화가 변화무쌍하기로 유명하다. 어족이 풍부하고 호숫가에는 갈대가 무성하게 우거져 있다.

　예로부터 이름 높은 현인들이 이곳에 은거하였으며 도교와 불교의 유적도 도처에 남아 있다. 그래서 옛 시인은 일찍이 이런 시를 남겼다.

　하늘과 물 아득히 서로 맞닿은 곳

열을 짓듯 세 고을 백 개의 하천이 물을 실어오는데
은빛 물결 위로 해와 달이 솟구치고
교룡은 푸른 산봉우리 언저리를 날아오르네
돛배 돌아오는 먼 포구에는 안개 자욱한데
낙엽 지고 가을 깊으니 고깃배 가득하다
남을 죽인 공적으로 어찌 상을 바랄까
미녀와 더불어 노님이 천고의 풍류일세

이 시의 마지막 구절은 범려范蠡가 오나라를 물리쳐 월나라를 패자로 만든 뒤 당대의 미인 서시西施를 배에 싣고 오호에서 놀았다는 미담을 말하는 것이다.

대체로 예로부터 식견이 있는 영웅은 공로를 세워 이름을 얻으면 오히려 훌훌 옷을 벗어던짐으로써 나중에 닥쳐올 화를 피했다. "새를 다 잡고 나면 활은 창고에 넣는다"거나 "토끼 사냥이 끝나면 개를 삶아 먹는다"는 말은 그래서 나온 것이다.

혼강룡 이준은 본래 심양강의 어부로 글을 읽는 재주는 밝지 못했지만 견식은 범려와 통하는 바가 있었다. 그는 방랍 정벌에서 돌아온 다음 아프다는 핑계를 대고 조정의 벼슬을 받지 않았다. 송공명과 작별한 이준은 동위, 동맹 형제와 함께 태호를 찾아갔다.

그들은 적수룡 비보, 권모호 예운, 태호교 복청, 수검웅 적성이 네 사내와 일찍이 결의형제를 맺은 사이였다. 태호에서 그들은 수상생활을 하며 종일토록 술을 마시는 것으로 낙을 삼았다.

그런 어느 날 이준이 말했다.

"나는 심양강에서 자랐고 온 세상의 호걸들과 어울려 다녔네. 송공명을 구해 준 인연으로 양산박에 올라가 한마음으로 뜻을 펼쳤으며 조정에 귀순한 뒤로는 동으로 서로 분주히 내달리며 조정을 위해 힘을 보탰지. 벼슬을 받으면 조상의 이름을 빛내고 가문을 번영케 하며 부귀를 누릴 줄 왜 모르겠는가? 하지만 간사한 자들이 조정을 틀어쥔 채 어질고 능력 있는 사람들을 배척하고 있지 않은가? 이래서야 일이 제대로 될 리가 없지.

다행히도 선견지명이 있었던 모양일세. 자네들처럼 좋은 형제를 만나 이런 안식처를 얻었으니 오히려 유쾌한 일이네. 다만 이곳 호숫가가 외지고 조용하기는 하지만 아무래도 습기가 많은 곳이라서 마음이 편치 않네. 어디 장소가 높고 쾌적한 곳을 찾아보세. 그곳에 영주할 집을 새로 짓는 게 좋겠네."

"형님, 태호 안에 산봉우리만 일흔두 개나 됩니다. 그중 동산과 서산 쪽 봉우리들이 봉우리도 높고 산자락이 넓은데 동산에 막리봉이라는 곳이 있습니다. 주민들이 모두 외지로 나가 장사를 하기 때문에 살림살이가 아주 넉넉합니다.

서산에는 표묘봉이라는 봉우리가 있습니다. 경치가 기이할 뿐 아니라 정상에 오르면 장강과 멀리 바다까지 한눈에 내려다볼 수 있습니다. 그곳 주민들은 검소하고 부지런해서 농사일과 어업에 힘을 쏟고 과일도 재배한답니다.

또 소하만은 오왕이 서시를 데리고 피서를 즐기던 곳입니다. 임옥동은 신선이 살던 동굴이고, 택록두는 상산사호의 한 사람인 녹리 선생이 살던 집터입니다. 이런 곳을 다 같이 둘러보자고요.

그중 살 만한 곳을 골라 집을 지으면 되지요."

비보의 말을 들은 이준은 크게 기뻤다. 배를 타고 곧장 서산으로 간 그들은 곳곳을 한 바퀴 둘러보았다. 과연 산수의 경치가 뛰어나고 물산이 넉넉하며 주민의 삶이 편안해 보였다. 소하만은 사방이 산으로 둘러싸여 있어 산 사이의 좁은 물길로만 들어갈 수 있었다. 만 안에 형성된 호수가 비단결처럼 반짝였다.

호숫가에는 꽤 넓고 평평한 땅이 자리하고 있었다. 백여 간의 넓은 집을 충분히 지을 만했다. 주변에는 대숲을 비롯해 숲이 무성하고 유자꽃이며 배나무꽃이 만개해 있었다. 선경이 따로 없었다.

이준은 주민들에게서 호숫가의 땅을 사들였다. 그런 다음 목재를 구하고 목수를 고용해 집을 짓기 시작했다. 돌을 쌓아 담을 만들고 억새를 이어 지붕을 올리니 이내 앞뒤채 합쳐 이십여 간 되는 소담한 집이 완공되었다. 가족이 있는 비보와 예운은 길일을 택해 이삿짐을 옮겼다.

새 보금자리를 마련한 이준 일행은 술자리를 마련해 이웃사람들을 초청하였다. 모두가 기뻐하며 이준을 이노관이라고 불렀다. 노관은 그곳 사람들이 공경하는 사람을 부르는 호칭이었다.

이곳 호숫가 주민들은 모두 태호에서 의복과 식량을 구하며 살아갔다. 물고기를 잡고, 통발을 이용해 새우와 게를 잡고, 오리를 치고, 갈대를 베는 등 제각기 다른 일에 종사하였다.

다만 후릿그물로 물고기를 잡는 고선罛船은 큰 자본을 가진 자만이 부릴 수 있었다. 고선은 여섯 개의 돛을 단 큰 고깃배였다. 호수에 그물을 던진 채 바람 맞으며 배를 몰면 하루에 천 근이나 되는 물고기가 잡혔다. 자연히 막대한 이익을 올릴 수 있었다.

이준은 형제들과 상의해 고선 네 척을 장만하였다. 어부들을 고용해 고깃배를 몰게 하니 매일 큰 수익이 났다. 물고기가 가장 많이 잡히는 철은 가을과 겨울이었다. 서북풍이 불면 고기잡이를 위해 돛을 올려야 했다.

한겨울 어느 날 서풍이 세게 부는 날이었다. 이준은 고기잡이를 살피러 형제들과 함께 배를 타고 북쪽으로 달려갔다. 밤이 되자 돌연 바람이 멈추었다. 배를 움직일 수가 없었다. 배는 밤새 표묘봉 근처를 떠돌았다. 그런데 동틀 무렵부터 눈발이 흩날리기 시작했다. 삽시간에 온 땅에 흰 구슬을 깔아놓은 듯했다. 당나라 시인이 읊은 시와 흡사한 정경이 눈앞에 펼쳐졌다.

온 산에 새 한 마리 날지 않고
길이란 길에는 사람의 발자취 끊겼는데
쪽배를 탄 도롱이 걸치고 삿갓 쓴 노인
눈 내리는 차가운 강에서 홀로 낚시하네

이준이 말했다.
"폭설이 내리니 호수 빛깔이며 산색이 한결 맑고 아름답구나. 우리 저 표묘봉에 올라가서 한잔 하며 눈 구경을 하면 어떨까? 그 또한 호기로운 일이지."

"그것 참 멋질 것 같은데요!"

비보가 맞장구를 쳤다. 일행은 배에 싣고 있던 육포, 양고기,

생선, 절인 게 같은 안주 등속과 술 세 항아리를 어부들에게 짊어지도록 했다. 그리고 솜옷으로 갈아입고 삿갓을 눌러썼다. 일행은 눈을 밟으며 추위를 뚫고 나갔다. 산꼭대기까지 오 리가 채 안되는 오르막길을 줄지어 올라갔다.

정상에 오르니 큰 소나무 아래 널찍한 바위가 놓여 있었다. 바위 위의 눈을 쓸어내고 안주를 늘어놓았다. 그리고 불을 피운 뒤 솔가지와 마른 낙엽을 주워 술을 데웠다.

바위 주위에 빙 둘러앉은 일곱 형제는 큰 사발에 술을 따라 일제히 들이켰다. 이준이 수염을 만지며 싱글벙글 말했다.

"자네들, 저 호수 좀 보게나. 비단결처럼 물결이 잔잔하군그래. 늘어선 산들은 마치 옥을 깎아 세운 듯하고. 하얗게 분장하고 나니 산이 한결 더 높아 보이는 것 같지 않은가? 정말 장관일세! 일찍이 이런 시가 있었지.

조정 대신은 신새벽 추위에 임금 알현하기를 기다리고
철갑 입은 장수는 가슴 죄며 변경으로 달려가누나
해가 높이 솟기까지 중은 자리에서 일어날 줄 모르니
명리를 좇기보다 한가로이 지내는 것이 낫다네

우리가 오늘 이곳에서 술을 마시며 설경을 구경하는 것은 진실로 천지간에 더없는 즐거움일세. 하늘 아래 크나큰 부귀도 이런 한가로움에는 비길 수 없지. 내 나이 아직 젊은데다 기력도 시들지 않았으니 일을 도모하자면 못할 것도 없을 것이네. 하지만 모든 일에 끝이 있는 것은 예나 지금이나 마찬가지 아니겠는가? 그 무엇도 이렇게 형제들과 술을 나누며 즐겁게 사는 것보다 나을 게 없을 거야.

들리는 말에 의하면 송공명과 노원외 모두 독살되고 말았다지. 결국 지난날 나라를 위해 그토록 충성을 바쳤던 것이 모두 한낱 물거품이 되어버렸단 말일세. 나 역시 앞날을 내다보지 못했더라면 꼼짝없이 그들과 같이 되었겠지."

이준은 말을 마치며 술을 한 잔 들이켰다.

그때 갑자기 서북쪽 하늘에서 벼락 치는 소리가 들리더니 큰 불덩이 하나가 공중에서 산 아래로 쏜살같이 떨어졌다. 모두들 놀라며 말했다.

"이런 폭설에 웬 천둥이 치는 걸까? 그 불덩어리는 또 뭐지? 너무도 기이하니 내려가 살펴보세."

어부들에게 술항아리 등을 챙기게 하고 모두 함께 하산하였다. 산을 내려와 불덩이가 떨어진 자리를 둘러보았다. 한 장 남짓한 넓이의 눈 녹은 땅에 석판이 하나 놓여 있었다. 석판은 길이가 한 자, 폭이 다섯 치 정도 되는 크기로 백옥같이 하얬다. 동위가 석판을 주워들었다.

석판 위에는 글자가 새겨져 있었다. 모두들 까막눈이었지만 이준은 글자를 좀 읽을 줄 알았다. 그래서 일찍이 게양령에서 송강의 목숨을 살려낸 일도 있었다. 송강은 최명판관 이립이 준 독약을 먹고 혼절해 하마터면 몸뚱이가 해체될 뻔했다. 그때 마침 그곳으로 달려온 이준이 공문에 쓰인 송강이라는 글자를 알아보고 서둘러 해독약을 먹였던 것이다.

이준은 석판을 한참 동안 유심히 들여다보더니 말했다.

"이건 한 편의 시로군!"

일동이 말했다.

"형님, 내용을 읽어주시지요."

이준은 한참을 멈칫거리며 글을 읽었다.

체천행도 替天行道
구존충의 久存忠義
금오배상 金鼇背上
별유천지 別有天地

사람들은 그 말이 무슨 뜻인지 알 수가 없었다. 이준이 말했다.

"이것은 분명 하늘이 이적을 보인 것이네. 첫 구절의 '체천행도' 替天行道 네 글자는 본래 충의당 앞 행황기에 쓰여 있던 글자 아닌가! 우리가 옛날에 하던 일과 부합한단 말일세. 일단 집에 가져다 놓아야겠군. 훗날 반드시 영험이 있을 것이네."

그들은 석판을 잘 받들어 배로 옮겼다. 그리고 돛을 세우고 집으로 돌아와서는 신당 안에 소중히 안치했다. 그 뒤 별다른 일은 없었다.

그런데 상주 고을 경내에 마적산이라는 산이 있다. 이 역시 태호의 북쪽 기슭에 접해 있는 산이다. 마적산 산기슭 마을에 정자섭이라는 사람이 살고 있었다. 승상 정위의 후예로 과거에 급제해 나중에는 복건성 염방사를 지냈다.

태사 채경의 문하에 속하는 정자섭은 인간됨이 매우 교활한데다 하도 뇌물을 밝혀 사람들이 그를 뱀 같은 놈이라는 뜻의 '파산사'巴山蛇라고 불렀다. 재임 삼 년 동안 땅껍질까지 벗겨낼 정도로 착취가 심했다. 지금은 부모상을 당해 향리에 돌아와 있었다.

신임 상주 태수는 복건성 출신의 여지구라는 자였다. 그 역시 과거에 급제하였는데 참지정사를 지낸 여혜경의 손자였다. 여지구는 정자섭과 나이가 같은데다 둘이 벼슬을 지낸 곳이 서로의 고향이라서 아주 막역한 사이였다. 게다가 자기 할아버지를 쏙 빼닮은 간신배로 두 사람은 못된 일에 의기투합해서는 물불 가리지 않고 뇌물을 거둬들였다.

정자섭은 상을 당해 집안에 틀어박혀 있다 보니 관리 때와는 달리 돈이 쉽게 손에 들어오지를 않았다. 곰곰이 생각한 그는 고기잡이배라도 이용해 다소나마 잇속을 챙겨야겠다고 마음먹었다. 정자섭은 여태수를 찾아갔다. 둘이 의논한 끝에 다음과 같은 포고문이 나붙었다.

'마적산 일대의 수역은 정씨 집안 어장이므로 고기잡이를 금한다. 위반하는 사람은 체포해 처벌한다.'

이 고시가 나온 이후 정자섭은 대뢰산을 경계로 태호의 절반을 점유하게 되었다. 경계를 넘어오는 어선이 있으면 무뢰배들을 동원해 배를 나포하였다. 그물을 찢고 돛을 부러뜨린 다음 어민들을 관으로 송치해 갖은 협박을 다했다. 작은 어선은 빠져나갈 구멍을 없음을 알고 북태호로 고기잡이를 나가지 않았다. 그러나 돛을 달고 있는 고선은 바람을 타고 움직이는지라 한번 바람을 타면 멈출 수가 없었다. 게다가 북태호는 수심이 깊고 면적도 넓어 큰 물고기가 많았다.

어찌할 바를 몰라 전전긍긍하던 어부들은 정자섭을 찾아가 사정했다. 정자섭은 방법이 있다며 득의양양하게 말했다.

"내가 발행한 수패를 소지한 자는 경계선 안으로 들어가는 것을 허락한다. 대신 잡은 생선의 절반을 바쳐야 한다."

어부들은 울며 겨자 먹기로 마지못해 승낙할 수밖에 없었다. 나중에는 결국 경계를 넘지 않은 어선이 잡은 물고기까지 절반을 빼앗기는 상황이 되었다. 그래서 삼만육천 경에 이르는 넓은 호수가 모두 정자섭의 어장이 되고 말았다.

이준과 비보 등은 분을 삭일 수가 없었다.

"이렇게 큰 태호를 제놈의 어장으로 만들어 버렸군! 우리는 고기잡이를 안해도 되지만 왜 백성들의 밥그릇까지 빼앗는 거야? 속이 뒤집힐 일이로군. 일부러 장난삼아 경계를 한 번 넘어가 보세. 놈이 어떻게 나오나 보게."

형제 일곱 명이 모두 한 배에 올라탔다. 어부가 돛을 올리자 배는 북쪽을 향해 나아가기 시작하였다. 대뢰산을 지나 마적산 근처에 이르니 십여 척의 작은 배가 눈에 띄었다.

각각의 배에 네댓 명씩 나눠 탄 채 항구에서 망을 보고 있었다.

정가네 옥호가 들어간 수패를 소지하지 않은 배는 나포하고 수패를 소지한 배가 잡은 물고기를 절반 거두어들이는 것이 그들이 매일 하는 일이었다. 그들은 이준의 배가 수패를 제시하지 않는 것을 보고 소리쳤다.

"이런 뻔뻔한 도둑놈들! 여긴 정씨네 어장이야. 어째서 감히 경계를 넘어온 것이냐?"

비보가 앞으로 나서며 말을 받았다.

"이런 개자식들 같으니라고! 나라의 땅을 독차지하겠다는 것이냐? 무슨 말도 안되는 짓거리냐! 그 뱀 같은 놈의 껍질을 벗겨 백성들을 구제해야겠다."

그러자 작은 배에 탄 자들이 일제히 갈고리를 던져 이준 일행이 탄 배를 끌어당겼다. 비보, 예운, 동위, 동맹은 이에 맞서 배의 삿대를 쥐고 놈들을 마구 찌르고 때렸다. 큰 배의 기세를 당해내지 못하고 작은 배 세 척이 뒤집혔다. 열 명 남짓이 물속에 빠진 것을 보고 이준이 소리쳤다.

"배를 돌려라!"

일행은 배를 돌려 물러났다. 정가네 사람들은 물에 빠진 사람들을 건져낸 다음 방금 일어난 일을 정자섭에게 보고하였다.

"조금 전에 고선 한 척이 경계를 넘어왔습니다. 수패를 소지하지 않고 있기에 조사하려 하였더니 영감마님의 껍질을 벗겨 백성들을 구제하겠다며 심한 욕설을 퍼부어댔습니다. 삿대로 공격해 오는 바람에 우리 배 세 척이 뒤집혀 십여 명이 물에 빠진 것을 구해 냈습니다. 확인한 바에 의하면 그자들은 소하만에 사는 이준, 비보 일행이랍니다."

정자섭은 허허허 냉소를 지으며 말했다.

"양산박 잔당 놈들이 나를 건드리다니! 이놈들이 죽으려고 환장했구나!"

그는 즉시 소장을 써서 하인에게 들려주었다. 소장은 상주부에 제출되었다.

여태수는 소장을 뜯어 읽어보았다. 그리고 부하들에게 비보와 이준 일당을 잡아들이라는 체포영장을 발부하였다. 그러자 서리가 말했다.

"소하만 일대는 소주부 관할이라서 먼저 공문을 보내야 합니다."

"그렇다면 바로 공문을 보내게."

서리는 공문을 작성해 소주부로 보냈다. 그런데 소주 태수는 청렴한 사람이었다. 그는 여태수의 탐욕을 잘 알고 있었고 정자섭과 합심해 사리에 어긋나는 짓을 벌이는 것도 알고 있었다. 하지만 남태호 어부들이 자신에게 호소하는 것을 그래도 동료인지라 여태수를 거슬리는 조치는 차마 못하고 있었다.

그런 상태에서 이준 등을 체포해 인도해 달라는 공문이 날아왔다. 공문을 본 소주 태수는 몹시 불쾌하였다. 그는 체포할 수 없다는 거절 답서를 써서 사자를 돌려보냈다. 크게 노한 여태수는 이 문제를 상의하기 위해 정자섭을 불렀다.

다음날 여태수는 정자섭을 뒤채로 안내한 다음 말문을 열었다.

"소주부에서 우리의 요청을 받아들이지 않으니 어쩌면 좋을지 모르겠소. 부탁을 들어주지 못해 면목이 없소이다."

"소주 태수가 상주부의 요청을 들어주지 않은 것은 사실 작은 일이오. 더 큰일은 이준 같은 양산박 잔당이 기회를 잡아 난을 일으키는 것 아니겠소? 꼭 수단을 강구해서 그들을 제거해야 하오. 그래야 태수의 위엄도 서고 나도 베개를 높이 베고 잠을 잘 수 있을 것이오. 그리고 또 한 가지가 더 있소. 놈들은 오랫동안 도둑질을 해온 놈들이니까 많은 금은보화를 가지고 있을 것이오. 그들을 잡아들이면 우리가 몽땅 그 재물을 차지할 수 있지 않겠소!"

정자섭의 말에 여태수가 웃으며 맞장구를 쳤다.

"그렇게 되면 당연히 함께 재물을 나누세."

정자섭이 다시 말했다.

"놈들은 소주부에서 체포 의뢰를 거절했다는 사실을 알면 더욱 대담해질 것이오. 이제 소주부 따위에 놈들을 인도해 달라고 부탁할 것 없소이다. 체포영장도 거둬들이는 게 좋겠소.

얼마 지나지 않으면 정월 대보름 원소절 아니오? 원소절에는 등롱을 다는 풍습이 있으니 성중 사람들에게 가가호호 등롱을 달아 풍년을 기원하라고 고시하면 어떻겠소? 놈들은 담력이 있는 자들이니 반드시 구경하러 올 것이오. 그때를 노려 포교들을 준비해 두었다가 잡아들이면 될 것이오. 치밀한 준비를 하고 몰아가면 올가미에 걸려들지 않을 수 없지요!"

여태수는 크게 기뻐하며 말했다.

"참으로 귀신 같은 묘책이오! 그러다간 우리 고을 땅도 모조리 떼어가겠소이다!"

정자섭이 웃으며 말을 받았다.
"태수의 임기가 만료되면 그 땅을 모두 보내드리리다."
두 사람은 한바탕 웃음을 터뜨리고 나서 헤어졌다.

이에 앞서 이준 등은 소하만으로 돌아왔다.
"오늘은 통쾌하게 잘 싸웠지만 저놈들이 반드시 다시 시비를 걸어오겠지."
예운이 걱정하자 동위가 말을 받았다.
"무서울 게 뭐 있어! 다시 배를 타고 가서 놈들을 물속에 처넣으면 되지."
"너무 들뜨지 말자고. 오늘은 놈들의 위세를 거꾸러뜨리고 우리의 솜씨를 조금 알려줬을 뿐이니까. 또 우리는 고기잡이로만 먹고 사는 게 아니니 굳이 호수 그쪽까지 갈 것도 없지. 놈들에게 사람들의 원한을 사면 하늘이 노한다는 것을 알려준 것으로 만족하세. 시빗거리는 될수록 피하는 것이 좋지 않겠는가!"
이준의 말에 비보가 맞장구쳤다.
"형님의 말씀이 옳습니다."
그들은 배를 항구에 정박한 채 조용히 지냈다.
그러는 중에 어느덧 원소절이 눈앞에 다가왔다. 어떤 사람이 상주 소식을 전해 주었다. 집집이 등롱을 내걸고 백성들이 함께 즐긴다는 것이었다. 정월 열이튿날 밤부터 열여드레 밤까지가 가장 볼거리가 많아 인근 주현에서까지 남녀노소가 두루 구경을 온다는 이야기였다. 이준이 말했다.

"우리 형제들이 함께 구경을 가면 어떨까?"

"안됩니다. 정자섭과 여태수가 손잡고 무슨 흉계를 꾸미는지 누가 알겠소? 얼마 전에 한바탕 소동이 벌어졌는데 그놈들이 그냥 잊고 넘어갈 리가 없지요. 소하만에 있으면 우리를 꺼려 함부로 상대하지 못하겠지만 상주는 놈들의 안방 아닙니까? 자칫 큰 봉변을 당할지도 모릅니다."

복청이 걱정하자 적성이 말을 받았다.

"자네는 다른 사람의 기운을 북돋워줄 만큼 기세 좋게 펄펄 날던 사람이었네. 우리 넷이 태호를 종횡무진 누볐지만 무서울 게 없었지. 이제는 이준 형님을 비롯한 세 분이 더 가세해 호랑이 등에 날개가 달린 격인데 거리낄 것이 무언가? 게다가 원소절 등롱놀이라면 사람들이 인산인해를 이룰 텐데 우리가 그 속에 있다는 것을 누가 알겠는가? 가도 아무 일 없을 걸세."

"송공명이 원소절 등롱놀이를 보러 동경에 갔을 때 이규가 소란을 피웠는데도 평온 무사히 끝났지. 양중서가 북경에서 등롱 축제를 열 때는 또 우리 형제들이 가서 노원외를 구출했었네. 두 번의 경천동지할 만한 사건에 비하면 이번 것은 일도 아니지 않은가! 조심하기로 한다면야 등불을 보러 안 가는 게 좋지. 얼마 전에 정자섭이란 놈과 정정당당히 맞서놓고도 그런 놈들을 무서워하면 세상의 웃음거리가 될 거야."

이준이 이렇게 말하는 바람에 논의는 종결되었다.

열닷새날 아침이 되자 일곱 형제는 두 척의 배에 나누어 탔다. 어부들이 모는 배는 바람을 타고 상주 서문에 도착하였다. 눈에 잘 뜨지 않는 으슥한 곳에 배를 정박했을 때는 정오가 조금 지난 시각이었다. 그들은 배 안에 술과 음식을 차려놓고 배부르게 먹었다.

"우리 두 형제는 배에 남아 있다가 저녁이 되면 성문 앞으로 가서 지키고 있겠소. 만일 무슨 일이라도 생기면 안팎에서 호응할 수 있을 게요."

동위의 제안에 이준이 동의했다.

"맞는 말이네!"

품속에 비수를 꽂은 채 다섯 명은 성으로 향했다. 등롱 구경을 나온 인근 시골의 남녀노소가 우르르 몰려드는 인파 속에 끼어 이준 일행은 성문 안으로 들어섰다.

성문에서 이어지는 큰 대로며 작은 뒷골목까지 성안 구석구석에 등롱이 걸려 있었다. 거리에는 높다란 비단 장막 사이로 오색 공이 걸려 있었으며 떠들썩한 노랫소리가 끊이지 않았다. 이를 노래한 시가 있다.

매화꽃 지는 향기 십 리를 날아오고
누대를 비치는 밤의 불빛 그윽하구나
누가 달빛 바라보며 집 안에 한가히 앉아 있으랴
등롱놀이 소식을 듣는 이 어디선들 달려오리니

그때 밝은 달이 동쪽 하늘에 솟아올라 물줄기처럼 거리를 맑게 비추었다. 곳곳에 꽃장식 등롱이 걸려 있고 등롱을 바라보는 사람들의 웃음소리가 성안에 가득 울려 퍼졌다. 그 소리는 주악

소리와 하나로 융화되었다.

 높이 솟은 홍루 누각에서는 주렴을 걷어올리고 아름다운 여인들이 난간에 기대에 밖을 내다보았다. 그녀들의 몸에서 풍기는 향기와 얼굴 그림자가 은은하게 주위를 감쌌다. '하늘에도 보름달이요 인간세상에도 보름달'이었다. 이른 봄의 정취를 느끼게 하는 강남의 풍경은 혼을 쏙 빼놓는 듯했다.

 이준 일행은 한동안 거리를 돌아다니며 구경하고 놀았다. 구경꾼 하나가 성문 위의 망루에 신선이 사는 곳을 형상화한 화려한 오산鰲山 장식 등롱 세 개가 걸려 있는데 볼 만하다고 전해 주었다. 구경꾼에게 밀리면서 부청 건물 앞까지 와 보니 과연 휘황찬란한 등롱이 대낮처럼 환히 빛나고 있었다.

 여태수는 부하들과 함께 누상에서 술을 마시고 있었다. 아래쪽에서는 피리며 생황 소리가 끊임없이 울려 퍼지고 틈틈이 폭죽이 하늘을 가르며 날아올랐다. 군중이 어찌나 북적이던지 등을 떠밀려 마치 발이 허공을 걷는 듯했다.

 이준 일행은 한참을 더 구경하다가 발걸음을 돌려 큰길 동쪽 끝에 있는 한 요릿집으로 들어갔다. 이층으로 올라가 자리에 앉으니 종업원이 안주와 술을 가져왔다. 일행은 한동안 권커니 잣거니 술을 마셨다. 시간은 밤 열 시쯤을 지나고 있었다. 예운과 복청이 말했다.

"이제 그만 돌아가는 게 좋겠습니다."

 적성이 말했다.

"날씨 좋고 경치 좋고. 오늘은 통금도 없고 성문을 밤새 열어두는 날이니 좀 천천히 움직이자고."

이준도 별다른 생각 없이 허리를 일으키려 하지 않았다.

"그러면 몇 잔 더 하고 오시구려. 우리는 성문 근처에 가서 기다릴 테니까."

예운과 복청은 먼저 자리에서 일어났다.

그들이 자리를 뜬 지 얼마 지나지 않아 두 명의 검은 옷을 입은 남자가 들어와 그들의 얼굴을 뚫어지게 바라보며 말했다.

"동정산의 곽대관이신 줄 알았는데 아니군요."

그러면서 몸을 돌려 아래층으로 내려갔다. 이준과 비보는 술을 마시느라 그 사람들을 마음에 두지 않았다.

이번에는 한 노인이 아리따운 여인을 데리고 나타났다. 여인은 탁자 옆으로 와서 만복을 기원한다는 인사를 하고는 상사판과 북을 두드리며 짧은 노래 두 곡을 불렀다. 아주 빼어난 노래솜씨는 아니었지만 그런 대로 괜찮은 낭랑한 목소리였다. 비보는 주머니에서 두 푼 남짓한 은자를 꺼내 여인에게 사례하였다.

바로 그 순간 아래층에서 별안간 함성이 일며 손에 곤봉을 든 삼사십 명의 포교들이 이층으로 뛰어올라왔다. 상황이 좋지 않음을 깨달은 이준, 비보, 적성은 술자리를 걷어차고 여인을 밀치며 도망갈 길을 찾았다. 하지만 이미 코앞에까지 들이닥친 포교들은 매가 제비를 덮치듯이 달려들었다. 이준 등 세 사람은 꼼짝 못하고 등뒤로 오랏줄에 손이 묶인 채 아래층으로 끌려 내려갔다.

종업원이 소란이 일어난 이층으로 달려 올라가 보니 접시가 산산조각 나고 술과 안주는 어지러이 널려 있었다. 노래하던 여인은 마룻바닥에 넘어져 일어나지 못한 채 아프다고 소리질렀다.

이준, 비보, 적성 세 사람은 포교들에게 붙잡혀 몽둥이로 얻어맞고는 곧바로 부청으로 끌려갔다. 여태수는 벌써 공청에 나와 상석에 앉아 있었다. 은촛대에서 타오르는 불빛이 대낮처럼 휘황찬란하고 양옆에 호랑이 같은 군졸들이 줄지어 서 있었다. 이준 등이 꼿꼿이 서 있자니 여태수가 호통을 쳤다.

"이놈들, 양산박 잔당놈들아. 또다시 모반을 꾀해 끌려온 놈들이 어째서 무릎을 꿇지 않느냐?"

이준이 대답했다.

"성상께서 세 번이나 조칙을 내려 초안하신 후 북쪽으로 대요를 정벌하고 남쪽으로 방랍을 토벌하며 수년 동안 조정을 위해 힘을 보탰소. 벼슬을 하기 싫어 은둔해 살며 법을 어긴 적이 없거늘 왜 무릎을 꿇는다는 말이오?"

"네놈들은 태호에 살면서 관의 고시에 복종하지 않았다. 게다가 정씨 집안사람들을 물에 빠뜨렸으니 이는 명백한 모반이거늘 무슨 변명이란 말이냐!"

"태호는 인근 세 고을 백성들이 입는 옷가지며 먹는 식량이 나는 곳이오. 당신은 한 고을의 수장으로서 조정에서 많은 녹봉을 받고 있지 않소? 그런데도 백성을 아끼고 사랑하지 않고 어찌 권문세가의 주구 노릇을 하는 것이오? 태호를 개인 어장으로 만들어 잡은 물고기를 절반이나 빼앗아가는 것을 보고 우리는 백성들의 분노를 대변했을 뿐이오. 오늘 나를 잡아와서 뭘 어쩌자는 거요?"

"여기 추밀원에서 온 공문이 있다. 등주에서 완소칠과 손립, 음마천에서 이응과 공손승 패거리가 난을 일으켰다고 한다. 이들이 양산박 잔당인지라 나머지 관련자들은 모두 관직에서 물러나고 서약서를 제출해야 한다. 그래서 너희를 잡아온 것이다"

"추밀원의 지시는 다만 벼슬을 내놓고 서약서를 제출하라는 것이지 까닭없이 잡아들이라는 것은 아니잖소?"

말문이 막힌 여태수는 쓴웃음을 지으며 말했다.

"네가 무슨 말인지 알아듣는다면 내 너를 도와주겠다. 하지만 계속 고집을 부리면 이응, 완소칠 등과 결탁해 모반한 것으로 만들어 동경으로 압송하겠다. 일단 감옥에 처넣어둬라."

이준은 더 항변하려 했으나 병졸들에게 떠밀려 감옥에 갇히고 말았다.

이제 예운과 복청의 이야기를 하기로 하자. 술집에서 먼저 나온 두 사람은 성문 근처에 이르렀다. 그때 한 무리의 포교들이 달려오며 문지기에게 화급히 이르는 것이었다.

"태수님의 하명이다. 성안에 첩자가 잠입해 있다. 빨리 성문을 닫아라!"

그 말을 듣자마자 두 사람은 허겁지겁 성밖으로 뛰쳐나갔다. 이내 성문은 닫히고 말았다. 두 사람은 도개교 근처에서 동위와 동맹을 만났다.

"이준 형님은?"

그들의 물음에 예운이 대답했다.

"형님은 아직 술집에서 술을 마시고 있네. 우리 둘은 성문에서 기다리기로 하고 먼저 나왔지. 성문에 이르자 첩자가 잠입했다며 성문을 닫으라기에 우선 뛰쳐나왔네."

"무슨 일이 있었던 모양이지. 그런데 뭘 어떻게 해야 한담? 일단 배로 가세."

동위의 말에 네 사람은 배로 돌아갔지만 밤새 한숨도 자지 못했다. 날이 밝기를 기다려 서문 앞으로 가보니 문은 이미 열려 있었다. 그런데 벌써 사람들 사이에 지난밤 등롱놀이 중에 양산박 두령 셋이 붙잡혀 옥에 갇혔다는 소문이 돌고 있었다. 네 사람은 크게 놀랐다.

"진위 여부는 알 수 없지만 아침까지 얼굴을 보이지 않는 것을 보면 뭔가 이유가 있을 것이네. 다 같이 모여 있으면 남의 눈에 띄기 쉬우니 자네들은 배에 가 있게. 내가 무슨 일인지 알아보겠네."

동위는 이렇게 말하며 일행과 헤어졌다.

동위가 부청 문 앞에 이르러 들어 보니 모두가 똑같은 이야기였다. 그래서 동위는 앞뒤 가리지 않고 일단 감옥 입구로 갔다. 옥에 갇힌 사람을 만나려면 옥졸들에게 돈을 쥐어주는 게 상례였다. 돈을 받은 옥졸은 몇 가지 사항을 묻고는 동위를 감옥 안으로 들여넣어 주었다.

동위를 본 이준이 말했다.

"동생, 자네가 말한 대로 되고 말았네. 그런데 태수의 말투로 보건대 우리한테 금품을 갈취하려는 눈치 같았어. 쥐뿔이나 놈에게 줄 게 있어야 말이지."

"이렇게 된 이상 어물쩍 받아들이는 척하고 넘어가야 해요. 돌아가서 최대한 돈을 마련해 볼 테니 일단 옥에서 빠져나오고 나서 다음 계책을 생각합시다. 이건 지금 내가 갖고 있는 돈이오. 이걸 옥졸들에게 나누어주고 요령껏 견디시오."

동위는 이렇게 말하며 십여 냥을 이준에게 건네주었다.

"돌아가서 우선 형제들을 안심시켜야겠소. 사흘 후에 다시 오리다."

배로 돌아온 동위는 형제들에게 소식을 전했다. 그리고 모두의 얼굴을 돌아보며 말했다.

"일단 집으로 돌아가서 돈을 마련하세. 사흘 후에 다시 오겠다고 약속했네."

흥에 넘쳐서 왔다가 푸성귀에 소금을 뿌린 듯 풀이 죽어 돌아간다는 말에 딱 어울리는 상황이었다. 소하만으로 돌아와 각자가 가진 돈을 탈탈 털어 모았다. 그렇게 해서 은자 이천 냥 남짓한 돈이 마련되었다. 동위가 말했다.

"이 돈이면 충분할 것이네. 그래도 모르니 일단 조금만 챙겨 가지고 가서 저쪽 요구가 어느 정도인지 보세."

동위는 우선 백 냥만 가지고 작은 배에 올라탔다. 감옥으로 가니 이준이 말했다.

"놈이 사람을 시켜 전하기를 만 냥을 내지 않는 한 석방하지 않겠다는 거야. 모두 정자섭이 꾸민 일로 둘이서 반씩 나누자는 심산이겠지. 아무리 생각에 생각을 반복해도 그런 큰돈을 만들 방도가 없잖은가? 그래서 거듭 교섭을 펼쳐 삼천 냥으로 합의하였네. 다만 반드시 열흘 안에 돈을 가져와야지 지체하면 안된다네."

"이미 예측하고 있었소. 그래서 잔뜩 긁어모아 봤는데 이천 냥밖에 안되더군요. 부족한 돈은 돌아가서 어떻게든 마련해 가지고 오겠소. 우선 따로 백 냥을 가져왔으니 이걸 문서 작성하는 서리한테 주어 기한을 연장시켜 보시오. 열흘 안에 꼭 돌아오겠소."

이준 등과 헤어져 집으로 돌아온 동위는 형제들에게 다녀온 이야기를 들려주었다.

"아직 천 냥이 부족하지만 내게 한 가지 계책이 있네."

　탐욕스레 만드는 샘물을 마시지 않는 청백리 없다는데
　범으로 둔갑해 백성을 잡아먹는 못된 관리는 또 얼마나 많은가

제10회

악화의 계략으로 감옥에서 풀려난 이준

　이준, 비보, 적성은 여태수의 계략에 말려 감옥에 수감되었고 은자 삼천 냥을 내야 풀려날 수 있게 되었다. 이준을 만나고 돌아온 동위는 예운, 복청, 동맹에게 말했다.
　"여태수가 은자 삼천 냥을 요구한다네. 우리가 가진 돈을 탈탈 털었지만 이천 냥밖에 되지 않네. 열흘 안에 나머지 천 냥을 어떻게든 마련해야 해. 내가 생각한 계책은 다른 게 아니라 어쩔 수 없이 옛날 수법을 한 번 쓰자는 것이야. 나와 동맹은 소주로 갈 테니 예운과 복청 자네 둘은 호주 방면으로 가서 지나는 배를 털기로 하세. 운 좋게 큰돈을 가진 상인이라도 만나면 단숨에 해결할 수 있을 것이네."
　세 사람이 동위의 계략에 동의함에 따라 그들은 두 척의 배에 나누어 탔다. 무기를 숨긴 채 각기 두세 명의 어부들이 배를 몰았다. 새벽에 배를 띄워 각자의 길로 흩어졌다.
　동위와 동맹의 배는 목독까지 갔다가 소주 부근을 지나 돌아오는 길에 우연히 악화와 화공자가 탄 배를 만나게 되었다. 배 안에 고리짝과 옷 보따리 등이 실려 있어 다소나마 값나가는 물건이 있으려니 하고 노렸던 것이다.

쏜살같이 쫓아가 보대교에서 따라잡고는 상대의 배로 뛰어올랐다. 칼을 뽑아 내리치려 할 때 그게 악화일 줄 누가 알았으랴. 두 사람은 악화의 배를 안내해 바람을 타고 소하만으로 돌아왔다. 배에서 내리자 동위와 동맹은 두 부인에게 정식으로 인사를 올린 후 말했다.

"두 분 형수님, 안으로 드시지요. 저희 식구들이 모시겠습니다."

비보와 예운의 부인이 나와서 두 부인을 안으로 안내하였다. 동위는 악화에게 그동안 어떻게 지냈는지 소식을 물었다. 악화는 지금까지 있었던 일을 자세히 들려주었다. 그리고 두 부인과 화공자가 편안히 지낼 수 있도록 항주로 가던 길이었는데 두 형제를 만나게 될 줄은 상상도 못했다며 이야기를 마무리했다.

"그런데 어째 이준 형님이 보이지 않네그려."

악화가 이준의 안부를 궁금해 하자 동위는 한숨을 내쉬며 말했다.

"허허, 어찌된 영문인지 세상에 뛰쳐나오자마자 나쁜 놈들과 연신 싸우게 되는군요. 방랍을 정벌하고 귀환한 뒤 이준 형님은 큰 공을 세워봤자 만족할 만한 결과를 얻지 못하리라는 걸 예견했지요. 그래서 병이 들었다는 핑계를 대고 송공명의 곁을 떠난 겁니다.

형님이 향한 곳은 이곳 태호였소. 일찍이 결의형제를 맺은 네 호걸이 이곳에 살고 있었거든요. 태호에서 함께 살게 되었는데 그곳은 지면이 낮고 습한 곳이었어요. 물고기 잡고 술이나 마시며 유유자적 살고 싶어 여기 소하만으로 거처를 옮겼지요.

그런데 마적산에 정자섭이란 놈이 있을 줄 누가 알았겠소? 과거에 급제해 염방사까지 지낸 놈인데 사람됨이 야비하기가 말로 표현할 수가 없어요. 게다가 뇌물이라면 사족을 못 쓰는 겁니다. 상주부 태수는 복건성 출신의 여지구라는 자라오. 정자섭과 동갑인데 두 도둑놈이 한통속이 되어 백성들을 못살게 굴고 있어요.

태호는 세 고을 백성들이 의식주를 해결하는 생활터전이지요. 어느 날 갑자기 정자섭이 자기 소유라며 태호에서 물고기를 못 잡게 하지 않겠소. 물고기를 잡으려면 그가 발행한 수패를 소지하고 어선이 크든 작든 잡은 물고기의 절반을 내라는 거였소. 우리도 네 척의 배가 있는데 수패가 없었던 탓에 그놈의 수하들과 한바탕 소동을 벌였지요.

그러자 놈이 꾀를 부려 등롱놀이를 크게 벌인 거요. 우리를 상주 시내로 들어오게 하려는 속셈이었소. 이준 형님이 등롱 구경을 가자기에 내가 나서 말려 보았지만 결국은 다 같이 길을 나서게 되었소. 원소절 날 밤에 성안에 들어가 구경하다가 술집에서 붙잡히고 말았지요. 이준 형님은 지금 비보, 적성과 같이 감옥에 갇혀 있는데 완소칠, 이응 일당이라고 꾸며 동경으로 압송하겠다는 거요.

은자 만 냥을 내면 풀어준다기에 어쩔 수 없이 삼천 냥으로 합의를 봤소. 하지만 우리가 가진 돈을 다 모아도 천 냥이 모자랍니다. 서리를 매수해 기한을 연장해 두었지만 돈을 가져가야 할 날이 이제 코앞으로 다가왔소. 어쩔 수 없이 옛날 방법을 써먹으려다가 천행으로 형님을 만난 것이오.

우리는 모두 무지렁이들이라서 뾰족한 방법이 떠오르지 않소. 형님은 영리한 사람이니까 그들을 구할 무슨 좋은 방법이 없겠소? 화부인께서도 항주까지 갈 것 없소. 여기 소하만도 아주 좋은 곳이니 이곳에서 함께 지냅시다."

동위가 말을 마치고 나자 저녁상이 준비되었다.

식사 도중에 예운과 복청이 돌아왔다. 악화와 화공자는 각각 서로의 이름을 말하며 인사를 나누었다. 예운이 말했다.

"우리 둘이 호주 동쪽으로 갔다가 비단 장사를 만났지 뭔가. 비단 삼사백 필을 얻었으니 돈이 좀 될 거네. 자네들은 소득이 있었는가?"

동위가 말했다.

"어떤 배를 쫓아가 잡고 보니 세상에 우리 형제들이었지 뭔가. 화부인과 진부인은 안으로 모셨네. 악화 형님은 영리한 사람이니 옥에 갇힌 사람들을 구해 낼 방도가 없겠느냐고 묻고 있는 중이었네."

"무슨 계책이 있겠습니까?"

복청의 물음에 악화는 잠시 생각에 잠겼다가 웃으며 말했다.

"이미 좋은 수를 생각해 두었네. 은자는 걱정할 게 없네. 화부인께서 지닌 돈이 좀 있으니 그 돈을 빌리면 될 것이야. 하지만 그런 놈들에게 돈을 줄 수는 없지! 오늘밤은 푹 쉬고 내일 아침에 큰 배 두 척을 몰고 상주로 떠나세."

자리에 있던 사람들은 무슨 영문인지 알 수 없었다. 새벽에 자리에서 일어난 악화가 화공자에게 말했다.

"오늘은 네 도움이 필요하니 동행해 주어야겠다."

"저는 나이도 어리고 아는 게 없는데 무슨 일을 하죠?"

"내가 하나하나 가르쳐 줄 테니 왕보 아들 왕선위의 동생 행세를 하는 거야. 이래저래 하면 된다."

동위와 동맹은 하인으로 분장하고 악화는 화공자를 수행하는 우후, 예운과 복청은 우후를 모시는 종자처럼 꾸몄다. 모두 품속에 칼을 숨긴 채 길을 나서 성밖에 배를 대었다. 사인교 하나를 빌려 화려한 복장 차림의 화공자를 태웠다. 악화는 심홍색 전첩을 손에 들고 부청 문을 들어서 영빈관 앞에 멈추었다. 그리고 전첩을 내밀며 태수 면회를 청했다.

여태수가 황급히 달려와 영접하며 자리를 안내했다. 여태수가 보기에 화공자는 풍채가 준수하고 얼굴이 백옥같이 흰데다 예의범절에 어긋남이 없어 과연 권문세가 집안의 자제다웠다. 차를 내놓고 나서 여태수가 입을 열었다.

"제가 도성에 올라갈 때마다 우대신 대감을 찾아뵙고 은혜를 많이 입었지요. 또 형님께서는 제 상사로 계시기에 지난 춘절에 작은 예물을 보내드렸는데 너무 빈약해서 송구스런 마음이었소이다. 오늘 이렇게 공자께서 왕림하시니 큰 영광이외다. 언제 동경을 떠나셨는지요?"

화공자가 몸을 굽히며 대답했다.

"저는 줄곧 형님이 계신 건강에서 공부하고 있었지요. 부친께서 말씀하시기를 태수님은 명문가의 후예로 널리 존경을 받는 문인이시니 작은 선물이라도 준비해 찾아뵙고 스승으로 모시라고 하셨습니다. 이번에 모친께서 천축사에 기도드리러 가시는데 모시고 가다가 우연히 이 지방을 지나게 되었습니다. 이를 계기로 먼저 스승님의 존안을 뵙고 오랜 소원을 이루려고 마음먹었습니다."

여태수는 문하로서 인사드린다는 말에 몹시 반색하였다. 이렇게 옥 같은 귀공자 문하생이 생겼으니 이제부터는 권문가의 손을 잡게 되었다고 생각했던 것이다.

그는 겸손히 말했다.

"보잘것없는 나 같은 사람이 어찌 공자의 스승이 될 수 있겠습니까? 그런데 태부인의 수레도 우리 고을 관내에 있을 텐데 마중을 나가지 못해 참으로 죄송하기 그지없소이다. 모친께서는 어디에 머물고 계십니까? 찾아뵙고 가르침을 청하는 게 도리일 터이니 곧 안사람으로 하여금 문안을 드리도록 하겠습니다."

화도령이 말했다.

"만일 저를 못 본 체하시지 않는다면 천축사에 갔다가 돌아오는 길에 다시 찾아뵙겠습니다. 오늘 너무 번거롭게 해드렸습니다."

화도령이 일어나 작별을 고하자 여태수는 부청 문 앞까지 나와 배웅하였다. 화도령은 세 번 읍하고서 가마에 올라 배로 돌아왔다.

"그놈이 답례하러 찾아올 테니 이렇게 하면 된다."

악화가 화도령에게 요령을 일러준 지 얼마 지나지 않아 과연 여태수가 찾아왔다. 두 줄로 늘어선 군사들이 길을 안내하는 가운데 두 개의 청도기를 앞세운 여태수의 뒤로는 수많은 집사와 시종들이 따랐다.

부두 가까이 이르렀지만 그리 대단한 큰 배는 보이지 않았다. 여태수가 교자에서 내리려는데 이미 뭍에 올라와 있던 화공자가 여태수 앞에 얼굴을 보이며 말했다.

"배가 좁은데다 모친이 타고 계시니 배로는 모실 수가 없습니다. 괜한 걸음을 하셨습니다."

여태수는 서둘러 교자에서 내려섰다. 그리고 화공자의 손을 잡고 웃으며 접관정으로 안내하였다. 주객의 예를 갖추고 막 자리에 앉으려는 순간이었다. 동위와 동맹이 안에서 번개처럼 튀어나오며 여태수의 몸을 붙들었다. 예운과 복청은 획 소리를 내며 번쩍번쩍 빛나는 단도를 뽑아 태수의 목덜미에 대었다.

"이 백성의 고혈을 빼는 도둑놈아! 살고 싶으냐 죽고 싶으냐?"

여태수는 놀라서 혼비백산하였다. 서른 개의 아랫니 윗니가 딱딱 부딪치도록 한마디 말도 못하고 부들부들 떨었다. 종자들은 구원하러 뛰어들고 싶어도 태수의 목숨이 날아갈까봐 수수방관할 수밖에 없었다. 날카로운 흰 칼날이 태수의 목을 겨누고 있었던 것이다.

주변에 몰려든 수많은 백성들은 한편으로 놀라면서도 그런 태수의 모습을 보며 실컷 비웃었다. 악화가 말했다.

"여태수, 당황하지 마시오. 우리는 다름아닌 양산박 호걸들이오. 왜 이준, 비보, 적성을 감금하고 은자 삼천 냥을 갈취하려는 것이오? 그들을 즉시 석방해 이곳으로 데려오면 당신의 목숨을 살려주겠소! 만약 싫다고 하거나 누구 한 사람이라도 우리 곁으로 가까이 다가오면 당신의 온몸에 숭숭 구멍을 내주겠소!"

여태수는 자신의 목숨을 살리기 위해 연거푸 소리쳤다.

"제발 살려주시오! 석방하겠소, 석방해요!"

그는 서리를 불러 즉시 감옥으로 가서 이준 등 세 사람을 데려오라고 명했다.

한 끼 식사로 치면 채 절반도 먹지 못했을 잠깐 사이에 이준 등 세 사람이 그곳에 도착하였다. 이준이 보니 태수가 붙잡혀 있고 많은 사람들이 주위를 에워싸고 있었다. 다시 자세히 보니 악화가 삿대질하며 뭐라고 말하고 있었다. 이준 등은 일이 돌아가는 상황을 몰라 잠시 멍하니 서 있었다.

"세 분이 도착했으니 이제 나를 놓아주시오."

여태수가 애걸하자 악화가 말했다.

"성급히 굴지 마시오! 태호는 백성들의 터전인데 어째서 파산사란 놈과 결탁해 그놈 집안의 어장이란 고시를 낸 것이오? 그놈이 수패를 발행해 잡은 물고기를 절반이나 빼앗아가는 것은 사사로이 세금을 거두는 일이오. 우리 형제들이 진노해 백성을 위해 나서니까 당신이 음모를 꾸며 잡아 가두고 은자 삼천 냥을 갈취하려 했던 것 아니오? 돈이 있어도 줄 수 없소! 그동안 당신은 백성들의 허다한 재물을 착취해 왔소. 삼천 냥을 우리에게 가져오면 비로소 용서하겠소!"

"개인 어장으로 고시한 것은 이치에 어긋난 일입니다. 하지만 사사로이 어세를 거두고 호걸들을 잡아들이자고 한 것은 모두 정자섭의 머리에서 나온 계책이었습니다. 은전이 필요하면 바로 가져오겠습니다."

태수는 다시 서리를 불러 빨리 관아로 가서 돈을 가져오라고 했다. 당황한 태수 부인이 급히 챙겨 보낸 수십 개의 은자 꾸러미를 악화는 배에 싣게 했다.

"관리로서 체면이 말이 아닙니다. 이제 나를 놓아주시오."

여지사가 애원하건만 악화는 그 말을 잘랐다.

"목숨은 살려주겠소. 다만 그 정자섭이란 놈을 용서할 수가 없구려. 같이 가서 그놈하고 대면해 어장 문제를 명백하게 정리해야만 당신을 풀어줄 수 있소. 마음이 놓이지 않으면 당신의 수하들을 모두 데려가도 좋소."

여태수는 어쩔 수 없이 부하들을 배 안으로 불러들였다. 예운과 복청은 여전히 태수의 곁에 바짝 붙어 감시하였다.

정자섭이 사는 마적산까지는 읍성에서 삼십 리에 불과했다. 돛을 올리고 태호 위를 달리니 반나절 만에 도착하였다. 아전으로 분장한 악화가 먼저 가서 여태수가 찾아왔다는 기별을 전했다.

마침 이날은 정자섭의 생일이어서 집 안에서 축하연이 열리고 있었다. 태수가 온다니까 한 사람이 불현듯 말했다.

"집안 잔치인데 태수께서 오시다니 얼마나 감사한 일인가! 그런데 어떻게 알고 직접 축하하러 오시는 거지? 누가 소식을 전했을까?"

정자섭은 급히 관복으로 갈아입고 마중을 나갔다. 일가친척과 그의 친구들은 행랑채로 자리를 옮겨 밖을 내다보며 연신 칭송을 계속했다.

악화는 징을 치고 의장을 늘여 세워 제법 위의를 갖추게 한 뒤 여태수를 뭍에 오르게 했다. 하지만 교자가 없어 초라할 수밖에 없었다. 동위, 동맹, 예운, 복청이 태수의 신변을 옹위하는 가운데 걸어서 정자섭의 문간까지 당도하였다. 정자섭은 허리를 굽혀 영접하고 읍한 다음 자리에 앉았다. 정자섭이 감사의 말을 전했다.

"생일이긴 하지만 모친상을 당해 잔치를 꺼렸는데 이 먼 곳까지 왕림해 주니 황송하기 짝이 없소이다."

여태수는 바늘방석에 앉은 것 같은데다 그의 생일인지도 몰랐기에 답변이 궁했다. 여태수가 간신히 말을 꺼냈다.

"사실 생일인지도 몰랐는데 몇 마디 할말이 있어서 이렇게 불쑥 찾아왔소."

정자섭이 웃으며 말했다.

"무슨 할말이 있는 게요? 이렇게 일부러 찾아오다니! 그런데 이준 일행의 건은 가능한 한 속히 돈을 바치도록 해야 하오. 너무 봐주면 안된단 말이오."

이준, 비보, 적성이 무기를 숨긴 채 곁에 서 있었지만 정자섭은 알지 못했다. 세 사람은 그의 말을 듣자 분노가 단전을 뚫고 천 길 높이까지 치솟았다. 도저히 화를 억제할 수가 없어 이준은 정자섭의 멱살을 움켜쥐었다.

"나 이준이 지금 은자를 내러 왔다!"

비보와 적성은 품속에서 비수를 꺼내 들었다. 정자섭은 얼굴이 흙빛이 되고 혼이 다 달아나 기어들어가는 소리로 오물거렸다.

"이 무슨 일인고!"

이준이 호통을 쳤다.

"무슨 일이냐고? 이 나라와 백성을 좀먹는 날강도놈아! 너는 태호를 독차지해 백성들에게서 사사로이 세금을 거두고 우리 은자까지 갈취하려 하였다. 오늘 너와 여태수를 직접 대면시켜 잘잘못을 가릴 것이다."

이준의 기세가 사나워지자 정자섭은 겨우 사태를 파악했는지 털썩 무릎을 꿇으며 말했다.

"죽을죄를 지었습니다. 뭐든지 시키는 대로 하겠습니다. 목숨만 살려주십시오."

"우리는 아무것도 바라지 않는다. 그저 네놈 파산사의 껍질을 벗겨줄 것이다!"

정자섭은 머리를 조아리며 연신 용서를 빌었다. 악화가 앞으로 나섰다.

"네놈을 죽이는 건 개, 돼지를 죽이는 것처럼 쉬운 일이다. 다만 칼을 더럽힐까 두려울 뿐이다. 용서해 주마. 다만 세 가지 조건이 있다."

"세 가지가 아니라 서른 가지라도 분부에 따르겠습니다."

정자섭의 대답에 악화가 말을 이었다.

"네가 벼슬아치로 있을 때 백성을 꾀어 착복한 재물이 얼마나 되느냐? 똑바로 말해라. 만약 조금이라도 숨긴다면 몸뚱이를 열 토막으로 만들어주겠다."

"그리 많지는 않습니다. 대략 십여만 냥 될 것입니다. 장부에도 나와 있으니 숨길 엄두가 나질 않습니다."

"한 푼이라도 우리한테 달라고는 하지 않는다. 올해는 흉년이 들어 백성들이 세금을 내지 못하고 있다. 가을 추수가 끝난 후 이 고을 백성들이 내야 할 세금을 네가 모두 대신 납부해라!"

악화는 이 같은 내용을 모여 있는 사람들에게 큰 소리로 발표하고 나서 여태수에게 말했다.

"여태수, 당신은 서리를 불러 고시문 백 장만 쓰게 하시오. 정자섭이 추곡 세금을 대납한다는 고시문을 써서 곳곳에 걸어놓도록 하시오."

악화는 곧바로 서리가 작성한 고시문에 여태수로 하여금 날인하게 하였다. 이것이 첫 번째 조건이었다. 악화는 정자섭에게 다시 물었다.

"너희 집 창고에 쌀이 얼마나 있느냐?"

"삼천여 섬 됩니다."

정자섭이 대답하자 악화가 말했다.

"근처에 사는 주민과 소작인을 모두 불러 모아라! 네 재산은 필경 그들을 착취해 모은 것이니 원주인에게 돌려주라는 것이다. 이것이 두 번째 조건이다.

세 번째 조건은 태호에 관한 것이다. 태호를 혼자 독차지하는 것은 용서할 수 없다. 그동안 어선들한테 빼앗은 세금의 두 배를 그들에게 갚아줘라. 너는 오늘 개과천선해야 한다. 만약 그러지 않았다가는 조만간 네 목숨을 앗아갈 테니 결코 허투루 넘기지 말라!"

정자섭은 다시 머리를 조아리며 감사를 표했다. 악화가 여태수에게 말했다.

"여태수도 마찬가지요. 돌아가서는 과거를 뉘우치고 좋은 관리가 되시오. 백성을 아끼고 조정의 은혜에 보답하란 말이오. 여전히 과거의 전철을 밟는다면 결코 묵과하지 않겠소! 당신들 두 사람은 우리를 전송해 주어야겠소!"

예운과 복청은 여태수를 잡아끌고 비보와 적성은 정자섭을 끌어당겨 배에 태웠다. 돛을 올리고 떠난 그들은 도중의 한 작은 섬에 여태수와 정자섭을 내려놓고 바람을 맞으며 나아갔다. 놀란 여태수와 정자섭은 한동안 망연자실해 있다가 서로를 원망하기 시작했다. 마침 뒤따라온 배가 있었기에 그들은 그 배를 타고 돌아갔다. 이 같은 상황을 탄식한 명현의 시가 있다.

부를 쌓으려 하면 자연히 어질지 못한 일을 하게 되고
코끼리는 상아가 있어 죽임을 당한다네
녹림의 무리가 오히려 바른 도리를 행하거늘
금곡인 석숭은 부정한 재산 때문에 형장에서 부끄러워했다지

이준을 비롯한 일행은 소하만으로 돌아왔다. 이준은 악화에게 감사의 말을 전했다.

"동생, 모두 자네 덕분이네! 그런데 어떻게 이곳에 오게 되었는가?"

"저는 왕부마 부중에 보좌관으로 있으면서 한동안 평안히 지냈

지요. 듣자니 매형 손립과 완소칠이 등주에서 소동을 일으켰다지 않겠소. 거기에 연루될 것이 두려워 몰래 빠져나왔지요. 건강에 사는 친구를 찾아가다가 객점에서 동경 출신의 곽경이라는 도사를 만났는데 그자는 어떤 사람의 추천을 받아 왕보의 아들 왕선위를 방문하러 가는 길이더군요. 그자가 함께 가자고 권하기에 잠시 그곳에 몸을 의탁하게 되었지요.

청명절에 왕선위와 함께 연자기로 봄소풍을 갔을 때 그 곽경이 화부인과 진부인 그리고 화공자를 보고는 불량한 마음을 품게 되었던 겁니다. 그때 나는 그들이 형수님과 화공자라는 것을 전혀 알 수 없었지요. 놈들이 내 눈을 피해 군사를 이끌고 들이닥쳐서는 성지에 따라 양산박 무리를 동경으로 호송한다며 끌고 가 연금해 버렸더군요. 화지채의 누이동생인 진부인을 왕선위의 첩으로 삼으려 꾀었으나 진부인은 죽음을 무릅쓰고 따르지 않았지요. 사실을 알게 된 제가 계략을 써서 그들을 구해 냈고 항주에 가서 살려고 했던 겁니다.

그런데 보대교에서 동위를 만나게 되었지요. 형님이 곤경에 처해 있는데 여태수가 은자 삼천 냥을 내야 형님을 석방한다는 겁니다. 또 듣자니 여태수가 복건 출신이라기에 제가 그의 약점을 알고 계략을 세웠지요. 화공자의 용모를 좀 이용했지요. 왕보의 자식이 문하생이 되고 싶다고 하니까 본시 권세와 재물을 탐하던 놈이라서 덜컥 덫에 걸려든 것이오. 그가 답례하러 찾아온 것을 우리 형제들이 붙잡아 목에 칼을 겨는 겁니다. 마치 삼국시대 촉나라의 명장 관우가 칼 한 자루만 지니고 적장의 초대연에 간 고사 그대로였지요.

그자가 목숨이 아까워 거역하지 못할 줄 알고 거꾸로 그에게서 은자 삼천 냥을 받아낸 겁니다. 마누라를 빼앗기고 군사도 잃는다는 이치를 가르쳐준 셈이지요."

이준은 크게 기뻐하며 말했다.

"세상에 이런 묘책이 있을 줄은 몰랐네. 다만 그 정자섭 놈을 죽여 버리지 못한 것은 유감이군."

"정자섭은 제이의 황문병 같은 놈이오. 죽여 버리면 오히려 놈을 위하는 일이 된단 말이오. 탐욕스럽고 인색한 인간은 재물에 자신의 육체와 같은 애착을 갖는 법이죠. 놈이 평생 모은 재산을 하루아침에 잃어버리는 고통을 생각해 보시오. 칼을 맞아 깊은 상처가 난 것보다 훨씬 괴로울 것이오.

그런데다 빈민을 대신해 추곡 세금을 내고 소작인들에게 곡식을 나누어 주고 빼앗은 물고기를 곱절로 갚으니 한편으로는 좋은 일을 많이 하는 셈이죠. 놈이 교활한 인간이기는 해도 그래도 삼품 벼슬아치인데 만일 놈을 살해하게 되면 일은 더 커질 뿐이오. 그래서 그렇게 조치했던 거죠."

이준은 박수를 치며 칭찬했다. 그리고 화부인과 진부인을 청해 인사를 나누었다.

"아드님이 이렇게 장성했군요. 제가 이번 어려움에서 벗어나는 데도 도움을 주었다니 정말 기쁩니다!"

화부인이 말을 받았다.

"이 아이도 기개는 좀 있지요. 아이 아버지가 살아 계실 때 화봉춘이라고 이름을 지어줬답니다. 우리 모자가 가련하게도 의지할 데 없는 몸이 되고 게다가 간사한 자들의 책략에 걸려들었는데 악화 삼촌 덕분에 빠져나올 수 있었습니다. 앞으로도 여러 삼촌들께서 잘 인도해 주시기를 바랄 뿐입니다."

"그런 부탁은 안하셔도 됩니다. 저 이준이 있는 한 반드시 뒤를 보살펴드리겠습니다."

곧바로 돼지와 양을 잡아 천지신명께 제사를 올렸다. 그리고 한데 둘러앉아 술을 마시며 축하연을 즐겼다. 그러던 중 악화가 말했다.

"형님, 할말이 있소이다. 여태수와 정자섭이 이런 봉변을 당했으니 반드시 복수하러 나설 것이오. 우리도 대비해야 하오."

"걱정할 것 없어요. 이 소하만에서만 어부들을 모아도 삼사백 명은 될 것이오. 게다가 우리 형제들이 여기 있잖소. 놈들이 쳐들어오면 한 놈도 남기지 않고 해치워 주겠소! 태호는 수면이 팔백 리나 되고 그 안에 일흔두 개를 헤아리는 봉우리가 있소. 돈과 곡식이 풍족하니까 군사를 모으고 말을 사들여 일대 요새로 만듭시다."

비보가 말을 마치자 다시 악화가 나섰다.

"태호는 공간이 넓지만 고립된 곳이야. 이 안에서 일을 벌인들 좋은 결과를 얻기 어려울 것이네. 각처의 항구를 막고 소주, 호주, 상주 세 고을의 병사들이 토벌하러 오면 군사 경험이 없는 어부들이 무슨 소용이 있겠는가? 게다가 이곳 호수 연안의 백성들은 모두 부유하고 가업에 만족하니 우리에게 순종할 리가 없네. 백성들의 이반을 주의해야 하니 그건 절대 안될 일이네."

"다시 양산박에 올라가 패업을 일으켜 세우는 것이 어떻겠소?"

동위의 제안에 악화가 말했다.

"양산박은 한 번 번성했던 곳이라서 땅의 기운을 다시 살릴 수가 없네. 송공명께서 노심초사 노력한 끝에 모은 사람이 백팔 명인데 많은 사람이 죽고 나머지는 뿔뿔이 흩어졌잖은가! 세월이 흐르고 환경이 바뀌었거늘 어찌 다시 흥할 수 있겠는가? 게다가 길이 멀어서 가족을 데리고 가자면 각처에 설치된 관關과 진津의 경계가 심할 텐데 단박에 가기는 불가능하네."

이준이 말을 받았다.

"맞는 말이네. 저놈들은 혼비백산한 상태라서 복수하려고 해도 삼사일 안에는 올 수 없을 것이네. 신명의 보호하심에 감사드리세. 형제들이 모두 합심한 덕에 어려움을 모면할 수 있었네. 오늘 밤은 즐겁게 마시고 내일 깊이 의논하세."

모두들 흉금을 터놓고 취하도록 마신 후 흩어졌다.

침상에 누운 이준은 잠을 이룰 수가 없었다. 자정 무렵에 겨우 눈을 붙였는데 머리에 노란 두건을 두른 역사力士가 손에 영기令旗를 들고 나타나 말했다.

"이대왕, 성주星主께서 산채에서 만나 뵙기를 기다리고 있습니다. 저를 보내 모셔오라 했으니 어서 가시지요."

이준은 옷을 걸치고 일어나며 말했다.

"호수를 건너야 하니 배를 준비하겠소!"

섬라국왕이 되는 혼강룡 이준과 방랍 토벌시 전사한 왕정륙.

제10회 악화의 계략으로 감옥에서 풀려난 이준

"배는 필요없습니다. 하늘을 날아서 가면 됩니다."

역사가 서두를 것을 재촉했다. 이준이 문을 나서자 역사는 커다란 검은 이무기의 등에 이준을 부축해 태웠다. 금빛 비늘에 감싸인 이무기의 몸뚱이는 길이가 십 장이 넘고 두 눈은 불타는 듯했다. 이준이 올라타자 이무기는 하늘로 날아올랐다. 귓가에 스치는 바람이 파도소리처럼 들렸다. 유성처럼 하늘을 가로지르는가 싶더니 어느 사이에 이준을 양산박 충의당 앞에 내려놓았다.

충의당의 모습은 예전과 크게 달랐다. 벽은 온통 황금으로 덮여 있고 문은 옥으로 되어 있었다. 지붕은 유리 원앙기와였다. 문에는 구슬주렴이 높이 걸려 있고 상서로운 동물 모양의 화로에서는 향불이 피어올랐다.

대청 위 등촉이 빛나는 곳에 비단옷을 입은 송공명이 보였다. 가운데 좌정한 송공명의 왼쪽에는 오학구, 오른쪽에는 화지채가 앉아 있었다. 그들은 다 함께 계단을 내려와 이준을 맞이하였다. 예를 마치고 나서 송공명이 입을 열었다.

"아우여! 나는 천궁에서 매우 안락하게 지내고 있다네. 하지만 늘 그리운 것은 옛 집이고 이곳에서 함께 지내던 형제들 생각이 간절하네. 나는 간신들에게 독살되어 천수를 다하지 못했지만 자네는 앞길이 창창하다네. 나의 불운과는 비할 바가 아닐세. 그러니 아무쪼록 우리 사업의 나머지 절반은 자네가 주관해 주어야겠네.

모름지기 하늘을 대신해 도를 행하고 충의의 마음을 깊이 간직하게. 내가 전에 하던 것처럼 행하면 반드시 하늘의 가호를 받을 것이네. 여기 네 줄짜리 시가 있으니 내 읽어주겠네. 나중에 영험이 있을 것이니 꼭 명심하게."

황금 자라의 등 위에서 교룡이 일어나니 金鰲背上起蛟龍
국경 바깥 산천의 기상 웅장하도다 徼外山川氣象雄
천강성과 지살성 헤아려 보매 절반은 남아 있느니 罡煞算來存一半
모두들 옥궐玉闕에 들어 황제의 봉작을 받으리 盡朝玉闕享皇封

이준은 시구를 들었지만 그 뜻을 이해할 수 없었다. 자세히 물어보려는데 흑선풍 이규가 쌍도끼를 들고 대청으로 뛰어들어오며 소리쳤다.

"이준! 너 사람을 깔보는 것이냐? 어째서 형님은 찾아뵙고 나는 찾지 않는 것이냐?"

그러면서 이규가 손으로 툭 치는 바람에 이준은 꿈에서 깨었다. 그야말로 남가일몽이었다. 아직 등불이 꺼지지 않고 남아 가물가물하는데 날이 밝아오고 있었다.

이준은 형제들을 불러 모아 꿈속의 일을 들려주었다. 그는 한 글자도 빼놓지 않고 시를 읊었다. 문득 '금오배상'金鰲背上이라는 네 글자는 석판 글귀와 똑같다는 생각이 들었다. 그것이 길한지 흉한지는 헤아릴 수 없었다. 악화가 말했다.

"송공명의 영령이 아직 단념할 수 없어서 꿈에 의탁해 형님께 말씀을 전한 모양이오. 검은 이무기의 등에 올라타고 하늘로 날아올랐다는 것은 장차 변화를 일으킨다는 징조 아닐까요? 역사가 형님을 대왕이라고 불렀다니 반드시 좋은 일이 있을 것이오.

생각해 보니 우리가 어젯밤에 좋은 방안을 떠올리지 못했는데 끝까지 이곳을 지킬 필요가 있을까요? 송공명께서 나타나 '국경 바깥 산천의 기상이 웅장하다'고 말씀하셨다니 이는 우리로 하여금 해외로 나가서 웅대한 사업을 해보라는 가르침일지도 모르겠소."

"내 생각도 똑같네. 얼마 전 표묘봉에 올라 설경을 감상하던 중 벼락소리가 나더니 불덩어리가 떨어지지 않겠는가? '금오배상'이라는 글자는 그때 찾아낸 석판에 쓰인 글자와 똑같단 말일세. 석판은 지금 신당 안에 모셔져 있네."

이준은 이렇게 말하며 석판을 가져오게 했다. 석판을 악화에게 보여주며 이준은 말을 계속했다.

"내가 옛날에 야담꾼한테서 규염공이라는 사람의 이야기를 들은 적이 있네. 중원 땅에 진정한 군주가 있으므로 천하를 다툴 수 없다 하여 규염공이 멀리 떠나 부여국의 왕이 되었다더군. 그런 엄청난 일은 내가 감히 바라지는 않지만 바다 가운데는 미개한 섬도 많을 것이고 우리 형제들은 모두 물에 익숙한 사람들 아닌가! 차라리 바다로 나가서 살 곳을 마련하는 게 낫겠네. 이런 데서 저런 소인배들과 다툴 필요가 뭐가 있겠는가!"

모두가 한목소리로 찬성했다. 그래서 네 척의 고선에 장사꾼으로 분장한 이백여 명의 건장한 어부들을 골라 태웠다. 값나가는 물건을 모두 수습하고 가족들도 함께 배에 올랐다.

때는 바로 삼월 보름날 밤이었다. 지전을 태워 뱃길이 무사하기를 기원한 후 드디어 배를 출항하였다. 대낮처럼 달이 밝았다. 오송강으로 나오니 물결이 잔잔해서 거침없이 앞으로 나아갔다. 마침내 바다 어귀에 이르렀다. 이제 어느 쪽으로 향할지 다시 방향을 정해야 했다.

배를 정박한 후 이준과 악화는 해안가 언덕에 올라 먼바다를 바라보았다. 가없는 하늘은 끝 간 데를 모르겠고 온통 흰 파도만이 넘실거렸다. 쓸쓸히 피어나는 물안개 속에 황량한 기운만 가득할 뿐이어서 동서를 분별할 수 없고 밤낮을 가리기조차 어려웠다. 바다를 바라보던 이준이 악화를 향해 걱정스레 말했다.

"이런 휑뎅그렁한 곳에 어디 사람 살 곳이 있겠는가?"

"오늘은 날이 흐려서 풍경이 황량한 것일 게요. 날씨가 맑으면 섬들이 뚜렷이 보일 것이고 반드시 찾아갈 만한 좋은 곳이 있을 것이오. 걱정할 것 없소. 다만 우리가 타고 온 고선이 먼바다로 나갈 수 있을지 그게 걱정이오."

마침 근처에서 소라를 잡고 있는 한 노인이 눈에 띄었다. 악화가 노인에게 물었다.

"노인장, 먼바다로 나가려면 배가 얼마나 커야 합니까?"

"배의 크기가 문제가 아니라 바다에서 운항할 수 구조가 중요하죠."

노인의 말에 악화가 정박해 있는 자신들의 배를 가리키며 거듭 물었다.

"저런 배라면 가능할까요?"

노인은 고개를 가로저으며 말했다.

"밑바닥과 고물이 넓어서 풍랑을 이겨낼 수가 없소. 대양으로 나가면 몇 번 기우뚱거리다가 전복되고 말 거요. 저쪽에 돛대를 세운 두 척의 배가 보이지요? 저런 배라야 바다를 운항할 수가 있는 것이오."

이준과 악화가 뒤돌아보니 과연 두 척의 배가 건너편에 정박해 있었다. 이준이 말했다.

"우리가 생각이 너무 짧았군! 어느 사이에 저런 항해용 배를 만든단 말인가? 진퇴양난일세. 어쩌면 좋단 말인가!"

잠시 궁리하던 악화가 웃으며 말했다.

"형님, 안심하시오. 아주 좋은 배 두 척이 우리를 대양으로 데려다줄 테니 걱정할 것 없소!"

"이보게, 또 농담인가? 아는 사람이라곤 하나도 없는 이 바닷가에서 누가 우리를 바다로 보내준단 말인가?"

이준이 가볍게 나무라자 악화는 손가락을 접으며 의미심장한 미소를 지었다. 이런 말이 있다.

교룡은 비를 맞아 하늘 밖으로 날아오르고
범과 표범은 깊은 산 동굴 속에 웅크리고 있네

제11회
웅비할 세상을 찾아 바다 밖으로

이준은 하늘과 물이 서로 맞닿아 있고 바람과 파도 또한 태호와는 전혀 다른 바다의 풍경을 보게 되었다. 게다가 바닷가 주민이 그들이 타고 온 배는 바다를 운항할 수 없다고 해 여간 걱정이 큰 게 아니었다.

그런데 자신들을 바다로 데려다줄 배가 있다고? 무슨 영문인지 궁금해 하는데 악화가 손가락으로 가리키며 말했다.

"저 두 척의 바닷배가 바로 그 배요. 우리를 태워주지 않으면 빌리면 되지요."

이준은 이내 말뜻을 알아들었다.

"그것도 괜찮겠군!"

해변 언덕 위에서 내려와 그 배들이 정박해 있는 곳으로 가 보았다. 거상으로 짐작되는 두 명의 상인이 옷섶이 열린 사이로 배를 드러낸 채 짐 싣는 인부들을 지휘하고 있었다. 추밀부 깃발이 걸려 있는 것으로 보아 일본을 왕래하는 무역선으로 짐작되었다.

선원은 모두 백여 명 남짓 되는데 다음날 출항 예정인지 몹시 분주하였다.

이준과 악화는 상황을 자세히 살핀 후 자신들의 배로 돌아왔다. 그리고 일동과 은밀히 상의하였다.

한밤중이 되어 바닷배 사람들이 모두 잠들어 있는 사이에 비보와 예운이 앞장서 일제히 몰려갔다. 함성소리를 들은 상인과 선원들이 뛰쳐나왔다. 순식간에 십여 명을 베어버렸다.

"조타수와 선원들은 도망치지 말라! 달아나는 놈은 도륙을 내주겠다!"

추상 같은 소리에 바닷배의 선원들은 어쩔 수 없이 따를 수밖에 없었다. 시체를 바다에 던지고 핏자국을 깨끗이 청소하였다. 그리고 가족들을 빼앗은 배로 옮겨 태우고 재물도 모두 옮겨 실었다. 배 안에는 목면과 비단을 비롯한 진기한 물건이 가득했다. 자신들이 타고 온 배는 더 이상 쓸모없어 그대로 내버려 두었다.

조타공을 시켜 키를 잡게 하고 돛을 올렸다. 배는 북동풍을 타고 남서쪽을 향해 나아갔다. 넓은 바다로 나오자 일동의 눈에 비친 풍경이 확 바뀌었다.

하늘에는 운무가 자욱하고 그 속에 잠긴 대지는 멀리 아득하다. 천 겹의 큰 파도가 쉴 새 없이 밀려오며 누각처럼 높이 솟구치는데 바람이 없어도 파도는 저절로 솟아오른다. 부피를 가늠하기 어려운 큰 배인데도 마치 사납게 달리는 말이 그러하듯 키를 놓으면 제멋대로 날아가 버릴 것만 같다. 혹여 전설상의 바다거북이 등에 자리한 산일까! 바다 가운데 솟아 있는 검푸른 섬들은 요사

스러운 기운의 안개를 토해 낸다. 아침 햇살 밝게 비추며 동쪽 바다에서 해가 솟고 고요한 밤이 찾아오면 차가운 달빛 아래 섬들의 자취 떠오른다. 대붕이 날개를 펼치면 홀연 먹장구름이 하늘을 가리고 태풍이 위세를 부리면 아수라의 세계가 펼쳐져 두려움에 떨게 한다. 집을 짓고 의지해 살 만한 곳을 아무리 찾아보아도 보이는 건 바다뿐.

배는 밤낮으로 쉬지 않고 달렸다. 문득 눈앞에 높은 산 하나가 보이고 종소리가 은은하게 울려왔다.

"저 산은 어디인가?"

이준의 물음에 한 선원이 대답했다.

"출항할 때는 북동풍이 불었는데 바람이 바뀌어 배가 빙 돌았습니다. 이곳은 보타산이고 종소리가 나는 곳은 관음보살을 모시는 절입니다. 지금과 같은 봄에는 불공을 드리는 사람이 아주 많습니다."

선실에 머물고 있던 화부인은 보타산이라는 말을 듣고 진부인에게 말했다.

"우리 두 사람은 큰 재난을 당했는데도 다행히 어려움에서 벗어날 수 있었네. 지금 영산靈山을 지난다니 들러서 향이라도 피우면 어떨까? 흔치 않은 기회인데."

"올케언니 말씀대로 하시지요. 좋은 일 아닙니까? 제가 집에 있을 때 수놓은 깃발장식 두 개를 가지고 있는데 항주 천축사에 바치려던 것을 그러지 못했지요. 마침 지나는 길이니 이곳 보살님께 올리면 한층 더 공덕을 쌓는 일이 될 것 같네요."

화부인은 아들을 불러 모두와 의논하도록 했다.
"어머니와 고모님이 절에 가서 참배를 하고 싶다는데 가능할까요?"
"우리는 살생을 많이 저지른 사람들인데 오늘 활불活佛을 만났으니 속죄의 절을 올리도록 하세."
이준은 이렇게 말하고 나서 선원들에게 배를 정박하라고 명했다. 화부인과 진부인, 그리고 비보와 예운의 부인은 시녀와 몸종을 데리고 먼저 사다리를 내려가 뭍에 올랐다. 적성은 남아 배를 지키기로 하였다. 이준, 악화, 화봉춘, 동위, 동맹, 비보, 예운, 복청도 뒤따라 산을 오르기 시작했다.
본사 주지는 이들 남녀의 복색이 단정한 것을 보고 객당에 나와 차를 대접하고 이어 조촐한 음식까지 대접하였다. 저녁에 향기로운 물로 목욕재계하고 다음날 새벽에 일어나 대웅전으로 향했다. 사방에서 모여든 선남선녀와 함께 분향하고 예불을 올렸다.
이준은 재를 올리는 데 보태라고 주지에게 은 백 냥을 시주하였다. 그리고 반타석, 조음사, 자죽림, 사신암 등 곳곳을 돌아다니며 구경하였다. 그렇게 종일토록 시간을 보내고 배로 돌아와 다시 돛을 올렸다.

이틀을 더 항해해 구산문이라는 곳에 도착하였다. 절강 땅과 복건 땅의 경계였다. 삼백 명의 군사와 열 척의 전선을 거느린 장수가 지키고 있었다. 간첩과 밀입국자를 색출하고 무엇보다 왜국倭國의 침입을 방비하는 게 주된 임무였다.

멀리서 이준의 배가 다가오는 것을 본 이들은 호포를 한 발 쏘아 올렸다. 동시에 전선들이 좁은 입구를 일자로 막아섰다. 온몸에 갑옷을 두르고 양날이 번득이는 삼첨양인도를 손에 쥔 장수가 뱃머리에 서서 병졸들에게 화포를 장전하라고 외쳤다. 금세라도 화포를 발사할 기미였다. 악화가 급히 소리쳤다.

"쏘지 마시오! 우리는 추밀부가 발행한 신패信牌를 가지고 있는 배요. 지금 복건으로 향료와 호박을 구하러 가는 길이오."

장수가 말했다.

"추밀부 신패가 있으면 가져와 보시오."

악화는 며칠 전 상인들에게서 한 통의 문서를 빼앗았는데 읽어도 그 의미를 알 수 없었다. 문서를 건네주자 장수가 받아 보고는 호통을 쳤다.

"이놈들은 분명히 첩자다! 추밀부 문서에는 공무상 고려국으로 간다고 되어 있는데 복건에 향료와 호박을 구하러 간다고!"

일이 틀어진 것을 보고 비보는 그 장수를 향해 고기잡이용 작살 오고어차를 벼락처럼 내던졌다. 목덜미에 작살을 맞은 장수는 넘어지며 바닷물 속으로 풍덩 처박혔다. 동위, 동맹, 예운, 복청은 일제히 허리에서 칼을 뽑아 들고 달려들었다. 이때 머리에 두건을 쓰고 면갑옷을 입은 기골이 장대한 사내 하나가 큰 소리로 외치는 것이었다.

"잠시 멈추시오! 여러분의 얼굴을 본 기억이 나는데 혹시 양산박 호걸들 아니시오?"

"나는 혼강룡 이준이다. 당신은 누구인가?"

이준의 말을 들은 사내는 갑판 위에 넙죽 엎드리며 절을 하였다.
"역시 두령님이셨군요!"
"자네는 누군가?"
이준이 묻자 사내는 자리에서 일어나며 대답했다.
"제 이름은 허의인데 낭리백도 장순 두령의 부하였습니다. 방랍을 토벌하던 중 장두령께서 용금문에서 세상을 떠났기 때문에 저는 그곳을 떠나지 않고 항주에 살았습니다. 나중에 왕도통 아래 들어갔다가 초관이 되어 지금 이곳 구산문을 지키고 있습니다. 양산박 두령님들의 얼굴은 거의 다 기억하지만 여러 해가 지나다 보니 잠시 알아뵙지 못했습니다. 그런데 어디로 가시길래 이곳을 지나시는 건지요?"
"우리는 중국 땅에서 간신배들이 발호하는 것을 더는 참지 못하겠기에 어디 마땅한 섬을 찾아 떠나는 길이네."
"저는 이곳에 오래 있었기 때문에 바닷길에 익숙합니다. 제가 따라가서 비옥한 곳을 골라드리면 어떻겠습니까?"
허의의 말에 이준은 크게 기뻐하였다.
"그렇게 해준다면 더할 나위 없이 고마운 일이지. 그런데 자네는 관직에 있는 몸인데 괜찮겠는가?"
"관리라고 할 게 뭐가 있겠습니까? 저는 원래 심양강 사람입니다. 장두령을 따라 강주 형장까지 따라갔고 백룡묘에 들렀을 때도 함께 있었습니다. 양산박에 올라가서 몇 년을 정말 재미있게 지냈습니다. 송대왕은 정말 좋은 분이셨지요. 저희를 수족처럼 대해 주셨습니다. 초주에서 간신들에게 독살되셨다는 소식을 듣고는 정말 슬펐습니다.

　조금 전에 바다에 떨어진 이곳 수비대장은 고구의 외조카 전부라는 자입니다. 능력이라곤 전혀 없으면서 고구가 밀어주는 덕분에 그 자리에 올랐지요. 군량미를 착복하고 병사들을 가혹하게 다루는 바람에 삼백 명의 병사들 가운데 이를 갈지 않는 사람이 없습니다. 몇 번씩이나 저를 따를 테니 녀석을 해치우고 어디 작은 섬으로 들어가 살자고 의견을 모은 적도 있습니다. 하지만 저는 재능이 부족하다고 생각해 결단을 내리지 못했습니다. 안 그랬더라면 이미 저들 모두를 데리고 떠났을 것입니다.

　그런데 두령님께서는 얼굴이 검고 마른 모습이었는데 지금은 몸이 많이 난데다 얼굴이 희어지고 턱수염을 길러서 알아보지 못하겠습니다."

　이준은 병력이 약하고 무기가 부족한 게 내심 걱정이었는데 이렇게 삼백 명의 병사가 한꺼번에 생기니 몹시 기뻤다. 그는 은자 삼백 냥을 꺼내 병졸들에게 나누어주었다. 병졸들은 머리를 조아리며 감사의 인사를 올렸다. 그날 밤은 구산문 막사에서 밤을 보냈다.

　다음날 아침 바람결이 순조로웠다. 허의가 물길을 안내하는 가운데 열 척의 전선도 함께 출발하였다. 하늘은 맑고 파도는 잔잔하였다. 이준은 마음이 즐거워 형제들과 함께 술자리를 마련하였다. 허의도 불러 모두 함께 이야기를 나누며 술을 마셨다. 그러던 중 갑자기 고물 쪽에서 조타공이 소리치는 소리가 들렸다.

　"큰일났다! 배를 빨리 해안가로 돌려라!"

선원들은 급히 돛을 내리고는 해안가 모래톱 쪽으로 노를 저었다. 그리고 닻을 내렸다. 이준은 놀라서 물었다.

"무슨 일인가?"

선원이 손을 저으며 말했다.

"잠깐만요! 소리 내지 마세요!"

갑자기 산더미 같은 흰 파도 속에서 물기둥이 치솟으며 우레 같은 소리가 울려 퍼졌다. 큰 물고기 한 마리가 등지느러미를 붉은 깃발처럼 곧추세우고 물보라 속에 수염을 휘날리며 다가오고 있었다. 배는 금방이라도 뒤집힐 듯이 소쿠리처럼 너울거렸다.

이를 바라보고 있던 화봉춘이 몸을 일으키며 철태궁을 집어 들었다. 낭아전을 장전한 뒤 왼손은 태산처럼 단단히 활을 받치고 오른손은 아기를 안은 듯 부드럽게 화살을 쥐었다. 화봉춘은 뚫어지게 노리고 있던 표적을 향해 화살 쥔 손을 놓았다. 쏜살같이 날아간 화살은 괴물의 눈을 맞추었다.

괴물은 고통에 몸부림치며 꼬리를 마구 흔들었다. 그 바람에 높이 세 길, 너비 열 길 남짓한 큰 파도가 일며 배 전체가 흠뻑 물벼락을 뒤집어썼다. 다행히 닻을 단단히 내려두었기 때문에 전복은 피할 수 있었다.

허의는 급히 군사들을 불러 화살을 쏘게 하였다. 이삼십 개의 화살이 한꺼번에 발사되었다. 아무리 괴물이 힘이 세더라도 그렇게 많은 화살을 당해 낼 수는 없었다. 머리에 구멍이 뚫리고 화살이 배를 관통하자 더 이상 움직일 수 없게 되어 몸이 뒤집힌 채 물 위에 떠올랐다. 그제야 파도는 안정되었다.

이삼백 명의 군사들이 갈고리를 걸고 일제히 힘을 모아 괴물을 모래톱으로 끌어 올렸다. 머리부터 꼬리까지의 길이가 넉넉히 수십 미터는 되는데 여전히 거대한 이빨을 앙다문 채 눈알을 번뜩이고 있었다. 조타수가 말했다.

"이것은 고래입니다. 우리처럼 바닷길에 익숙한 사람은 자주 보게 되지요. 이 정도면 작은 놈입니다. 만약 덩치가 큰 놈이 한 번 숨을 쭉 들이마시면 우리 배 같은 것은 점심 요깃거리 정도밖에 안되지요."

이준이 감탄하며 말했다.

"화공자의 놀라운 활솜씨는 정말 집안내림이로군! 화지채가 양산박에 처음 도착했을 때 기러기 떼가 날아가는 것을 보고 활을 쏘아 화살 하나에 기러기 두 마리를 관통시킨 적이 있었지. 조천왕을 비롯한 모든 사람이 놀라움을 금치 못했는데 장수 집안에는 그에 걸맞은 후사가 있는 법임을 알겠네. 만일 화살이 이놈의 눈을 꿰뚫지 않았다면 어떻게 잡을 수 있었겠는가? 기쁘고 대견하구나!"

일동이 달려들어 날카로운 칼로 고래의 살을 자르고 배를 갈랐다. 배 안에 이삼십 근은 될 법한 자라 한 마리가 온전한 형체 그대로 들어 있었다. 고래의 두 눈알을 도려내니 그 크기가 바구니만 했다.

"이걸 등잔으로 만들면 수정등처럼 밝고 보기 좋겠군!"

악화의 말에 모두들 일리가 있다고 동의하였다. 삶은 고래 고기는 맛이 보통이 아니었다. 오륙백 명이 물릴 만큼 실컷 먹었다. 남

제11회 웅비할 세상을 찾아 바다 밖으로

은 고기는 소금에 절였다. 고래 때문에 하루 동안 배를 멈추었다.

배를 타고 다시 이틀 밤낮을 항해하였다. 갑자기 물길이 얕아지며 섬 하나가 나타났다. 허의가 자리에서 일어나 주위를 둘러보며 말했다.

"여기는 청수오라는 곳으로 섬라국과의 경계입니다. 땅이 비옥한데다 풍광이 아름다운 섬이지요."

이준 일행은 배에서 내려 주변을 둘러보았다. 섬을 둘러싼 산에는 숲이 무성하고 그 품안에 경작지가 넓게 펼쳐져 있었다. 초가로 이루어진 주민들의 집은 여기저기 띄엄띄엄 흩어져 있었다. 집 주변에는 소, 양, 닭, 개 등의 가축이 눈에 띄고 복숭아나무, 오얏나무, 뽕나무, 삼 등이 절로 자라는 별세계를 이루고 있었다.

"이 섬의 크기는 얼마나 되오? 그리고 어느 주현에 속하오?"

마을사람에게 묻자 이런 대답이 돌아왔다.

"사방 백 리쯤 되는데 인구는 수천 명에 불과합니다. 밭농사를 짓고 물고기 잡는 일이 주생업입니다. 멀리 떨어진 작은 섬이라서 누구의 지배도 받지 않습니다. 대대로 이곳에 살고 있지만 공물이나 세금이란 걸 알지 못합니다. 목화와 모시를 심어 옷을 만들어 입고 곡물을 재배해 식량을 삼고 있지요. 채소류며 생선 등속은 어느 집이든 풍족하니까 살아가는 데 불편은 없습니다.

그런데 이곳에서 남쪽으로 삼백 리를 가면 섬라국에 속하는 금오도라는 섬이 있습니다. 그 섬의 우두머리는 사룡이라는 자이지요. 포학한데다 탐욕스럽기가 짝이 없어 언젠가 큰 소동을 일으키지 않을까 그게 걱정입니다."

"금오도金鰲島라고요?"

금오도라는 소리에 이준은 송공명이 꿈속에서 한 말을 떠올렸다. 그래서 다시 물었다.

"금오도는 섬라국에서 얼마나 떨어져 있소? 풍광은 어떻고 사룡은 어디 사람이오?"

"금오도에서 섬라국까지는 삼백 리밖에 안됩니다. 그 섬은 사방이 높고 험한 산으로 둘러싸여 있습니다. 그래서 다른 길은 없고 오직 남쪽 섬 어귀를 통해서만 들고 날 수 있습니다. 배 한 척 겨우 지날 수 있는 좁은 뱃길을 통과해 물굽이 세 군데를 돌아가야 비로소 배를 댈 수 있는 해안에 닿게 되지요. 아주 견고한 성문을 지나면 성안에 마치 궁궐처럼 지어놓은 건물들을 마주하게 됩니다.

땅은 비옥하고 오곡이 풍성하지요. 산에 짐승이 많이 서식하고 꽃과 과일 역시 풍족하답니다. 대략 오백 리는 되는 광활한 섬이지요.

사룡은 만족蠻族 출신으로 키가 크고 건장하며 온몸에 누런 털이 덮여 있습니다. 팔의 근력이 몹시 세서 오십 근이나 되는 큰 도끼를 휘두르는데다 허리에 쇠뇌를 차고 다니는데 그 솜씨가 아주 뛰어납니다. 금오도에는 무기, 말, 전선이 잘 구비되어 있습니다. 삼천 명의 만족 출신 병사가 있는데 모두 전투에 뛰어난 병사들이지요.

사룡은 살생을 좋아하며 술고래로 알려져 있습니다. 우리 섬에도 일 년에 두 번은 찾아와 얼굴 반반한 부녀자를 보면 백주대낮에도 강간을 서슴지 않고 소년소녀는 붙잡아 노비로 끌고 간답니다. 그래도 부족한지 돼지, 양 같은 짐승에다 술이며 쌀이며 줄줄이 빼앗아가는 등 온갖 해악을 끼치고 있습니다.

섬라국 관할 하에는 모두 스물네 개의 섬이 있지요. 그 가운데 금오도가 가장 힘이 세서 설사 국왕이라도 어쩔 도리가 없습니다."

"우리는 송나라 조정에서 이곳을 지키라고 파견한 사람들이오. 그 사룡을 토벌해 당신들 백성들의 해악을 제거해 주겠소."

"나리들께서 이곳에 주둔하면 백성들은 모두 순종할 것입니다. 우리 청수오처럼 그자에게 괴롭힘을 당한 작은 섬이 사방에 많습니다. 관군이 주둔한다는 소식을 들으면 모두 기쁜 마음으로 복종할 것입니다."

이준은 크게 기뻐하며 악화, 허의와 상의해 섬 중앙의 고지대를 골라 병영을 세우기 시작했다. 석축을 쌓고 나무를 베어 우선 가솔과 병사들이 거처할 집을 지었다. 한편 건장한 섬사람들을 모아 전선을 만들고 각종 무기를 설치한 다음 깃발을 내걸었다.

귀순해 오는 사람에게는 금과 비단을 주어 아우르고 밀무역자나 외국 무역에 종사하는 상인들은 한편으론 단속하고 한편으론 보살펴주었다. 매일 군사를 훈련시키고 한가할 때는 둔전을 개발해 식량을 마련하였다. 반년도 채 지나지 않아 병사가 이천여 명에 이르러 제법 짜임새를 갖추었다.

때마침 한가위를 맞았다. 이준은 소와 돼지, 양을 잡아 병사들을 크게 위로하였다. 그리고 형제들과 함께 높은 산봉우리에 올라 달을 구경하였다. 밝은 달이 동쪽 바다에서 솟아오르자 눈부신 달빛이 사방으로 퍼지며 하늘이 맑아졌다. 이준이 잔을 들어 올리며 말했다.

"양산박과 태호도 넓은 곳이지만 어찌 이 바다 바깥세계의 광활함과 비교할 수 있겠는가? 자네들의 도움으로 상주에서 어려움을 모면하고 이곳 청수오에 기반을 닦을 수 있었네. 하지만 병사의 수도 장수의 수도 모자라 아직은 충분한 발판을 마련하지 못했네. 반드시 금오도를 얻어야만 운신할 수 있을 것이야. 듣자니 사룡은 용맹한 자라서 함부로 공격하기 어려운데 어찌하면 좋겠는가?"

"옛날에 후한의 장수 반초班超는 겨우 서른여섯 명으로 선선국을 무너뜨렸지요. 장수란 지모가 으뜸이지 용맹은 그 다음입니다. 당분간 이곳에 머물며 병사들의 훈련에 힘쓰다 보면 기회를 엿보아 공격할 수 있을 것이오! 서두르면 안되지만 그가 침범할 것에 대비한 준비는 단단히 해야겠지요. 이곳은 방어할 만한 험준한 지형이 없으니 해안가를 따라 우선 목책을 세우는 게 어떨까요? 그리고 배 몇 척을 멀리 내보내 감시하는 게 좋겠습니다. 유사시에 포를 쏘아 신호를 보내는 것이지요."

악화의 제안에 이준이 맞장구쳤다.

"내일 당장 목책을 설치하고 감시선을 띄우세."

그들은 한밤중까지 술을 마시다가 흩어졌다.

이튿날부터 허의는 병사들을 이끌고 바다를 감시하는 일에 나섰다. 적성은 목책을 세우는 일을 감독하였다. 아직 목책이 채 완성되지도 않았는데 갑자기 호포소리가 연거푸 들려왔다.

이준은 적이 쳐들어온 것을 알아채고 즉시 움직였다. 먼저 동위, 동맹, 예운, 복청을 사방에 매복해 있게 하였다. 그 자신은 갑옷을 챙겨 입은 다음 비보, 악화, 화봉춘과 함께 천 명의 병사를 이끌고 해변에 진을 쳤다.

다섯 척의 큰 전함이 해안가로 다가오고 있었다. 배에 타고 있는 만족 병사들은 모두 얼룩무늬 천을 머리에 두르고 머리털은 달팽이 모양으로 묶어 올린 모습이었다. 면갑옷에 육 척 길이의 일본도를 두 자루씩 차고서 맨발인데도 날렵하게 해안으로 뛰어내렸다.

사룡 역시 같은 차림이었다. 그의 얼굴은 붉은 수염에 덮여 있고 누런 털이 온몸에 가득했다. 사룡은 큰 도끼를 든 채 춤을 추는 듯한 걸음걸이로 다가왔다. 이준과 비보가 창을 꼬나들고 막아서자 사룡은 도끼를 휘두르며 덤벼들었다. 십여 합을 싸웠지만 승부가 나지 않았다.

이때 돌연 양손에 긴 칼을 움켜쥔 한 무리의 만족 병사들이 펄쩍펄쩍 뛰며 땅바닥을 쓸 듯이 몰려왔다. 비보는 감당할 수가 없어서 뒤로 물러섰고 병사들도 모두 퇴각하였다.

이준은 진영이 무너진 것을 보고 창으로 사룡을 찌르는 시늉을 하고는 재빨리 발걸음을 돌렸다. 사룡이 바람처럼 뒤쫓아오자 이준은 어찌할 바를 몰랐다. 이때 날쌔게 사룡의 등뒤로 돌아간 화봉춘이 신중히 겨냥한 다음 활을 쏘았다.

왼쪽 어깨에 화살을 맞은 사룡은 땅바닥으로 고꾸라졌다. 만족 병사들은 사룡을 부축해 일으켜 세운 뒤 몸을 돌려 달아났다.

이준과 비보는 창을 꼬나들고 그들을 추격하였다.

해안가로 퇴각하는 적병을 향해 사방에서 복병이 일제히 들이닥쳤다. 이들의 맹렬한 기세를 당해 내지 못하고 백여 명의 적병이 칼날에 쓰러졌다. 동위와 동맹은 창을 들고 적의 배에 뛰어올라 세 척을 빼앗았다. 사룡과 만족 병사들은 나머지 두 척의 배를 타고 허둥지둥 도망쳤다. 이준 등은 군사를 거둬 병영으로 돌아왔다.

"그놈들 참 사나운 놈들이로군! 어떻게 그리 순식간에 들이닥칠 수 있지! 만약 화공자가 화살을 쏘지 않았더라면 꼼짝없이 당할 뻔했어. 뛰어난 소년 장수를 얻은 것이 몹시 기쁘구나! 영웅 집안은 역시 영웅 집안이야!"

이준이 화봉춘의 재주를 칭찬했다. 이때 악화가 입을 열었다.

"놈은 비록 패해서 돌아갔지만 반드시 복수하려 할 것이오. 그가 숨도 쉬지 못하게 할 필요가 있습니다. 화살에 맞은 놈의 상처가 아물기 전에 군사를 끌고 가서 일거에 금오도를 점령합시다. 지금이 바로 우리 사업의 토대를 닦아야 할 때입니다.

그런데 문제는 우리 병사들에게 아직 갑옷이 없다는 것이오. 전에 빼앗은 원양선 안에 비단이 많이 있으니 비단 갑옷을 만들어 입히는 게 좋겠소. 가벼워서 편리한데다 칼이나 화살이 꿰뚫기 어려울 것이오. 밤을 새워 갑옷을 만들어야 합니다.

한 가지 더 거론하자면 모름지기 바다에서의 전투는 화공에 달려 있소. 구산문 병선에는 삼연발 자모포가 있더군요. 화약과 탄환을 준비해 큰 배 다섯 척과 병사 천 명으로 공격합시다."

이렇게 금오도 공격이 결정되었다. 적성은 뒤에 남아 청수오 병영을 지키기로 하였다. 허의가 앞장서 안내하는 가운데 모든 병력이 승선해 출항하였다.

불과 반나절 만에 금오도에 도착하였다. 사룡도 견식이 만만치 않은 자였다. 이준의 군대가 승리를 틈타 내습할지 모른다고 생각해 먼저 군사들에게 포구 입구의 관문을 지키게 하였다. 포탄으로 사용할 돌덩이도 충분히 마련해 두었다. 돌대포를 사용하면 아주 먼 곳까지 도달할 수 있어 파괴력이 만만치 않았다.

이준의 배는 먼바다에 정박한 채 바로 상륙하려 하지 않았다. 그저 깃발을 흔들고 북을 울리며 하늘에 닿을 듯한 큰 소리로 함성을 지를 뿐이었다.

사룡은 이준의 군대가 섬 어귀에 와 있다는 보고를 받고 직접 나와서 둘러보았다. 화살에 맞은 상처는 어느 정도 나아지고 있었다. 이준의 군대는 사흘 동안이나 뭍에 오를 수 없었다. 이준이 초조해하는 것을 보고 악화가 말했다.

"조금만 더 참으시죠. 저와 허의가 산 뒤쪽으로 가서 길을 찾아보겠소. 어쩌면 상륙할 수 있는 곳이 있을지도 모르니까요."

악화와 허의는 곧바로 작은 배를 타고 섬을 한 바퀴 돌아보았다. 높은 봉우리가 겹겹이 에워싼데다 나무숲이 무성해 해안으로 오를 수 있는 곳은 어디에도 없었다. 돌아온 그들은 상륙할 수가 없다고 보고하였다. 그러자 동위가 나섰다.

"이곳 사람들에게 듣자니 이곳 관문을 통과해 물굽이를 세 번이나 돌아가야 성문 앞에 이를 수 있답니다. 그래야 비로소 뭍에 오를 수 있는 거죠. 지금 상태로는 세 곳의 물굽이를 지날 방법이 없습니다.

우리 두 형제가 잠입해 들어가 성에 불을 지르겠소. 밤이 깊어지기를 기다렸다가 기름종이에 유황, 염초 같은 인화물질을 싸가지고 바닷속으로 잠수해 통과하면 될 것이오. 놈들은 바깥 경비에만 정신이 팔려 있으니 안쪽은 허술할 것이오. 불이 난 것을 보고 크게 당황할 것이 틀림없소. 그때 형님이 군사를 이끌고 공격하면 반드시 무찌를 수 있을 것이오."

이준은 크게 기뻐하며 동위의 계획에 따르기로 하였다.

동위와 동맹은 술과 밥을 배불리 먹은 뒤 바지 하나만 남기고 옷을 벗었다. 인화물질을 잘 싸서 허리에 묶고 손에는 날카로운 단도를 들었다. 그들이 배 옆에 붙어 물속으로 들어간 시간은 저녁 여덟 시쯤이었다. 천천히 헤엄쳐 나가기 시작한 두 사람은 얼마쯤 잠수해 가다가 수면으로 고개를 내밀어 소금물을 뱉어내고 공기를 들이쉬기를 반복했다.

포구로 통하는 좁은 관문에 이르니 사룡의 군사들이 모닥불을 피운 채 땅바닥에 앉아 있는 것이 보였다. 사룡은 왔다갔다하며 순찰하고 있었지만 설마 바닷속을 통해 누가 몰래 잠입할 줄은 꿈에도 모르고 있었다.

동위와 동맹은 관문을 지나 안쪽으로 나아갔다. 과연 세 개의 큰 물굽이가 구불구불 이어지는데 빠른 물살 속에 보이는 바닥의 모래가 맑디맑았다. 양쪽 모두 바위절벽으로 배 한 척 겨우 지나갈 수 있을 정도였다. 마치 좁은 골목 같았다.

성문가에 이른 그들은 살금살금 기슭으로 기어올랐다. 성벽은 천연바위로 이루어져 있었다. 성벽에는 풀 한 포기 보이지 않았다. 철문으로 된 두 개의 성문은 굳게 닫혀 있었다.

"성벽이 온통 바위 덩어리인데 어떻게 불을 지르겠소? 헛수고할 것 없이 어서 빠져나가야겠소!"

동맹이 허탈해하자 동위가 말했다.

"큰마음 먹고 왔으니 잠시 계책을 생각해 보자고!"

가을이 깊은 때라서 흰 이슬이 땅에 서리고 가을바람은 솔솔 불어왔다. 한밤중 물속에 장시간 숨어 있었던 탓에 몸에 한기가 느껴졌다. 어찌할 바를 모르고 있는데 갑자기 철문이 열리는 소리가 들렸다. 동위와 동맹은 다시 물속으로 들어가 머리만 살짝 내민 채 지켜보았다.

네 명의 병사가 큰 등나무 광주리를 들고 나오는데 그 안에 무엇이 들어 있는지는 알 수 없었다. 한 병사는 술단지를 짊어지고 있었다. 두 명의 만족 여자가 싱글벙글 웃으며 뒤를 따르고 있었다. 그들은 작은 배를 타고 떠났다. 사룡이 본시 주색을 밝히는 자인지라 한밤중에 전령을 보내 여자를 불러오게 한 것이었다.

그런데 철문은 열린 채 그대로 있었다. 동위와 동맹은 다시 뭍으로 올라갔다.

"이런 고마울 데가 있나! 하늘의 도움으로 문이 열렸다!"

몸을 웅크리고 성문 안으로 들어가니 거리 양쪽에 민가가 보였다. 모두들 대문을 닫아건 채 깊은 잠에 빠져 있었다. 하늘에

별이 총총하고 사방은 고요하였다.

　동위는 부싯돌을 꺼내 불씨를 일으킨 다음 유황 염초에 옮겨 붙였다. 이곳 민가들은 담장 대신 모두 대나무 울타리를 두르고 있었다. 불이 빠르게 잘 타들어가서 연거푸 열 군데나 되는 곳에 불을 놓았다. 순식간에 불이 활활 타올랐다. 동위와 동맹은 잠결에 황급히 문을 열고 나오는 주민 두 사람을 단도로 찔러 죽이고 그들의 옷을 빼앗아 입었다.

　대나무 울타리가 타면서 연달아 탕탕 팍팍 하는 소리가 울려 퍼졌다. 하늘과 땅을 온통 붉게 물들이니 성안은 솥 안의 물이 끓듯 삽시간에 떠들썩하였다.

　이준은 멀리서 불이 나는 것을 보고 진격명령을 내렸다. 자모포 소리가 연달아 하늘을 뒤흔들고 화살이 메뚜기처럼 날아갔다. 사룡은 성안에서 불이 나고 눈앞에서 병사들이 죽임을 당하자 앞뒤 어느 곳도 구원할 수 없었다. 만족 병사들은 제각기 허둥지둥 도망치기 바빴다.

　이준과 비보가 먼저 바닷가로 뛰어내렸다. 사룡은 아직 상처가 완전히 낫지 않아 큰 도끼를 휘두를 수 없었다. 사룡은 몸을 돌려 달아났다. 달아나는 사룡을 이준이 창으로 찔러 넘어뜨리자 예운이 머리를 베어버렸다. 이준의 병사들이 만족 병사들을 마구 사살하는 가운데 이준이 소리쳤다.

　"항복하는 자는 살려준다!"

　그 소리에 만족 병사들은 대부분 투항하였다. 이준의 군대는 이날 밤 그곳 관문 모래톱에 진을 쳤다.

날이 밝기를 기다려 모든 전선이 성문 앞 포구로 향했다. 일제히 뭍으로 오르니 동위와 동맹이 일행을 맞이하였다.

"주민 두 명을 죽이고 옷을 뺏어 입은 게 천만다행이었소. 안 그랬으면 만족 병사들에게 발각되었을 거요!"

동위의 말에 이준이 감사의 인사를 전했다.

"이 모든 것은 자네들 두 형제 덕분이네!"

이준은 우선 화재를 진압하라고 지시했다. 사룡이 기거하던 곳에 가보니 건물이 참으로 장대하였다. 사룡의 처자는 한 사람도 빠짐없이 처단하고 사룡이 빼앗은 여자와 노비들은 고시를 내어 모두 풀어주었다. 만족 병사들 가운데 항복한 사람은 전부 합해 천여 명에 이르렀다. 이준은 그들의 복색을 바꾸어 자신의 군대에 합류시켰다.

창고 안에는 미곡이 산처럼 가득하고 금은보화가 헤아릴 수 없이 많았다. 군마는 백 필에 달하고 소와 양은 큰 무리를 이루고 있었다.

이준은 정동대원수를 자칭하며 송나라 연호 선화宣和를 사용하기로 했다. 그리고 주민을 위로하기 위해 다음과 같은 게시물을 내걸었다.

'화재를 당한 자는 은과 쌀로 보상하고 새로 집을 지어준다. 일흔 살 이상의 주민에게는 비단 한 필을 나누어 준다.'

백성들은 모두 기뻐하였다. 이준은 예운을 청수오에 보내 화부인, 진부인, 비보와 예운의 부인 등 가족들을 금오도로 데려오게 한 다음 거처를 마련해 주었다.

악화는 새로이 돈과 양곡의 출납을 책임지는 한편 군무軍務를 맡아보게 되었다. 동위와 동맹은 요새의 입구를 지키고 군사들을 조련하는 일을 맡았다. 비보와 예운은 좌우 부장으로 일하게 되었다. 복청은 선박과 무기를 관장하고 적성은 삼백 명의 병사를 지휘해 청수오를 지키는 책임을 맡았다. 허의는 이준을 곁에서 보좌하는 일을 맡았다. 화공자는 무예 훈련과 병법 공부에 좀 더 힘쓰도록 배려하였다. 모두 질서정연히 각자의 직무에 최선을 다했다.

또한 태호 어부, 구산문 관병, 청수오에서 모집한 장정, 투항한 만족 병사 등 삼천여 명을 오군영에 배속시켰다. 그런 다음 각각 대장을 임명하고 각처에 초소를 설치해 지키게 했다. 오군영은 중국식 법도에 따라 각자의 기치를 내걸었다. 이렇게 함으로써 군대의 면목이 일신되었다.

이준은 어느 날 금오도 주민들에게 물었다.

"사룡은 섬 내에서 송사가 생기면 어떻게 처리했소? 또 세금은 어떻게 거두었소?"

"사룡은 태형 같은 벌을 내리는 일은 없었습니다. 중죄를 범하면 나무절구로 찧어서 죽이고 가벼운 자에게는 미곡을 내게 하였습니다. 세금은 수확량의 절반을 거두어 갔습니다."

주민의 말을 들은 이준은 악화를 시켜 율령을 반포하게 하였다.

'살인한 자는 사형에 처하고 간음한 자와 도둑질한 자에게는 장 칠십 대의 벌을 내린다. 세금은 수확량의 십분의 일로 한다.'

백성들은 모두 감복하였다.

사룡의 군대를 무찌른 이준은 천지신명께 제를 올리고 잔치를 베풀어 경축하였다. 술자리가 한창일 때 요새의 입구를 지키는 군사가 두 명의 만족 여성을 데려왔다.

"해변 풀숲에 숨어 있는 것을 잡아왔습니다. 원수의 처분을 바랍니다."

이준은 여성들을 바라보았다. 발우 모양 높이 틀어 올린 머리는 흑단 같고 은쟁반 얼굴에 작고 붉은 입술이 소담스러웠다. 서역산 비단천으로 지은 저고리를 허리까지 드리우고 붉은 비단 치마는 발등을 덮고 있었다. 가슴에는 옥구슬 목걸이가 빛나고 머리에 꽂은 들꽃에서는 그윽한 향기가 풍겼다. 여인을 묘사한 그림에서 흔히 볼 수 있듯이 물기 머금은 눈빛이 사람의 마음을 설레게 하지 않는가! 서시가 오나라를 멸망시켰듯이 금오도가 방탕에 빠져 기우는 모습이 눈에 선했다.

두 만족 여성은 광동 땅 향산 출신이었다. 사룡에게 납치되어 이곳에 온 다음 낮에는 노래하고 밤에는 사룡과 잠자리를 같이 했다고 한다.

"이 두 만족 여성이 아니었으면 금오도를 쳐부술 수 없었을 것이오."

동위가 웃으며 말하자 이준이 물었다.

"저 둘한테 무슨 도움이라도 받았다는 말인가?"

"우리 형제가 성벽에 이르러 살펴보니 성벽이 온통 바위라서 불을 지를 수가 있어야 말이지요. 그런데 하늘의 도우심인지 마침 문이 열리고 주색을 밝히는 사룡을 위해 이 두 여성을 데려가는 것이었소. 그 덕분에 성안으로 들어가 불을 질렀으니 공로자의 한 사람인 셈이죠."

"장수가 주색을 탐하면 일을 망치는 법이네!"

동위를 나무란 이준은 여자들에게 말했다.

"길이 멀어서 너희들을 집에 데려다줄 수는 없다. 당분간 화부인을 모시도록 해라. 나중에 공을 세운 장병을 골라 짝지어 주겠다."

이준은 여인들을 화부인 처소로 데려다주게 했다. 일동은 밤이 새도록 술을 마셨다. 날이 밝았을 때 급보가 날아들었다.

"섬라국 군대가 쳐들어옵니다!"

이준은 황급히 형제들을 불러모아 대책을 의논하였다.

전운이 고조되며 북소리 울리고
타오르는 봉홧불 속에 군기를 정돈하네

제12회
섬라국의 부마가 된 화봉춘

이준은 금오도를 격파한 뒤 잔치를 벌였고 다음날 섬라국 병사들이 쳐들어왔다. 이준이 의견을 구하니 악화가 말했다.

"물이 밀려오면 흙으로 막고 적군이 쳐들어오면 장수가 막아내는 것이지요. 금오도를 손에 넣어 터전을 마련했고 성은 견고합니다. 삼천 명의 병사가 있는데다 우리 형제들이 힘을 합치면 두려울 것이 없을 것이오. 먼저 관문을 튼튼히 지키면서 저들의 군세가 어떤지 살펴본 연후에 적을 맞아 싸웁시다."

이준은 악화의 진언에 따라 동위와 동맹에게 물샐틈없이 관문을 방비하도록 지시했다.

섬라국왕 마새진은 한나라 복파장군 마원의 후손이었다. 그의 집안이 섬라국 왕위를 승계한 지 이미 삼대에 이르고 있었다. 마새진은 사람됨이 너그럽기는 하나 유약했다.

그래서 두 명의 대신이 국정의 전권을 쥐고 있었다. 한 명은 승상을 맡고 있는 공도였다. 공도는 간사하고 교활하며 국왕의 존재를 무시한 채 국정을 마음대로 주물렀다. 다른 한 명은 탄규라는 강직한 장군으로 병권을 장악하고 있었다. 탄규는 완력이 아주 뛰어나서 두 가닥으로 된 철편을 사용하였다.

해마다 풍년이 들어 백성들의 살림살이는 풍족하였다. 섬라국은 스물네 개의 섬을 관할하는데 각 섬에는 섬을 다스리는 우두머리가 있었다. 스물네 개의 섬은 섬라국왕에게 세금을 납부하고 철마다 공물을 바쳤다. 마치 당나라 시대에 각 번진藩鎭이 하던 방식과 일반으로 섬라국의 속국에 해당하였다. 스물네 개의 섬은 다음과 같다.

금오도, 철판도, 장탄도, 천당도, 서오도, 황자도, 준강도, 백석도, 정사도, 동산도, 동갱도, 장전도, 전풍도, 후풍도, 청예도, 나강도, 고도도, 조어도, 문항도, 은만도, 남진도, 죽령도, 첨수도, 대수도.

섬들은 크기가 제각각이었다. 그중 금오도, 백석도, 조어도, 청예도의 네 개 섬이 가장 강해 동서남북으로 갈라진 작은 섬들을 통솔하였다. 이는 마치 큰 제후국과 힘이 약한 작은 제후국의 관계 비슷한 것이었다.

섬라국에 외부의 적이 침범하면 네 개 섬이 군대를 모아 구원하였다. 금오도는 그 가운데서도 가장 강대해서 섬라국을 지키는 중요한 울타리가 되어주었다.

그날 금오도가 송나라 병사들에게 점령되고 사룡이 살해되었다는 소식을 전해 들은 마새진은 대경실색해 문무백관을 불러 모았다. 공도가 말했다.

"금오도는 우리나라의 문호입니다. 지금 금오도가 송나라 병사들에게 무너졌다 하니 이미 중요한 요충지를 잃어 나라가 위태로움에 처하게 되었습니다. 송나라 병사들은 멀리서 왔기 때문에 이곳 지리의 이점을 잘 모를 것입니다. 그들이 기초를 공고히 하기 전에 거국적으로 군대를 일으켜야 합니다. 각 섬에 격문을 보내 그들을 토벌해야 비로소 나라가 안정될 것입니다. 군사를 동원하는 게 늦어지면 그들이 본토를 넘보는 것은 필연일 테니 대책을 마련하기가 더욱 어렵습니다."

"승상의 말씀이 옳소!"

마새진은 각 섬에 사자를 파견해 금오도 수복에 참전할 군사를 속히 보내라고 명하였다. 또한 탄규를 대장으로 임명하여 삼천 정예병을 이끌고 공도와 함께 당장 밤을 새워 진격하도록 하였다. 공도와 탄규는 전선에 올라 군기를 펄럭이고 창검을 번득이며 금오도로 쇄도하였다.

이준은 이미 만반의 준비를 마친 상태였다. 동위와 동맹은 관문 요새를 튼튼히 지키고 있었다. 공도와 탄규가 이끄는 배들이 관문 주변 모래톱에 이르러 위용을 뽐내며 상륙했지만 동위와 동맹은 요새를 지킬 뿐 교전을 벌이지 않았다.

이튿날 이준과 악화, 비보는 함께 관문 입구로 갔다. 공도와 탄규는 교만한 기색이 넘치는데다 병사들도 규율이 없어 보였다. 이를 감지한 악화는 이준에게 이러이러한 계책을 쓰자고 귀띔하였다.

이준은 군사들과 함께 전선을 몰고 앞으로 나섰다. 공도와 탄규 역시 전선을 늘여 세워 진을 갖추었다. 공도가 전선 위에서 소리쳤다.

"너희 송나라가 만족을 모르는구나! 중국은 넓은 국토를 가지고 있고 오랫동안 번영을 누리고 있거늘 어째서 바다 밖으로 나와 우리 강토를 차지하려 하는가? 군사를 거두면 무사히 돌아가도록 해주겠거니와 만일 그렇지 않으면 물고기 뱃속에 장사지내 주겠다!"

이에 맞서 이준이 호통을 쳤다.

"더러운 오랑캐 놈들 같으니라고. 어서 우리 앞에 무릎 꿇지 못하겠느냐! 우리 군대가 이곳에 온 것은 너희 섬라국을 취하기 위해서다. 기껏 이까짓 작은 섬 때문인 줄 아느냐! 빨리 돌아가서 마새진에게 전하라! 직접 와서 항복하고 해마다 조공을 바치라고. 그러면 너희들을 용서해 줄 것이다!"

크게 노한 공도는 군사를 재촉해 공격을 퍼부었다. 탄규는 철편을 휘두르며 선두에서 다가왔다. 이준과 비보는 창을 들고 맞섰다. 한동안 불꽃이 튀었다. 그러던 중 이준은 밀리는 척하며 선원들에게 배를 뒤로 물릴 것을 명했다. 이준이 이끄는 배들은 사방 바다로 흩어졌다.

공도와 탄규는 잠시 이준 일행의 뒤를 쫓았다. 공도가 말했다.

"송나라 군대가 대단한 기량을 가진 줄 알았더니 우릴 당해 내지 못하고 뿔뿔이 달아나는구나! 지금 쫓아가 성을 공격하면 금오도를 되찾을 수 있을 것이다!"

그들은 전선을 몰아 관문 안쪽으로 진입하였다. 수로가 좁고 꼬불꼬불해서 배가 꼬리에 꼬리를 물고 들어갈 수밖에 없었다. 성벽 가까이 이르니 빼곡히 꽂혀 있는 군기와 숲을 이룬 창검이 보였다. 예운, 복청, 화봉춘이 누상에서 이들을 내려다보고 있었다. 공도가 외쳤다.

"너희 송나라 병사들은 모두 달아났다. 문을 열어 우릴 맞아들이지 않고 무얼 하느냐?"

예운이 말했다.

"네놈들 목숨이 경각에 달려 있음을 알려주겠다!"

공도가 만족 병사들에게 성벽을 타고 넘으라고 명했다. 하지만 반들반들한 바위벽을 어찌 기어오른단 말인가? 게다가 불화살이 비처럼 쏟아지고 돌대포가 불을 뿜으니 숱한 만족 병사들이 쓰러지고 말았다. 공도는 초조해 몸이 달았지만 어쩔 수 없이 배로 돌아갔다.

밤이 깊었다. 갑자기 하늘을 진동하는 포성이 들리더니 이준, 비보, 동위, 동맹이 바다 쪽에서 쳐들어왔다. 이어서 예운, 복청, 화봉춘이 성문을 열고 나오며 안팎에서 협공하였다. 공도와 탄규는 앞으로 나갈 수도 뒤로 물러설 수도 없어 혈로를 뚫으려고 필사적으로 맞섰다.

화봉춘이 쏜 불화살이 섬라국 전선의 돛에 맞아 여러 척의 배가 불에 타기 시작하였다. 연기와 불꽃이 하늘로 솟구치고 병사들이 죽어가며 내지르는 울부짖음이 지축을 울렸다. 해안으로 기어

오른 병사들은 칼에 베이고 물에 빠진 자들은 모두 익사하였다.

탄규는 철편을 휘두르며 공도를 보호하였다. 가까스로 포구 바깥으로 빠져나온 배는 겨우 네댓 척뿐이었다. 살아남은 적병은 백여 명도 채 되지 않았는데 그나마 불에 머리를 그슬리고 이마를 덴 부상병들이었다.

이준의 군대는 섬라국 배를 추격해 빙 에워쌌다. 탄규가 외쳤다.

"승상! 제가 포위망을 뚫을 테니 승상께서는 꼭 살아서 돌아가시오!"

탄규 덕분에 공도는 구사일생으로 살아날 수 있었다. 탄규는 비보의 창을 맞고 바닷속으로 떨어졌다. 철갑을 입고 있던 탄규는 그대로 바다 밑바닥으로 가라앉았다. 공도는 겨우 한 척의 배를 몰고 돌아갔다.

이준은 군사를 거두어 포구로 돌아왔다. 전투에서 적선 이삼십 척을 얻었을 뿐 아니라 항복한 만족 병사들의 수효는 그 수를 헤아리기 어려웠다. 모두들 승리를 자축하는 가운데 군사들에게 큰 상을 내렸다. 비보가 말했다.

"공도가 대패해서 갔으니 감히 다시는 오지 못할 것입니다. 이참에 다른 섬을 몇 개 공격해 섬라국을 협공할 수 있는 진형을 갖추는 게 좋겠습니다."

이에 이준이 말했다.

"마새진은 유약한 왕이고 공도가 권력을 농단하는 바람에 군신이 화목하지 않다는 소문이네. 가장 용맹한 장수인 탄규가 전사했으니 장수도 변변찮을 것이야. 군대를 이끌고 가서 섬라국을 정복하면 스물네 개 섬은 자연이 항복하지 않겠는가! 그러면 우리 모두 해외에서 존귀한 자리에 올라 함께 부귀를 누리게 될 걸세. 한 번의 고생으로 오래도록 편안함을 얻는 것이지."

이틀간 휴식을 취한 후 전군이 섬라국으로 쳐들어가 섬라성 아래 진을 쳤다. 적성은 청수오 수비를 위해 남고 금오도 수비는 복청이 맡았다.

공도는 섬라로 돌아가서 탄규가 죽고 군대가 전멸했다고 아뢰었다. 마새진은 크게 놀라 말했다.

"탄규가 죽다니 만리장성이 무너졌구나. 나라 안의 정예군이 이미 다 사라졌으니 어찌하면 좋으랴!"

한참 걱정을 하고 있는데 갑자기 송나라 군대가 쳐들어왔다는 소식이 날아들었다. 마새진은 사색이 되어 어찌할 바를 몰랐다. 공도는 군대를 이끌고 성을 지킬 뿐 감히 출전하지 못했다.

섬라성은 금오도에 비해 수비하기에 여러모로 불리했다. 금오도는 튼튼히 방어할 수 있는 좁은 협곡이 있고 석성이 견고했다. 반면에 섬라성은 해안에서 채 오 리도 떨어지지 않은 해안가에 면해 있었다. 험준한 장애물이라곤 전혀 없었다.

섬라성의 방어는 전적으로 금오도가 주도하는 외부지원에 의지하는 형국이었다. 만일 섬라성을 노리는 외적이 있으면 금오도가 각 섬의 군대를 규합해 포위공격을 가했다. 그런 까닭에 크게 곤욕을 치르는 일이 많아 감히 외적이 침범하지 못했다.

섬라국을 구원할 금오도는 이제 존재하지 않는다. 게다가 사룡과 탄규 두 용장이 살해되었다는 소식을 들은 각 섬에서는 잔뜩 겁을 먹고 있었다. 공도는 평소에 권력을 독점한 채 섬사람들을 업신여기고 괴롭혔다. 감정이 좋지 않았던 탓에 어느 하나 구원하러 나서는 섬이 없었다.

성 아래로 진격한 이준의 군대는 대오가 질서정연했다. 그들은 눈처럼 빛나는 창검을 치켜들고 성을 에워싼 채 큰 소리로 항복을 외쳤다. 구원하러 오는 섬이 하나도 없는데다 탄규가 죽임을 당해 감히 군대를 이끌고 출전할 장수조차 없었다. 공도는 속수무책이었다. 이를 지켜보는 마새진은 걱정이 태산 같았다. 궁궐로 돌아온 마새진은 왕비에게 말했다.

"선대왕들이 세운 왕실의 터전을 더 이상 보전할 수 없을 것 같소. 내부에 좋은 장수가 없고 외부에서 구원병도 오지 않는구려. 성이 함락이라도 되면 누구라 할 것 없이 죽음을 면치 못할 것이오. 성문을 열고 항복하는 것이 목숨이나마 지키는 길일 것 같소."

마새진은 하염없이 눈물을 흘렸다. 왕비의 성은 소씨였다. 원래 동경 출신으로 부친이 참지정사를 지냈다. 승상 장돈의 미움을 사 담주로 귀양을 간 그는 그곳에서도 생명의 위협을 느끼자 섬라로 도주하였다. 자신의 딸이 마새진의 배필이 되는 바람에 왕의 장인이 되었는데 수년 전에 세상을 떠났다. 왕비 소씨는 사람됨이 정숙하고 어질고 총명하였다.

슬하에는 남매를 두었다. 열여섯 살이 된 옥지공주는 꽃 같은 용모에 슬기롭고 인품이 고아하며 문필이 뛰어났다. 무술에도 능하여 승마와 검술 등을 즐겼는데 국왕이 보물처럼 아꼈다. 중국 출신의 뛰어난 젊은이를 부마로 맞고 싶었으나 쉽게 짝을 찾을 수 있는 게 아니어서 아직 미혼이었다. 세자는 어려서 겨우 여섯 살이었다.

국왕이 눈물을 흘리며 항복할 뜻을 내비치자 옥지공주가 아버지께 여쭈었다.

"송나라 군사들이 대체 어떤 자들이기에 누구 하나 맞서 싸우려는 사람이 없는 것인가요? 제가 어머니와 함께 성문에 올라가 한번 살펴보겠습니다. 혹시 적을 물리칠 좋은 계책이 있을지도 모르잖습니까?"

국왕은 내시와 궁녀들에게 왕비와 공주를 호위하게 하였다. 수레를 몰아 성벽 앞에 이른 그들은 성문 위로 올라갔다. 옥지공주가 문루 위에서 바라보니 송나라 군대는 기치가 선명하고 병력이 막강하였다. 온몸에 갑옷을 걸친 이준, 비보, 악화 등이 손에 병기를 든 채 병사들을 지휘하고 있었다. 마치 하늘에서 내려온 장수처럼 위풍이 늠름하고 당당해 사람을 압도하였다.

그들 사이에서 문득 열예닐곱 살쯤 되어 보이는 젊은 장수가 눈에 띄었다. 비단옷에 은빛 갑옷을 입고 앉아서 쏠 수 있는 짧은 활과 화살통을 메고 있었다. 피부는 분을 바른 듯 희고 입술은 연지를 바른 듯 붉은데 손에는 방천화극을 들고 있었다. 금빛 안장을 얹은 밤색말 위에 당당히 앉아 있는 모습은 참으로 선비의 풍모를 지닌 무장이요 소년 영웅이었다.

이때 한 무리 기러기 떼가 날아왔다. 이를 본 소년 장수는 방천화극을 내려놓고 활을 당겨 하늘을 향해 쏘았다. 소리를 내며 날아간 화살이 구름 속으로 들어가는가 싶더니 깃털이 날리며 기러기 한 마리가 땅바닥으로 떨어졌다. 이를 본 삼군 모두가 갈채를 보냈다.

소비와 옥지공주는 그 모습을 보고 궁으로 돌아갔다. 소비가 왕에게 말했다.

"과연 중국은 인물이 뛰어나고 군사력이 강력하더군요. 맞서 싸우는 것은 무리입니다. 그렇더라도 항복하게 되면 금수강산을 그대로 넘겨주는 꼴이니 어찌 아깝지 않겠습니까? 제게 한 가지 계책이 있는데 군사를 움직이지 않고 나라를 보존하는 방법입니다."

"중궁께서 좋은 계책이 있다는 말씀이오? 한 번 말씀해 보시구려."

국왕의 물음에 왕비가 대답했다.

"옥지를 중국 젊은이에게 시집보내려고 했지 않습니까? 그런데 바다 바깥이라서 짝을 찾기가 어려웠지요. 아까 보니 용모가 준수하고 무예가 뛰어난 젊은 장수가 있더군요. 아직 혼인 전이라는 게 확인되면 부마로 삼을 수 있지 않을까요? 강토를 보전하는 길이기도 하고 딸아이 일생의 대사를 해결하는 일이기도 하니 일거양득 아니겠습니까?"

국왕은 크게 기뻐하며 말했다.

"참으로 신묘한 계책이오. 다만 옥지의 마음이 어떨지 모르겠군요!"

소비는 옥지에게 자신들의 생각을 들려주었다. 옥지는 화봉춘을 보자마자 이미 흠모하는 마음이 들었으나 차마 그 말을 입 밖으로 꺼내지는 못하고 있었다. 옥지는 어머니의 말에 수줍은 얼굴로 고개를 숙였다. 옥지가 대답하지 않으니 소비가 거듭 말했다.

"국난을 구하려면 다른 방법이 없다는 걸 너도 잘 알잖니? 하지만 강요는 하지 않겠다."

옥지는 비로소 나지막한 목소리로 말했다.

"아바마마와 어마마마께서 정하는 대로 따르겠나이다."

마새진은 기뻐하며 급히 내관에게 명해 이준의 군대에 말을 전하게 했다.

"송나라 장수들은 군대를 잠시 뒤로 물리고 장수 한 사람만 성 안으로 들어와 주시오. 섬라국왕이 직접 의논하고 싶은 게 있소."

"이것은 필시 우리의 공격을 늦추기 위한 계책이니 들을 필요조차 없습니다."

모두가 이렇게 건의하자 악화가 말했다.

"우리 군대가 성 아래 와 있는데도 그들은 감히 나와 싸우지 못하고 있소. 외부에서 도우러 오는 군사도 없소. 이는 분명 도저히 어찌할 수 없는 상태일 게요. 내가 성안에 들어가 그가 무슨 말을 하는지 들어보겠소. 후한시대 사람 반초는 호랑이굴에 들어가지 않고서 어떻게 호랑이를 잡을 수 있겠느냐고 했지요. 임기응변으로 국왕을 귀순시켜 싸우지 않고 이긴다면 이보다 좋은 일이 어디 있겠소!"

그러자 이준은 섬라국 사자에게 이렇게 회답하였다.

"당당한 우리 천조天朝의 군사들이 진군하는 곳에서는 전쟁을 채 벌이기도 전에 적은 항복하고 만다. 직접 만나서 항복을 의논하기 위해 잠시 군대를 물리도록 하겠다. 만일 우리의 공격을 늦추려는 잔꾀를 부리거나 맞서려는 생각을 갖는다면 다시 군사를 되돌려 풀 한 포기 살려두지 않겠다."

이준은 영기를 휘둘렀다. 군사들은 모두 배가 있는 곳으로 물러났다.

악화는 우람하고 건장한 병사 열 명을 골라 모두 활과 칼로 무장하게 하였다. 자신은 가벼운 예복으로 갈아입었다. 백마를 타고 호위병들과 함께 성문 쪽으로 다가가니 과연 성문이 열렸다. 일행은 당당한 자세로 안으로 들어섰다.

마중 나온 공도가 기다리고 있었다. 사방을 둘러보니 거리가 번화하고 왁자한 것이 중국과 크게 다르지 않았다. 동화문을 들어서자 웅장한 궁궐이 나타났다. 양옆에는 회화나무와 버드나무가 줄을 잇고 있었다.

정전 앞에 도착하니 국왕 마새진이 층계 아래까지 내려와 맞아주었다. 서로 예의를 갖춘 후 손님과 주인의 자리에 나누어 앉았다. 문무백관이 양옆에 시립하였다. 국왕은 하얀 얼굴에 수염을 기르고 있었는데 키가 크고 차려 입은 의관이 몹시 찬란하였다. 차를 대접한 다음에 국왕이 입을 열었다.

"우리나라는 바다 밖의 외진 곳에 있는 나라로 우리의 강역을 지킬 뿐 송나라에 결례를 범한 일이 없거늘 어찌하여 이 먼 곳까지 군대를 보낸 것입니까?"

악화는 몸을 굽혀 대답하였다.

"온 천하에 우리 황제 폐하의 땅이 아닌 곳이 없고 바닷가 땅끝까지 황제 폐하의 신하 아닌 사람은 없지요. 우리 송나라가 중국 안팎을 통일해 열성조께서 이어온 지 이미 오래이며 지금의 천자께서 인자하고 영민하시어 황량한 변방지역까지 복속하지 않은 곳이 없소이다. 그런데 귀국은 조공을 하지 않음으로써 작은 나라가 큰 나라를 받드는 예의를 다하지 않고 있소. 그리하여 십만 병사와 백 명의 장수를 거느린 정동대원수께서 귀국의 죄를 묻기 위해 온 것이오.

금오도의 사룡은 황음한데다 살생을 즐긴 자이기에 우리 군대가 쇄도하여 일거에 도륙해 버렸소. 귀국은 여전히 잘못을 뉘우치지 않고 감히 우리에게 항전해 왔소. 탄규는 귀국의 대장이라 들었소만 우리에 맞선 까닭에 이미 바닷속 귀신이 되어 있소.

지금 우리 병사들이 성 아래 와 있으니 싸우려거든 군사를 내어 승부를 겨룹시다. 만약 싸우려는 마음이 없거든 성문을 열고 우리 군문에 와서 항복하시오. 우물쭈물 결단을 내리지 못하다가는 죽음을 맞게 될 것이오. 우리 대원수는 어진 분이어서 무고한 사람을 살상하지 않을 뿐 아니라 화포와 운제 같은 공격 도구를 사용하는 일 없이 덕으로써 복종시키고자 하는 것이외다.

오늘 이렇게 보자 한 것은 틀림없이 의논할 것이 있어서일 텐데 사리에 맞는 말씀이라면 경청하겠소."

"예전에 사신을 보내 공물을 올렸는데 채태사의 제지를 받아 용안을 참배할 수조차 없었습니다. 하사품을 받기는커녕 오히려 채태사가 뇌물을 강요하는 바람에 사신은 귀국하지 못하고 객지를 떠돌게 되었습니다. 공물을 보내지 못한 것은 이 같은 이유 때문이었습니다.

과인은 천성이 모질지 못해 백성을 해치지 못합니다. 귀국의 군대가 성 아래 와 있으니 군대를 내어 싸우면 쌍방이 다치게 될 것이고 그것이 두려울 뿐입니다. 과인은 한나라 복파장군 신식후의 후예입니다. 과인이 섬라국의 왕위를 이은 지 삼대째인데 만약 나라를 귀국에 바친다면 조종의 강토를 하루아침에 멸망시키는 것이니 어찌 망설이지 않을 수 있겠습니까?

과인의 비는 귀국 동경 출신으로 소참정의 딸입니다. 부친이 승상 장돈의 모함을 받아 담주로 유배를 오는 바람에 과인의 배필이 되었지요. 우리 부부에게 딸이 하나 있습니다. 이름은 옥지이고 시집을 보낼 나이가 되었습니다. 용모가 떨어지지 않고 덕성을 갖추었기에 중국 젊은이를 사위로 맞고자 하였으나 쉽사리 마땅한 상대를 찾지 못하였습니다.

우연히 성 위에서 말을 탄 소년 장수를 보았는데 거동이 위풍당당하고 인물됨이 범상치 않더군요. 이름이 어떻게 되는지는 모르지만 혼인을 하지 않았다면 기꺼이 부마로 삼고 싶습니다. 그리하면 전쟁을 멈추고 영원히 변신藩臣이 되어 다시금 공물을 바칠 것입니다. 한나라와 당나라에서도 혼인을 통해 화친을 맺은 사례가 있으니 그렇게 하면 어떻겠습니까?"

"그 어린 장수의 이름은 화봉춘으로 대대로 장군을 배출한 집안의 자식이지요. 육도삼략에 정통할 뿐 아니라 십팔반무예에 모두 뛰어납니다. 특히 활솜씨는 아주 발군이어서 조금 전 성 바깥에서 하늘을 날아가는 기러기를 쏘아 떨어뜨렸으니 충분히 짐작할 만할 것입니다. 얼굴은 관옥처럼 아름답고 총명하기가 비길 데가 없습니다.

제후나 장군의 반열에 오른 다음 혼사를 정하고 싶어해서 많은 명문가 집안에서 사위로 삼으려 해도 모두 고사했기에 아직 미혼입니다. 귀국이 화친을 요청하는 것은 좋은 일이지만 제가 함부로 결정할 수는 없습니다. 저와 함께 사신 한 사람이 동행했다가 대원수께 아뢰고 나서 제안이 받아들여지면 곧바로 회답을 드리지요."

국왕은 서둘러 연회석을 마련해 악화 일행을 대접하였다. 악화에게 진귀한 물건을 선물로 주며 일이 잘 진행되게 해달라고 부탁하였다. 수행원들에게도 선물을 건넸다. 하지만 악화는 그 어떤 것도 받지 않았다.

국왕은 공도에게 사신의 임무를 맡겼다. 악화 일행과 공도는 성을 나와 이준 군대의 중군 막사로 갔다. 악화는 공도를 잠시 문밖에서 기다리게 했다.

악화는 먼저 이준에게 섬라국왕이 제안한 강화 결연의 내용을 자세히 보고하였다. 이준은 여러 사람과 상의하였다.

"섬라국이 약하기 때문에 쳐서 무너뜨리기는 쉬운 일이네. 하지만 우리는 이제 막 터전을 마련했기에 아직 군세가 충분하지 않아. 만약 여러 섬이 항복하지 않고 우리에게 대항한다면 안정을 도모하기가 어려울 것이네. 대신 화친을 맺은 뒤 금오도를 지키며 날개를 키운다면 다시 좋은 기회가 있겠지. 그런데 화공자의 생각은 어떠한가?"

화봉춘이 대답했다.

"저는 삼촌들의 도움으로 환난을 면했으니 물론 말씀대로 따르겠습니다. 다만 저는 중국사람인데 상대가 야만족 여인이라니 평생의 큰일을 그르칠까 걱정입니다."

악화가 나섰다.

"옥지공주는 경국지색의 미모를 지녔으며 글을 잘하는데다 예의범절에 밝고 무예에도 능통하다네. 또한 사람됨이 온유하고 총명한데 모친인 소비는 동경 출신으로 야만족이 아니라네. 부모가 진귀한 보물처럼 아껴서 중국 젊은이를 사위로 맞으려 했다는군. 성 위에서 자네의 재주와 용모를 보고 몹시 마음에 들어 화친을 청하는 것이라네.

두 사람은 아주 재주가 뛰어나 서로 잘 어울리는 짝이라는 생각이 드는군. 비록 바다 바깥이지만 한 나라의 부마가 되면 그 무궁무진한 부귀는 일러 무엇하겠는가! 게다가 천생연분이란 건 혼인을 주재하는 월하노인이 맺어주는 것이니 의심할 필요가 없네."

"삼촌의 말씀을 어찌 거스르겠습니까? 하지만 혼인의 대사인만큼 먼저 어머니께 말씀드리고 결정하겠습니다."

화봉춘의 대답에 악화가 말했다.

"그건 당연한 일이네. 어머님께서도 분명 기꺼이 승낙하실 거라고 생각하네. 먼저 사신을 만난 다음에 어머니께 말씀드리고 혼인 문제를 의논하세."

이준은 대대적인 위의를 갖추어 군대를 정렬시켰다. 이준이 나와 공도를 맞이하였다. 이준은 공도에게 자리를 권하고 나서 말했다.

"악장군에게서 국왕의 뜻을 자세히 들었소. 혼인을 통해 전쟁의 화를 피하는 것은 참으로 좋은 일이오. 우리가 비록 천자의 조칙을 받들어 귀복하지 않은 자들을 정토하러 왔지만 진정 바라는 바는 위의를 떨치고 덕을 널리 펼치는 것이지 영토를 탐내고 사람의 목숨을 해치는 것은 아니오. 만약 쌍방이 약조한 대로 결정된다면 우리는 군사를 물려 금오도로 돌아갈 것이오.

약혼 예물을 교환한 다음 길일을 택해 혼사를 거행하기로 합시다. 귀하와 악장군이 중간에서 수고해 주어야겠소. 하지만 외국과의 일이라고 속임수를 부린다면 다시 군사를 몰고 올 것임은 물론 혹시라도 배신을 저지를 경우에는 옥석 가리지 않고 초토화시킬 것이오."

공도가 말했다.

"천병이 여기까지 왔으니 응당 거역하지 말아야 했습니다. 탄규가 저의 무용을 믿고 가벼이 처신하다가 스스로 멸망을 자초했나이다. 어제 왕비와 공주는 소년 장수가 재능과 용모를 겸비한 것을 직접 보았기 때문에 진심으로 부마로 삼기를 원하는 것입니다. 원수의 군대가 한번 움직이면 즉시 승리를 거두는 놀라운 무위를 잘 알고 있습니다. 어찌 감히 딴마음을 품고 죄를 자초하겠습니까?"

이준 역시 연회를 베풀어 공도를 대접한 다음 그가 돌아가 국왕에게 보고하도록 했다. 그리고 곧바로 금오도로 군대를 돌렸다.

금오도에 도착한 이준은 화부인에게 섬라국왕이 화친을 청하고 화공자를 부마로 삼고자 한다는 사실을 알렸다. 아울러 옥지공주는 덕성과 미모를 갖추어 화공자를 욕되게 하지 않을 것이라고 덧붙였다. 화부인은 큰 기쁨을 감추지 못하면서 말했다.

"여러분의 도움으로 우리 아이가 혼사를 이루게 되어 구천에 있는 애 아버지도 고마워할 것입니다. 그 인연이 먼 바다 바깥에서 이루어질 줄은 생각도 못했습니다."

이준과 악화는 곧바로 금은보석과 채단, 그 밖의 진귀한 예물을 준비하였다. 그리고 길일을 택해 예운과 복청으로 하여금 군사 오백 명을 거느리고 결혼식을 주관할 악화를 호위하게 하였다. 이준은 떠나는 이들에게 주연을 베풀어 전별하였다. 화봉춘은 이준을 비롯한 장수들과 자신의 어머니, 고모 등에게 작별의 인사를 올렸다.

일행은 북소리를 크게 울리고 깃발을 펄럭이며 항구에서 배에 올랐다. 순풍을 탄 배는 하루도 지나지 않아 섬라성 아래 도착하였다. 먼저 호포 세 발을 쏘고 배를 정박시켰다.

국왕은 부마가 도착했다는 것을 알고 승상 공도에게 바닷가로 나가 마중하게 하였다. 공도는 악화, 화봉춘과 인사를 나눈 뒤 일행을 영빈관으로 안내해 위로의 술자리를 마련하였다.

그런 다음 일행은 전신 갑옷을 입은 예운과 복청의 호위 속에 말을 타고 거리로 나섰다. 그들을 따르는 오백 명 군사의 투구와 갑옷이 햇빛에 비쳐 더욱 선명했다. 길가의 집들은 하나같이 청사초롱과 오색 천을 장식하고 있었다. 성문가에 이르자 술쟁반을 받쳐 든 네 명의 내관과 네 명의 궁녀가 옷자락을 걷어올리고 무릎을 꿇은 채 일행을 영접하였다.

섬라국 사람들은 지금까지 이처럼 화려한 중국식 의례를 본 적이 없었다. 또 걸출하게 잘생긴 부마의 비범한 모습에서 눈길을 떼지 못했다. 부마는 검은 빛깔 사모에 두 송이의 꽃을 꽂고 있었으며 분을 바른 듯 하얀 얼굴이 빛났다. 남녀를 막론하고 길가와 골목길을 가득 메운 구경꾼들은 저마다 부러움과 감탄의 소리를 내뱉었다.

일행이 궁궐 문 앞에 도착하자 국왕이 문무백관을 거느리고 나와 공손히 맞아들였다. 화공자는 동궁으로 가서 혼례복으로 갈아입었다.

이윽고 정해진 길한 시간이 되자 금란전에서 혼례가 거행되었다. 국왕과 왕비는 대홍길복을 입었다. 향이 타오르고 주악소리가 하늘 높이 울려 퍼졌다. 화공자는 국왕과 왕비에게 절을 올리고 문무백관과도 서열순으로 서로 배례하였다. 잠시 후 궁녀가 옥지공주를 데리고 나왔다. 화공자와 옥지공주는 맞절을 하고 합환주를 나누었다. 진실로 왕가의 화려함은 민간과는 비할 바가 아니었다.

황금 전각에 주렴이 높이 걸려 있고 백옥 층계 위에는 비단천이 깔렸다. 사자 모양의 향로에서는 연기도 안개도 아닌 기묘한 향내가 뿜어져 나오고 상서로운 해치 주변에는 해 같기도 하고 구름 같기도 한 비단 의장을 둘렀다. 화려한 궁중음악 소리 은은히 하늘까지 울려 퍼지니 아름다운 울림이 꽃 사이로 스며 나온

다. 공경대부들이 움직일 때마다 옷자락에 달린 옥과 옥이 부딪치는 소리 또한 이채롭다.

면류관을 쓰고 홀(笏)을 손에 쥔 국왕 역시 중국 풍습을 따르고, 화려한 장식으로 치장한 왕비의 복식은 본디 송나라 도성의 풍습 그대로라지. 내관들은 옷깃을 여미며 종종걸음하고 궁녀들이 입고 있는 단아한 좁은 소매 의상이 맵시를 뽐낸다. 휘황한 촛불 아래 붉은 구름은 신선을 받들고 찬란한 은빛 병풍 속을 나는 난새와 봉황새는 상서로운 아지랑이에 물든다. 마치 이런 시구와도 통하는 듯하다.

햇빛이 비치기 시작하자 황제 곁의 긴 부채가 움직이누나
황제의 기쁜 표정을 가까이 있는 신하들은 알고 있다네

부마와 공주는 혼인을 마치고 동궁으로 돌아와 평상복으로 갈아입었다. 화봉춘은 비로소 공주를 살짝 훔쳐보았는데 정말 천부적인 자태의 미모였다. 게다가 치장이며 옷차림새 모두가 중국식이라서 더욱 기뻤다. 공주는 성 위에서 멀리 바라보면서 이미 화봉춘을 흠모하고 있었는데 막상 그를 대면하고 보니 더욱 빛이 나는 것이었다. 하지만 부끄러움에 눈길을 바로 주지도 못한 채 속으로만 은근히 기뻐하였다.

그날 밤 비취이불, 원앙베개 속에서 두 사람은 깊은 사랑을 나누었다. 서로 영원한 사랑을 맹세하니 그 도타움이 그보다 깊을 수가 없었다.

다음날 아침 일찍 두 사람은 정전에 가서 국왕께 배례를 올렸다. 국왕은 동궁을 부마부로 바꾸어 내관과 궁녀들이 시중들게 하였다. 음식물을 비롯한 모든 대우가 매우 극진하였음은 말해 무엇하랴!

악화는 금오도로 돌아가면서 화부마에게 말했다.
"국왕이 인자하고 관대한 사람이지만 자네는 이곳에서 모름지기 겸손하고 모든 행동거지에 삼가 조심해야 하네. 결코 방종하지 말게. 공도가 교활하고 간교해서 혹시라도 말썽을 일으킬까 두렵네. 불의의 사고를 예방할 수 있도록 두 명의 비장과 삼백 명의 병사를 남겨두고 가겠네."
화부마는 고개를 끄덕이며 말했다.
"지당하신 말씀입니다. 당연히 모든 일에 신중을 기해야지요. 돌아가시거든 백부님과 어머님께 걱정하시지 말라고 인사 전해주십시오."
악화 일행은 금오도로 돌아갔다.
화부마는 부중에서 공주와 금슬이 좋았을 뿐 아니라 서로 경애했다. 공주는 몹시 현명하고 글과 글씨에도 능통하였다. 그리고 모후에게서 배운 중국말에는 조금도 변방의 사투리가 섞여 있지 않았다. 두 사람은 틈틈이 함께 시를 읊고 거문고를 타고 바둑을 두었다. 혹은 꽃밭에서 활을 쏘고 버드나무 그늘 아래서 말을 달리는 등 밤낮없이 즐겁게 지냈다.
국왕과 왕비는 수시로 부마부를 찾아와 연회를 베풀어주었다.

부마가 사위로서의 예의를 갖추어 효도를 다하니 국왕은 크게 기뻐하였다. 때로는 국왕이 부마에게 나라의 일을 상의하기도 하였다. 그때마다 부마는 일일이 명쾌하고 타당한 답변을 진언하였다.

"부마의 재주와 기량이 아주 뛰어나구나. 내 어린 딸의 평생을 책임질 뿐만 아니라 자네의 현량함으로 나도 보필해 주어야겠네."

국왕의 말에 부마는 겸손하게 대답할 뿐이었다. 어느 날 공주가 부마에게 물었다.

"시어머니께서는 지금 금오도에 계신데 이준 원수와 가까운 친척이신가요? 잘 지내고 계신지 모르겠군요."

"이준 원수는 선친과 결의형제를 맺은 사이였소. 두 분 다 조정의 고관을 지냈는데 아주 의리가 깊어서 우리 모자를 혈육처럼 대해 주셨소. 그리고 고모님도 과부이신데 작년에 아주 어려운 일을 당했을 때 악화 장군이 구해 주신 덕택에 오늘에 이를 수 있었소."

"비록 그 두 분이 의리가 깊고 그분들의 큰 은혜를 입었다 해도 결국 남입니다. 저나 당신이나 자식으로서 도리를 다해야 하는데 바다 건너 멀리 떨어져 계시니 효도를 다할 길이 없군요. 제가 아바마마께 아뢰겠습니다. 이곳으로 모셔 와서 아침저녁으로 효심을 다하고 싶습니다."

공주는 그 길로 국왕에게 자신의 뜻을 아뢰었다. 곧바로 영접사를 금오도로 파견하였다. 부마도 편지 한 통을 써서 보냈다. 공주는 내관에게 분부해 시어머니가 편히 살 전각을 깨끗이 청소하도록 하였다.

국왕의 명을 받은 영접사는 금오도에 가서 찾아온 뜻을 전했다. 그리고 부마의 서찰도 전달하였다. 서찰을 뜯어본 이준은 악화와 상의하였다.

"화공자께서 어머니와 고모를 궁중으로 모셔가 봉양하고 싶다는군. 어찌 생각하시오?"

악화가 대답했다.

"그들 모자의 타고난 인정으로 보아 서로 멀리 떨어져 있을 수 없습니다. 공주 역시 어질고 지혜로우니 마땅히 그럴 것입니다. 두 분은 모두 과부입니다. 비록 우리 형제들이 하늘을 찌르는 호한들이기는 하지만 남들의 오해를 살 염려도 없지 않으니 마땅히 보내드리시지요. 그러는 편이 양쪽 모두에 좋을 것입니다."

이준이 화부인에게 상황을 설명하니 화부인은 마음속으로 매우 기뻐하며 말했다.

"삼촌들의 이런 아름다운 뜻을 받들어 우리 모자가 부귀영화를 누리게 되었으니 정말 보답하기 어렵습니다."

화부인은 즉시 처소로 돌아가서 짐이라도 싸려는 듯 몸을 일으켰다. 악화가 이준에게 말했다.

"화부인을 보내드리는 이 기회를 이용해 계교를 하나 써야겠습니다."

호랑이와 표범은 산에서 개, 돼지를 놀라게 하고
교룡은 바다를 제압해 물고기를 통솔하느니

제13회

고려국 방문이 부른 안도전의 시련

 화봉춘은 사자를 보내 자신의 모친을 섬라국 부마부로 모셔 효성을 다하고 싶다고 했다. 이준이 그 요청을 받아들여 화부인을 보내려고 할 때 악화가 말했다.

 "섬라국은 아주 빼어난 금수강산이지요. 그런데 국왕이 우유부단한데다 공도란 자가 사악하고 음험해서 아주 조심하지 않으면 안됩니다. 화공자가 비록 그곳에 있다 해도 고립무원의 형국입니다. 이번에 화부인을 보내는 참에 예운과 복청으로 하여금 군사 오백 명을 인솔해 호위하게 하시지요. 제가 화공자에게 일러 군사들이 궁궐에 머물며 방비하게 해달라고 국왕에게 품의하라고 하겠습니다. 일단 유사시에 그 원흉을 제거하면 섬라국은 결국 우리의 차지가 될 것입니다."

 이준은 크게 기뻐하며 그 계획에 따랐다. 화부인이 인사를 마치고 자리에서 일어나자 악화는 화씨댁 노복인 화신에게 말했다.

 "일전에 자네가 화공자를 따라가지 않도록 한 것은 다 이유가 있었네. 화부인이 이곳에 계시니 모실 사람이 필요했던 거지. 이제 오늘 떠나게 되었으니 거기 가거든 안팎을 잘 살펴야 하네."

화신은 알겠다고 대답했다. 그들이 탄 배는 곧 출범하여 섬라국에 도착하였다.

화공자는 직접 가마와 인부들을 데리고 바닷가로 마중 나갔다. 궁궐에 도착하자 옥지공주가 큰절을 올렸다. 화부인은 이어서 국왕, 왕비와도 인사를 나누었다. 화부인은 진부인과 함께 화루에서 지내게 되었는데 공주가 곡진히 모셨음은 말할 필요도 없다.

일행과 함께 바다를 건너온 악화는 화공자에게 밀계를 알렸다. 악화의 말을 들은 화공자는 국왕에게 아뢰었다.

"이원수가 우리나라의 군사력이 약한 것을 염려해 예장군과 복장군을 보내 오백 군사를 거느리고 이곳을 지켜주겠답니다. 제가 무예를 익히는 데도 좋은 기회이니 특별히 허락해 주십시오."

"이미 지친 간으로 서로 한몸이나 다름없지 않은가! 이원수의 후의를 받아들여 그들이 이곳에 머물도록 하게."

국왕이 승낙하자 화공자는 돌아와서 악화에게 말했다.

"국왕께서 허락하셨으니 군사들이 이곳에 머물러도 됩니다."

"공자, 자네는 국왕을 잘 섬겨 환심을 잃지 않도록 하게. 공도 이하의 신료들에게도 겸손하고 예의바르게 대해 조금이라도 틈이 벌어지지 않도록 해야 하네. 아무쪼록 백성들에게 은혜를 베풀어 인심을 얻어야 해. 교만하게 처신해 일을 그르치는 일이 없도록 하게."

악화가 재삼 당부하자 화봉춘은 그 말을 깊이 가슴에 새겨두었다.

 금오도로 돌아온 악화는 이준과 함께 섬을 다스리는 일에 모든 노력을 기울였다. 황무지를 개간하고 유랑자를 정착시키고 외부 상인들과의 교역을 장려하였다. 백성을 편히 살게 하면서도 군사훈련에 힘쓰니 섬은 날로 부강해졌다. 이준이 말했다.

 "옛날 송공명의 재주는 참으로 훌륭했지. 거기에 오학구가 군기 지도를 맡고 노준의 같은 사람들이 힘을 보탰기에 양산박이 비로소 큰일을 이루어낼 수 있었던 거고. 반면에 나는 자네처럼 재주 있는 아우가 있어 자네의 가르침에 힘입어 이렇게 해외에 나와 사업의 터전을 마련했으니 어찌 요행이 아니겠는가?"

 "그것은 시대가 다르고 상황이 다르기 때문이지요. 중국인은 간사하고 질투심이 강해 몹시 다루기 힘든 인종인 데 비해 이곳 해외 사람들은 아직 단순해서 교화가 쉬운 편이죠."

 악화의 말에 이준은 크게 웃었다.

 어느 날 청수오에 갔다가 돌아오는 길이었다. 삽시간에 광풍이 세차게 불고 파도가 하늘로 치솟았다. 선원들은 급히 모래톱에 닻을 내리고 바람이 가라앉기를 기다렸다.

 그때 홀연히 큰 배 한 척이 바람에 떠밀려 오는 것이 보였다. 큰 소리를 내며 가운데 우뚝 솟은 돛대가 부러지며 돛이 수면 위로 넘어졌다. 배가 빙글빙글 소용돌이치기 시작하자 선원들은 도저히 배를 지탱시킬 수 없었다. 배에 타고 있던 사람들이 당황해 우왕좌왕하는 사이에 배가 한쪽으로 기울며 바닷물이 물밀 듯이 밀려들었다. 사람이고 화물이고 모두 파도 속으로 흩어졌다.

이준은 급히 그들을 구조하라고 소리쳤다. 병사들이 모두 물에 익숙한 사람들이었던지라 물속으로 뛰어들어 구조에 힘썼다. 긴 갈퀴 등을 이용해 이십여 명을 구조하고 화물도 절반 남짓을 건져냈다.

조난당한 사람들은 구출되기는 했어도 혼절하거나 물을 게워내느라 제정신이 아니었다. 얼굴은 진흙과 모래투성이여서 한동안 어떤 사람들인지 도저히 분간할 수 없었다. 한참을 쉬고 나서야 한두 사람씩 깨어나기 시작했다. 이준이 어느 나라 사람이냐고 묻자 한 사람이 대답했다.

"우리는 송나라 동경 사람들입니다. 황제의 성지를 받들어 고려국에 갔다가 돌아오는 길입니다. 일행 중에 귀인이 두 분 계신데 모두 살아계셔서 다행입니다."

이준이 무슨 벼슬을 하는 사람들이냐고 다시 물었다. 그러자 한 사람이 자리에서 일어나며 말했다.

"저는 태의원 의관으로 성은 안입니다."

이준이 그 사람을 물끄러미 바라보다가 별안간 목소리를 높이며 외쳤다.

"아니, 안도전 선생 아니시오?"

그 사람도 이준의 얼굴을 찬찬히 들여다보더니 놀라며 말했다.

"이런 반가울 데가 다 있나! 이준형 아니시오? 꿈속에서 만나는 듯하군요."

이준은 급히 옷을 꺼내 안도전에게 주며 바꿔 입도록 했다. 옷을 갈아입은 안도전이 말했다.

"저는 송공명과 함께 요나라를 정벌하고 돌아온 이후 태의원에서 일하며 꽤 평안히 지냈지요. 그런데 고려국왕이 전염병에 걸렸는데 자국에 뛰어난 의원이 없으니 중국 의원을 보내달라고 상주문을 보내왔지 않겠소. 고려국의 요청을 거스르기 어려워 성상께서 저와 어의 노사월을 보내 고려국왕을 치료하게 한 것이오.

석 달 동안 고려국에 머물렀는데 다행히 고려국왕의 병이 완쾌되어 조정으로 돌아가 복명하려던 길이었소. 고려국왕은 감사의 표시로 진상품을 준비하고 우리 두 사람에게도 후한 선물을 주었지요. 뜻하지 않게 큰 바람을 만났는데 이형이 아니었으면 이미 물고기 밥이 되었을 게요."

이준은 노의관에게도 옷을 바꿔 입도록 새 옷을 내어주었다. 일행이 모두 자리에 둘러앉은 뒤 이준은 그동안의 일을 들려주었다. 그곳에 연고를 갖게 된 일과 화영의 아들 화봉춘이 섬라국의 부마가 되었다는 말을 들은 안도전은 악화에게 말했다.

"악형, 자네는 여기서 편히 지내고 있지만 두흥이는 어찌하면 좋을지 모르겠네!"

"그게 무슨 말이오?"

악화가 놀라서 물었다. 안도전은 두흥이 손립의 편지를 악화에게 전하려다 유배를 가고 그 여파로 옥에 갇히게 된 이응이 탈옥해 음마천에 산채를 마련한 이야기 등을 두루 들려주었다. 악화는 연신 탄식해 마지않았다.

이야기를 나누는 사이에 차츰 풍랑이 가라앉았다. 이준은 닻을 걷어올리고 돛을 펼치라고 명했다. 배는 금세 금오도에 닿았다. 안도전은 섬을 둘러싸고 있는 수려한 산천과 견고한 성곽을 직접 눈으로 보았다. 뿐만 아니라 사람과 물자가 풍족하고 궁궐 또한 장려한 모습에 감탄의 소리가 절로 나왔다.

이준은 연회를 열어 안도전을 환대하였다. 술을 마시는 도중에 이준은 최근 조정의 상황이 어떤지 물었다. 안도전이 대답했다.

"모두들 재앙이 닥쳐오는 줄을 까맣게 모르고 있지요. 군신이 향락에 취해 있는 동안 도처에서 도둑이 창궐하고 있어요. 형벌은 엄하고 세금은 무겁고 위아래가 서로 속고 속이는 형국인데다 천재지변으로 인심이 흉흉합니다. 아마 조만간 전쟁이 일어날 겁니다. 금나라와 손잡고 요나라를 협공해 잃어버린 옛 연운 십육 주를 회복하자는 조양사의 계책을 동관이 받아들였거든요."

"요나라는 우리가 정복해 형제의 약조를 맺은 뒤 서로 화평하게 지내고 있잖소! 하필 원교근공遠交近攻으로 화를 자초할 필요가 있는가! 강한 이웃나라와 틈이 벌어지면 나중에 후회해도 소용없을 텐데 말이오."

이준이 우려하자 안도전이 말을 계속했다.

"그런 점에서 고려국왕은 앞을 내다보는 식견이 있더군요. 송나라와 요나라가 백 년 동안이나 화목하며 이빨과 입술의 관계처럼 서로 의지하고 있는데 새삼스레 호랑이를 키우는 화근을 만들어서는 안될 것이라고 말하더군요. 그러면서 저더러 조정에 돌아가거든 반드시 간언하라는 것이었소.

하지만 그런 일이 가당키나 하겠소? 국정을 관장하는 대신들이 조금도 심모원려가 없거늘 미천하고 마땅한 자리에 있지도 않은 우리가 어찌 함부로 입을 놀릴 수 있겠는가 말이오! 오늘 여기서는 주제넘은 말을 했지만 동경으로 돌아가면 입을 꽉 다물 생각이오."

　노사월은 같은 자리에 앉아 있지만 한 마디도 말을 하지 않았다. 본디 그자는 음흉한 인간으로 길거리에 양산을 받쳐놓고 고약이나 팔던 자였다. 그러던 중 채경의 문하에 들어간 것을 계기로 태의원 자리를 차지하게 되었다. 그는 안도전의 의술이 뛰어난 것을 항상 시기하고 있었다. 그런 까닭에 안도전이 이준 일행에게 조정의 일에 대해 허물없이 하는 이야기를 마음에 깊이 새겨두었다.

　"이곳은 사업 초창기라서 아직 어려움이 많지만 누구한테도 얽매이지 않는 자유로움이 있소이다. 섬라국에는 명의가 부족해요. 선생께서 이곳에 살면서 우리와 옛 정을 나누면 어떻겠소? 동경으로 돌아가더라도 간사한 무리들에게 시달릴 텐데 말이오."

　이준의 말에 안도전이 대답했다.

　"성지를 받들어 칙사로 나갔으니 복명해야지요."

　"바다에 가라앉았다면 어떻게 복명하겠소이까? 노의관이 가서 안선생이 익사했다고 하면 더 이상 조사하지도 않을 거요."

　"정말 익사했다면 더 말할 것도 없지요. 다행히 살아났으니 죽었다고 하면 이는 폐하를 기만하는 것이지요."

　안도전이 거절하자 이준이 말했다.

　"그렇다면 억지로 붙잡지는 않겠소이다. 며칠 느긋하게 푹 쉬면서 지내구려. 곧 배편을 마련해 보내주겠소."

신의 안도전(왼쪽)과 자염백 황보단.

안도전은 감사를 표했다. 그날 밤 술자리가 끝난 뒤 모두들 그렇게 잠자리에 들었다.

다음날 안도전이 말했다.

"이형은 큰 그릇이니 틀림없이 복도 많을 것이오. 내가 태소맥太素脈을 좀 볼 줄 알잖소. 운세의 길흉은 물론 수명의 길고 짧음까지 알아맞힐 수 있으니 시험삼아 한번 봐드리겠소."

"나야 일개 무인일 뿐이오. 담대하게 살아가는 것이지 화든 복이든 따져서 뭐하겠소?"

그러면서도 이준은 웃으며 손을 내밀었다. 안도전은 온 정신을 집중해 한참을 진맥한 뒤 다른 쪽 손을 내밀게 해 다시 진맥하였다. 그러고 나서 경하하며 말했다.

"신기神氣가 충실하고 맥이 아주 맑소이다. 반드시 남방의 존귀한 존재가 되어 비상한 부귀를 누리게 될 것이오. 예전에 송공명도 진맥한 적이 있는데 그분은 본시 복의 기반이 튼튼하지 못해 결국 일찍 생을 마감하고 말았지요."

"뭐가 비상한 부귀라는 거요? 큰 술사발하고 고깃덩어리만 있으면 되지."

이준의 말에 악화와 노의관을 비롯한 모두가 크게 웃었다.

안도전이 금오도에 묵은 지 열흘이 훌쩍 지났다. 노사월이 집으로 돌아가자며 출발을 재촉하자 안도전은 작별을 고했다. 동경에서 온 사람들이 탄 배에 바다에서 건져낸 짐도 모두 챙겨 실었다. 이준은 안도전에게 새 옷 한 벌과 함께 백금 삼백 냥을 선물로 주었다. 노의관에게도 은자 이십 냥을 건넸다. 고려국 사람들은 별도로 돌아갈 예정으로 뒤에 남았다. 안도전은 연신 감사의 마음을 표했다. 그러면서 혼잣소리로 탄식했다.

"노의관의 하인은 살아남았으나 내가 데리고 있던 아이는 물에 빠져 죽고 말았구나! 동경에 가더라도 혼자의 몸이로군."

"주변에 사람이 없으면 여기서 심부름할 사람을 하나 데리고 가구려."

이준의 제안에 안도전이 대답했다.

"아니오. 노의관이 동행하니 가는 길에 큰 불편은 없을 것이오. 동경에서는 진작부터 소양, 김대견과 함께 살았으니 부릴 사람이 있소이다."

두 사람은 작별 인사를 하고 떠났다. 악화는 바닷가까지 바래다주러 가서 편지를 한 통 꺼내며 말했다.

"선생께서 등주에 내리면 얼마 가지 않아 등운산 아래를 지나게 될 것이오. 번거롭겠지만 제 매형 손립한테 편지를 전해 주면 고맙겠소."

안도전이 웃으며 대답했다.

"지나는 길인데 어려울 게 뭐가 있겠소! 저번에 두흥이 동경에 편지를 가지고 온 일로 자네와 연루되었다지만 이번에 내가 산채에 들른다고 해서 설마 개봉부로 압송되는 일이야 있겠는가!"

안도전은 편지를 받아 품속에 넣었다. 두 사람은 인사를 나누고 헤어졌다.

바다에 밝은 금오도 선원들은 뱃길을 잘 알기 때문에 바람을 타고 불과 사오 일 만에 등주 해안에 도착하였다. 배에 탄 사람들과 짐을 내려주고 배는 금오도로 돌아갔다. 안도전과 노의관은 교자 두 채를 빌려 타고 짐은 짐꾼들에게 짊어지게 했다. 육십 리를 가니 등운산으로 올라가는 길목이 나왔다.

"여기는 조용히 지나가야 합니다. 산채 사람들이 눈치채지 않게요."

교자꾼의 말을 들은 안도전이 말했다.

"괜찮네. 내가 그들을 만나려던 참이니."

안도전의 말이 끝나기도 전에 징이 울리며 벌써 사오십 명의 사람들이 몰려나와 교자를 멈추라고 소리쳤다. 노의관은 몸을 벌벌 떨며 교자 밖으로 굴러떨어질 듯하였다. 안도전이 말했다.

"소란 피우지 마라! 나는 손두령을 만나러 온 사람이다!"

"두령님을 만나러 오셨으면 길을 안내해 드리지요."

안내를 받으며 일행은 산채 입구에 도착했다. 보고를 받은 손립이 영접하러 마중 나왔다. 취의청으로 자리를 옮긴 일행은 서로 인사를 나누었다. 안도전은 난정옥과 호성이 누군지 몰랐고 산채 사람들은 노의관이 초면이었다. 서로 이름을 말하고 자리에 앉았다. 손립이 말했다.

"선생은 내내 동경에 있었으니 필시 평안하게 지냈을 텐데 오늘 어쩐 일로 여기까지 온 것이오?"

안도전은 칙령을 받들고 고려국에 갔다가 고려국왕의 병을 고치고 돌아오는 길에 바다에서 배가 뒤집힌 일이며 이준한테 구조되어 금오도에 머무른 이야기를 들려주었다. 그리고 귀경해 복명하러 가는 길에 악화가 편지를 전해 달라고 부탁해서 찾아왔다고 말했다. 안도전은 편지를 꺼내 손립에게 건넸다. 편지를 뜯어본 손립이 말했다.

"처남과는 오랫동안 소식이 끊겼었는데 그들이 이런 큰 사업을 성취했군그래!"

그러자 호성이 말했다.

"저는 일찍이 바닷길로 섬라국에 간 적이 있는데 금오도란 아주 좋은 곳이더군요."

"손형, 요전에 두흥이 동경에 편지를 전하러 가서 크게 곤욕 치른 일을 알고 있소?"

안도전의 물음에 손립은 깜짝 놀랐다.

"아니 무슨 곤욕을 치렀다는 것이오?"

손립이 다급하게 묻자 안도전은 지난 일을 자세히 들려주었다. 그리고 웃으며 말했다.

"오늘 내가 편지를 가지고 오는 데는 방해물이 없었지만 말이오."

갑자기 완소칠이 큰 소리로 외쳤다.

"좋구나! 우리 형제들이 모두 다 깃발을 들었어! 안선생, 선생도 동경으로 가지 말고 여기서 같이 삽시다. 마침 할 일도 있소이다. 내가 요전날 백주와 쇠고기를 포식했다가 배가 아파서 죽을 뻔했단 말이오. 만약 다시 발작이 일어난다면 어디 가서 선생을 찾을 수 있겠소?"

안도전이 미처 대답도 하기 전에 노사월은 어서 작별을 고하도록 안도전을 재촉했다. 집을 떠난 지 오래되어 한시바삐 돌아가고 싶은 마음인데다 오래 붙잡혀 있을까봐 걱정되었던 것이다. 화가 난 완소칠은 자리에서 벌떡 일어났다. 완소칠은 노의관의 멱살을 움켜쥐고는 눈을 동그랗게 뜨며 소리질렀다.

"이 망할 놈의 새끼야! 여기가 어딘 줄 아느냐? 어디서 헛소리를 지껄이는 것이냐!"

안도전이 황급히 막아섰다.

"이러지 말게! 황제의 명을 받은 관리이니 함부로 대하면 안되네!"

"너 같은 벌레만도 못한 놈은 말할 것도 없고 설령 황제라고 해도 내 마음에 거슬리면 제대로 주먹맛을 보여주겠다!"

완소칠이 다시 으르렁거리는 것을 난정옥이 말렸다.

"진정하게! 안선생이 가려는데 어찌 억지로 붙잡을 수 있겠는가? 오늘은 날이 저물었으니 하룻밤 묵도록 권하고 내일 일찍 보내드리세."

완소칠은 비로소 노의관의 멱살을 놓았다. 놀란 노의관은 그때서야 온몸에 식은땀이 흘렀다. 등운산 식구들은 그날 밤 연회를 베풀어 안도전을 환대하였다.

다음날 아침 손립은 은자 서른 냥을 주며 안도전과 작별하였다. 산을 내려온 안도전은 가는 길 내내 노의관을 위로하였다.

얼마 지나지 않아 이들은 동경에 도착하였다. 안도전과 노사월은 먼저 채태사를 찾아가 아뢰었다.

"고려국왕이 병이 완쾌된 답례로 상주문과 예물을 보냈사옵니다. 그런데 폭풍우를 만나 섬라국 앞바다에서 배가 전복되는 바람에 상주문과 예물을 모두 잃어버렸습니다. 저희 두 사람은 구조되어 목숨을 건졌습니다만 동행한 삼십여 명이 익사하고 말았습니다. 우선 대인께 저간의 사정을 아뢰는 바입니다."

"해상에서 풍랑을 만나는 것은 예측할 수 없는 일이니 어쩔 수 없지. 그런데 내 애첩 하나가 병에 걸린 지 오래되었는데 낫지를 않으니 두 사람이 치료해 주게."

채경의 부탁을 받은 두 사람은 서재에서 차를 마시며 기다렸다. 채경은 하인에게 일러 안선생과 노선생이 작은마님의 병을 치료하러 안으로 들 것이니 준비해 맞아들이라는 말을 전했다. 잠시 후 하인이 돌아와서 아뢰었다.

"두 분 선생께서는 안으로 드시랍니다."

두 사람은 앞장서 걸어 들어가는 채경의 뒤를 따랐다. 안채로 들면서 보니까 난간이며 기둥은 온통 붉은 단청이요, 입구에는 비단 휘장과 주렴이 드리워 있었다. 고운 무늬의 문석이 점점이 박혀 있는 정원에서는 기화요초가 소담스레 자라고 있었다. 작은 대리석 탁자 위에 놓인 박산향로에서는 침향 연기가 피어올라 그야말로 천상이라면 신선이 사는 곳이요, 인간세상이라면 재상가임이 분명했다.

객실로 안내받아 들어간 안도전은 먼저 정신을 가다듬었다. 그래야 진맥을 볼 수 있기 때문이었다. 푸른 저고리 위로 머리를 늘어뜨린 어린 시녀가 금상감을 입힌 자단 쟁반을 들고 왔다. 쟁반 위에는 귀한 산차가 담긴 오색 유리 찻잔이 놓여 있었다.

차를 마신 다음 나이든 하녀와 어린 시녀의 안내를 받아 침실로 들어갔다. 안도전은 자수 침상 곁에 놓인 탁자 위에 비단 방석을 깔고 시녀로 하여금 채경 첩실의 하얀 팔을 잡아 방석 위에 올리게 했다. 안도전은 눈을 감고 정신을 집중한 다음 비단 휘장 사이로 빠져나온 손목의 맥을 살폈다. 양손의 맥을 짚어보니 이내 병의 근원을 알 수 있었다. 안도전은 객실로 나와 채경에게 아뢰었다.

"작은마님의 맥은 거칠고 급한데 이는 풍기風氣와 화기火氣가 서로 다투는 형국입니다. 거기에다 노기怒氣가 간을 상하게 한 까닭에 열이 나고, 기침이 멈추지 않고, 가슴이 답답하고, 배가 부푸는 것입니다. 열을 내리게 하고 간을 다스리는 약제를 복용하면 곧 회복될 것입니다."

채태사는 하인에게 먹과 붓을 가져오도록 일렀다. 안도전은 약방문을 쓰고 자리에서 일어났다. 채태사가 말했다.

"수고했네. 그만 가보게."

안도전은 하인의 안내를 받아 채경의 집 문밖으로 나왔다. 채태사는 노사월에게 말했다.

"자네는 서재에 가서 약을 조제해 주게. 그리고 하인을 시켜 안으로 들여보내주게. 나는 조정에 일이 있어 가봐야 하니 내일 아침에 안도전하고 다시 한 번 같이 와주어야겠네."

채태사의 명을 받은 노사월은 서재로 가서 곰곰이 생각했다.

'안도전 이자가 자신의 재능을 믿고 사사건건 나를 깔보는 것은 참 견디기 어렵구나. 여태껏 그자한테 업신여김을 당해 왔지 않은가! 내일 채태사 앞에서 어떻게 할지 내게 다 생각이 있다. 오늘밤 내게 약의 조제를 맡겼으니 독약을 타서 그 여자의 목숨을 끊어야겠다.'

노사월은 약상자를 열고 약방문과 맞지 않는 약을 조제해 하인에게 건네주었다. 그리고 집으로 돌아가 버렸다.

하인이 가져온 약을 시녀가 달여 채태사의 애첩한테 마시게 했다. 복용 후 한 시간쯤 지나자 아랫배가 쥐어짜는 듯 통증이 심하고 온몸에서 열이 났다. 정신이 혼미해지며 아래윗니가 꽉 달라붙고 손톱은 검푸른 색으로 변했다. 당황한 시녀는 사실을 전하며 채태사에게 알려달라고 했다.

이날 조정에서는 관리들이 금나라와 함께 요나라를 협공하는 군사 전략을 논의하였다. 각자 제멋대로 의견을 내는 바람에 의론이 분분하여 쉽게 결론이 나지 않았다. 겨우 의견이 모아지자 다음에는 상주문을 작성해 황제의 재가를 기다려야 했다.

채태사는 밤이 깊어서야 집으로 돌아올 수 있었다. 집에 돌아오자마자 하인이 아뢰었다.

"마님께서 약을 복용한 후 매우 위독해지셨습니다. 지금 나리와의 영결을 기다리고 있는 상태입니다."

채경은 당황해 어찌할 바를 몰라 하며 급히 침상으로 달려갔다. 채경의 애첩은 사지가 굳고 눈동자가 곤두선 채 기름 같은 땀으로 범벅이 되어 있었다. 채경은 노여움과 괴로움에 울부짖었다.

"임자, 왜 이래? 속이 어때서 그래?"

정신줄을 이미 놓고 있던 애첩의 목에서는 가래가 끓어올랐다.

그러더니 사지를 쭉 뻗으며 숨을 거두었다. 채경은 대성통곡했다.

채경의 애첩은 이제 겨우 열아홉 살이었다. 미모와 기예가 모두 뛰어났으며 고향은 양주였다. 회양 안무사가 황금 삼천 냥에 그녀를 사서 채태사에게 보냈는데 채태사가 몹시 애지중지하였다. 그러니 어찌 애통하지 않을 수 있으랴!

채태사는 안도전과 노사월을 개봉부에 넘겨 죄를 물을 것이라며 즉시 그들을 잡아오라고 명했다. 채태사의 명을 받은 간판이 새벽 일찍 돌아와 아뢰었다.

"노사월은 여기 데려왔습니다만 안도전은 어제 성밖으로 사람을 만나러 가서 돌아오지 않았다고 합니다. 아직 성문이 열리지 않아 성밖으로 나갈 수가 없습니다. 분부하신 바를 우선 아뢰옵니다."

"날이 밝는 대로 속히 가서 놈을 잡아오너라. 늦으면 안된다!"

간판은 분부를 이행하겠다며 물러갔다. 채경은 노사월을 보고 호통을 쳤다.

"노사월, 그동안 내가 너를 얼마나 잘 돌보아주었느냐? 그런데 어떻게 내 안사람을 독살할 수 있단 말이냐!"

노사월은 무릎을 꿇고 말했다.

"상국 전하! 저는 전하께 큰 은혜를 입었사옵니다. 분골쇄신이라도 해서 보답하지 못하는 것이 한입니다. 어찌 감히 그런 일을 저지르겠습니까? 어제 소인은 작은마님의 진맥을 보는 데 관여한 바가 없습니다. 모두 안도전이 자기 뜻대로 했음을 전하께서도 직접 보시지 않았습니까?"

"너는 같은 태의원 의관 아니냐? 그가 오진을 했으면 마땅히 막아야지 어찌 입을 닫고 있다가 내 사랑하는 여인을 죽게 했단 말이냐! 황제께서 병환이 나셨더라도 가만히 앉아만 있을 참이었느냐?"

"안도전은 나라 안에서 가장 으뜸가는 신의神醫 아닙니까? 오진을 할 리가 있겠습니까? 필시 전하를 모해하려는 은밀한 속셈을 갖고 흉악한 술수를 쓴 것이 분명합니다."

노사월의 대답을 들은 채경이 다그쳤다.

"그놈의 은밀한 흉계를 알았다면 왜 어제 말하지 않았느냐?"

"전하께서 조정에 들어가 오래도록 나오지 않으셨기 때문에 급히 아뢸 수가 없었습니다."

"일어나서 자세히 이야기해 보거라!"

채경의 말에 무릎을 펴고 일어난 노사월은 천연덕스럽게 이야기를 늘어놓았다.

"저번에 칙명을 받들어 고려국에 갔을 때 안도전의 주관으로 다행히 고려국왕의 병을 고칠 수 있었습니다. 그런데 그때 그가 고려국왕에게 말하기를 '우리 주상은 주색에 빠져 살면서 소인배들에게 정사를 맡기고 있습니다. 금나라와 결탁해 요나라를 공격하려는 까닭에 장차 재앙이 일어나 온 나라가 폐허가 될 것입니다. 대왕께서는 군사를 일으켜 그 기회를 타고 땅을 차지하십시오' 하는 것이었습니다. 이는 나라의 기밀을 외국에 누설한 매국 행위 아니겠습니까?

또 바다에서 배가 전복되었을 때 우리를 구조해 준 사람은 다름아닌 양산박 반도의 하나인 이준이었습니다. 안도전은 이준의 태소맥을 짚어보면서 '엄청난 부귀를 타고 나서 군왕의 지위에 오를 것이니 자신이 보필하고 싶다'고 말했습니다. 이준은 스스로 평송왕平宋王을 지칭하고 있으니 이는 반역자 무리와 결탁한 것입니다.

동경으로 돌아올 때 그는 악화가 부탁한 편지를 등운산 손립에게 전해 주었습니다. 그때 등운산 무리의 하나인 완소칠은 황제 폐하를 가리켜 '황제라도 거슬리면 제대로 주먹맛을 보여주겠다'고 하였습니다. 그리고 저기…"

노사월이 말을 멈추자 채경이 채근했다.

"왜 말을 멈추느냐? 그리고 어쨌다는 것이냐?"

노사월은 마지못해 하는 냥 다시 말을 이었다.

"'채모라는 간신배! 그자를 갈기갈기 찢어놓아야 속이 시원하겠다!' 이렇게 말하며 전하를 모욕하였습니다. 소인은 이 모든 것에 대해 하나하나 대질할 수 있습니다."

채경은 크게 분노하며 말했다.

"나는 단지 우연한 실수이려니 생각했다. 그래서 개봉부에 보내 조금 혼을 내줄 생각이었는데 감히 이렇게 흉측한 짓을 벌이고 있는 줄 누가 알았겠느냐!"

채경은 서기를 불러 '안도전은 나라의 기밀을 외국에 누설하고, 반당의 무리와 결탁하였으며, 황제를 능욕하고, 대신을 암살하려 하였다'는 내용의 상주서를 작성하였다. 채경은 상주서를 역모 사건을 담당하는 동창東廠의 태감 호공에게 전해 호공으로 하여금 속히 상주해 안도전을 극형에 처한다는 황제의 명을 받아오게 하였다. 서기가 상주문을 쓰는 동안 채경은 노사월에게 말했다.

"내가 괜한 자네를 책망했네. 성지가 내려와 그자가 처형되면 태의원 일은 자네가 책임 맡아주게."

노사월은 고개 숙여 감사의 인사를 표하고 돌아갔다. 채경은 애첩의 장례를 후하게 치러 주었다.

예로부터 뛰어난 술사들은 온갖 종류의 독극물을 자유자재로 다루었다지만 이것은 소인배의 일이니 의아해할 것도 없다. 노사월은 이런저런 간교한 말로 사람을 죽음의 구렁텅이로 내모는 인간이었다. 한편 듣는 사람은 그의 물 흐르는 듯한 교묘한 말솜씨와 아첨에 넘어간 나머지 꽃 같고 옥 같은 아름다운 한 여인이 그에 의해 홀연 생을 마감한 줄은 미처 생각지도 못했다.

군자의 말은 모름지기 신중하지 않으면 안된다. 중상모략하는 자가 곁에 있으면 세상사를 언급하는 데 더욱 조심해야 한다. 그런데도 비분강개했던 까닭에 그런 말들이 노사월 같은 자의 마음속에 뚜렷이 각인되고 말았던 것이다. 안도전 스스로 화를 자초했던 것이다. 옛 현인은 이런 상황을 탄식하며 일찍이 다음과 같은 시를 남겼다.

좋은 쇠는 주조하기 어렵고 아름다운 옥은 쪼개기 어려우니
그래서 군자는 몸을 닦으며 중후 질박하게 스스로를 지킨다네
고상한 행동과 겸손한 말은 재앙을 멀리하느니

후직后稷 사당의 금인金人을 세 겹 봉한 까닭은
말을 삼갈 것을 경계함이라
기러기가 하늘 높이 날면 사냥꾼이 어찌 그것을 얻을 수 있으랴

 채경이 비밀스레 보낸 상주서는 동창에 전달되었다. 도군 황제는 채경의 방귀도 향기롭다고 하던 사람이다. 깜짝 놀랄 만한 내용의 상주서를 보고 어찌 윤허하지 않을 수 있겠는가? 황제는 직접 붓을 들어 칙지를 내렸다.
 '안도전의 일을 대리시에서 문초하고 엄한 형벌로 다스린 후 자세한 내용을 상주하라.'
 형벌을 집행하는 대리시는 황제의 명을 받자마자 개봉부청에 범인을 체포하라고 통지하였다. 공문을 전달받은 개봉부는 조금도 지체하지 않았다. 개봉 부윤은 포도대장을 불러 분부했다.
 "대리시에서 성지를 받들어 중대범인을 체포하라 하신다. 잠시라도 지체해서는 안되니 한 시진時辰 안에 잡아 대령하라!"
 그리고 음양관에게 물었다.
 "지금 시각이 어떻게 되는가?"
 "사시巳時 초일각입니다."
 음양관의 대답에 부윤이 말했다.
 "만약 오시午時까지 돌아오지 않는다면 너희들은 모두 죽은 목숨이다!"
 부윤은 이렇게 말하고 자리에서 일어나 밖으로 나갔다. 부윤의 명을 받은 포도대장은 포졸들은 데리고 안도전의 집으로 갔다.

소양과 김대견은 한담을 나누고 있다가 포졸들이 집 안으로 들어오는 것을 보고 손을 들어 인사하며 물었다.

"어디서 오신 분들이오?"

"우리는 개봉부 사람인데 안선생을 찾아왔습니다."

포도대장의 말에 김대견이 물었다.

"혹시 진맥을 받으려는 것이오?"

포도대장은 안도전이 달아날까봐 조바심이 일었다. 그래서 엉겁결에 급히 대답했다.

"그렇소!"

김대견이 말했다.

"안의관은 어제 성밖으로 사람을 찾아가서 아직 귀가하지 않았는데 곧 돌아올 거요. 편히 앉아서 기다리시오."

포도대장은 포졸들에게 슬며시 눈짓해 집의 앞뒤를 지키게 했다. 한참을 앉아 있다 보니 마음이 초조해졌다. 그때 포졸 하나가 햇빛을 바라보며 말했다.

"벌써 오시가 지났으니 더 이상 미룰 수가 없습니다. 집 안을 찾아봐야겠는데요."

"어느 집이나 내외의 구별이 있는 법이오. 왜 그리 성급히 구는 거요?"

소양의 말에 포도대장이 대답했다.

"두 분은 모르시겠지만 대리시에서 성지를 받들어 안도전을 잡아들이라는 명을 내렸습니다. 즉시 개봉부로 압송해 가야 합니다. 경솔히 할 수 없는 일입니다."

소양과 김대견은 비로소 크게 당황하며 말했다.

"그렇다면 안으로 들어가서 찾아보시오."

포도대장은 두 사람이 자리를 떠나는 걸 허락하지 않고 안으로 데리고 들어갔다. 이 잡듯이 사방을 샅샅이 뒤졌으나 안도전을 찾을 수 없었다. 포도대장은 두 사람에게 개봉부에 가서 전후 사정을 설명해 달라고 이야기했다. 그러자 김대견이 말했다.

"죄가 있으면 각자 책임지는 것이지 우리가 무슨 상관이 있다고 그런 말을 하는 거요?"

포도대장은 초조해하며 대답했다.

"한 가족이 죄를 저지르면 아홉 가족이 연좌되거늘 하물며 같이 동거하는 친한 친구 사이 아니오! 조금 전에 부윤께서 '오시까지 돌아오지 않는다면 너희들은 모두 죽은 목숨'이라고 하였는데 우리는 무슨 상관이 있기에 죽어야 한단 말이오?"

소양과 김대견은 개봉부로 따라갈 수밖에 없었다.

부윤은 오시가 지나도록 아무 소식이 없자 다시 당청에 나와 기다리고 있었다. 포도대장이 부윤에게 아뢰었다.

"안도전이 먼저 기미를 채고 달아났는지 행방이 묘연해 잡지 못했습니다. 그래서 한집에 기거하는 소양과 김대견 두 사람을 데려왔습니다. 두 사람을 문초하면 안도전의 행방을 알 수 있을 것입니다."

부윤은 무릎을 꿇지 않고 서 있는 두 사람을 보고 물었다.

"무얼 하는 자들이냐?"

소양과 김대견이 공손히 대답했다.

"우리는 나라를 위해 일하는 관리입니다."

"안도전은 반역 중범죄자인데 어째서 그를 놓아주었느냐?"

부윤이 다그치자 소양이 말했다.

"그는 사신으로 갔다가 돌아온 다음 여기저기 인사를 다니는 중인데 어제 성밖으로 나가서 아직 귀가하지 않았습니다. 밀지라면 은밀한 분부인데 그걸 어떻게 먼저 알 수 있겠습니까? 하물며 어떻게 도망치게 한다는 말씀입니까?"

"너희들이 함께 산다니 반드시 어디로 갔는지 알 것이다. 만약 그자를 찾아내지 못하면 너희도 무사하지 못할 줄 알아라."

"안도전은 집도 가족도 없는 사람인데 어디 가서 찾는단 말입니까?"

김대견의 대답에 부윤이 말했다.

"내가 알 바 아니다. 성지를 받은 대리시에서 심문할 테니 그쪽으로 호송하겠다. 할말이 있으면 거기 가서 해명하라. 담당자를 불러 속히 자세한 전말을 담은 문서를 작성하라!"

소양과 김대견은 같은 말을 몇 번이고 되풀이할 수밖에 없었다.

초나라 왕이 원숭이를 잃자 그 화가 숲속 온 나무에 이르렀고
성문에 불이 나니 연못 속 물고기에 재앙이 미쳤다네

세상에 이런 일도 흔히 있는 법이거늘 결국 어떤 결말이 날는지 모르겠다.